천 개의 바람이 되어

천개의 바람이 되어

초판 1쇄 발행 2023년 9월 15일

지은이 김주옥
펴낸이 장길수
펴낸곳 지식과감성#
출판등록 제2012-000081호

교정 이주연
디자인 서혜인
편집 서혜인
검수 정은솔, 이현
마케팅 김윤길

주소 서울시 금천구 벚꽃로298 대륭포스트타워6차 1212호
전화 070-4651-3730~4
팩스 070-4325-7006
이메일 ksbookup@naver.com
홈페이지 www.knsbookup.com

ISBN 979-11-392-1278-5(03810)
값 12,000원

- 이 책의 판권은 지은이에게 있습니다.
- 이 책 내용의 전부 또는 일부를 재사용하려면 반드시 지은이의 서면 동의를 받아야 합니다.
- 잘못된 책은 구입하신 곳에서 바꾸어 드립니다.

지식과감성#
홈페이지 바로가기

천 개의 바람이 되어

김주옥 장편소설

잠자리에 누우면
깨어나고 싶지 않았던 날들이 있었기에
손잡고 같이 살아 보자고 따뜻한 영혼의 메시지를 전하고 싶습니다

- 작가의 말 중에서

A thousand winds

Do not stand at my grave and weep.
I am not there, I do not sleep.
I am a thousand winds that blow.
I am the diamond glint on snow.
I am the sunlight on ripened grain.
I am the gentle autumn rain.
When you awake in the morning's hush,
I am the swift uplifting rush
of quiet birds in circled flight,
I am the soft stars that shine at night.
Do not stand at my grave and cry,
I am not there, I did not die.

- 작가 미상

천개의 바람이 되어

내 무덤 앞에 서서 울지 마세요.
나는 그곳에 없어요. 나는 잠든 것이 아니니까요.
나는 천 개의 갈래로 부는 바람이에요.
나는 흰 눈 위에 빛나는 다이아몬드예요.
나는 익은 곡식 위의 햇빛이에요.
나는 온화한 가을비예요.
그대가 아침의 바쁨 속에 일어날 때
나는 둥글게 비행하는 고요한 새들의
빠르고 희망찬 솟구침입니다.
나는 밤에 빛나는 부드러운 별입니다.
내 무덤 앞에 서서 울지 마세요.
나는 그곳에 없어요. 나는 죽은 것이 아니니까요.

- 번역 손로사

나는 인간으로서 인간에 대한 그 어떤 것도 남의 일로 보지 않는다
Homo sum, humani nil a me alienum puto

[고행자 Heauton Timorumenos. c. 163 B.C]

목차

작가의 말 _ 8

인연의 인연 _ 10

삶의 문풍지 소리 _ 22

영원한 여행자 _ 39

영화보다 영화다운 _ 80

잔인한 손의 부드러움 _ 97

그대의 그녀 _ 120

청춘의 날들 _ 140

운명의 장난 _ 181

파계 _ 194

가슴에 남은 줄무늬 _ 222

사색의 바다 _ 249

반짝이는 어둠 _ 274

작가의 말

2013년 여름이었습니다.

너무 무리하고 산 탓인지 겨울에는 늘 체력이 소진되어 자주 아프기 때문에 긴 글이나 컴퓨터 앞에 오래 앉아 있는 일을 하기 위해서는 더운 여름에 합니다.

소설 창작을 공부할 때 단편 소설만을 써서 가져갔는데 갑자기 장편을 써야겠다고 마음먹었습니다.

아마도 더운 열기의 힘을 빌어 하고 싶어졌는지 모릅니다.

음악을 좋아해서 좋은 음악을 들으면 시란 아이가 얼굴을 디밀곤 했는데 그동안 쌓아 둔 소설 원고들이 나를 버리지 말아 달라고 아우성을 했나 봅니다.

임형주의 〈천개의 바람이 되어〉 이 노래를 참 좋아합니다.

처음 이 시를 접했을 때 내 영혼이 얼마나 감동을 했는지 모릅니다. 사막을 걷다가 오아시스를 만난 듯했습니다.

죽어도 죽지 않은 거라고 맑고 고운 목소리로 우리에게 위로의 시를 들려줍니다.

누구나 벗어날 수 없는 이 무거운 운명의 주제를 편안하게 귓가에 속삭여 줍니다.

　나는 고통스럽고 아픈 사람에게 동질감을 느낍니다.

　많은 십자가를 짊어진 사람의 가슴에 그래도 우리는 살아 있어야 한다는 말을 전하고 싶었던 모양입니다.

　잠자리에 누우면 깨어나고 싶지 않았던 날들이 있었기에 손잡고 같이 살아 보자고 따뜻한 영혼의 메시지를 전하고 싶습니다.

　분명, 내 머리에 흰 눈이 쌓인 지금은 행복하니까요.

　돌밭 길을 함께 걸어가는 그대여. 사랑합니다.

　10년 삭힌 원고의 뚜껑을 열면서…….

2023년 여름에
작가 김주옥

인연의 인연

낮달이 떴다.
사람들이 일식이 올 거라고 떠들어 댔다.
대낮인데도 갑자기 세상이 어두워졌다.
두려움과 기대에 찬 마음으로 하늘을 보았다.
커다란 달이 보인다. 그런데 달 가운데로 분수처럼 솟아나는 물줄기.
물줄기가 마치 불이 타오르는 것처럼 힘차게 솟는다.
달의 주변은 밝다.
둥근 보름달인데 올려다본 달은 반원 같다.
위로는 둥글고 밑은 일직선으로 편평하다.
뭔가 상서로운 기운이 서린 어둑한 한낮의 하늘.

인옥은 잠에서 깨어 사군자 그림의 무늬가 있는 창문 틈으로 밖을 내다봤다. 아직 이른 새벽이었다.

꿈속에서 본 그 달이 떴는지 확인하려고 하늘을 보니 맞은편 507동의 우뚝 솟은 건물만 덩그러니 보였다.

해몽에 관한 책자를 펼쳐 보지 않더라도 느낌으로 알 수 있는 기분 좋음. 휴대 전화기를 열고 메시지를 확인했다.

이곳저곳에서 보낸 이롭지 않은 문자들 사이에 번호만 알고 있던 분에게서 보내온 문자가 찍혀 있었다.

- 건강하게 잘 지내고 계시지요? 부디 아프지 마시고 좋은 글 많이 쓰십시오. 늘 마음으로 기도하고 있습니다. -

하얀색 하트가 조심스레 붙어 있다. 누구인지 만난 적은 없으나 그가 남자라는 것과 서양화가라는 정도만 알고 있다.

처음 문자가 왔을 때 인옥은 그 번호에 '독자'라는 이름으로 저장을 해 뒀기 때문에 적어도 유령의 번호는 아니었다.

잊을 만하면 문자가 왔으며 인옥에게 뭔가 힘든 일이나 병이 났을 때도 어찌 알고는 문자로 응원을 보내오는 사람이었다.
어젯밤에도 글을 쓰다가 자정 너머까지 잠을 못 이루고 있었다. 그렇다고 장문을 썼던 건 아니다. 한 편의 시를 쓰더라도 온 마음과 영혼을 다해 그 분위기에 빠져 쓰다 보면 시간의 흐름 따위는 잊히기 마련이다.

책상 위로 고개를 돌려 액자 속의 붉은 연리지의 그림을 봤다. 가을 나무인데 어찌나 황홀한 색채로 물들었는지 기분이 울적하다가도 밝아지게 하는 그림이다. 서인옥의 시 한 편을 읽고 영감을 받아 새벽 내내 잠을 자지 않고 그린 그림이라고 화가가 등기로 부쳐 온 작품이었다. 그림 뒷면에 긴 편지를 책자처럼 써서 뗄 수 없게 만든 그림인데 액자 안에서 아무도 모르게 인옥을 향해 침묵의 속삭임을 들려줬다. 연리지처럼 붙어 있어야 하는 그림과 편지다.

오늘은 김진우가 오기로 한 날이다. 인옥은 서둘러 아침을 마무리하고 집필실로 향했다.

드라마 작품 한 편을 마감한 지가 일주일도 채 지나지 않았는데 또 무슨 일인지 어제 전화가 왔다. 남자치곤 너무 뽀얀 얼굴에 동그란 두 눈. 그 눈 속에 거친 우수가 깃들어 뭔가 불만스러운 일이 있어도 표현을 할 수 없게 만들었다. 나지막한 목소리는 옆 사람의 기분이 좀 들뜨거나 소란한 마음 상태에서는 잘 알아듣지 못할 정도로 속삭이는 말투였다. 술에 취하기 전엔…….

김진우는 방송국의 카메라 감독이다. 뉴스를 맡았다가 때로 드라마도 찍고 스포츠 중계방송을 나가기도 했다.

그를 다시 만난 건 아주 우연이었다. 어릴 적부터 한마을에서 살다가 고등학교 1학년을 마치고 가족들 모두가 서울로 간 후로 다시 볼 수 없었던 진우. 한마을에서 살 때에도 인옥과는 몇 번 마주치지 않은 그야말로 범생이 축에 드는 사람이니 그럴 수밖에. 그는 학교와 논밭으로만 맴도는 생활을 하여 친구들과의 교류도 별로 없었다. 그땐 그렇게 하는 것만이 사는 길이고 당연한 일로 여겼었다고 나중에 말해 주었다. 부지런한 아버지 곁에서 일을 도우며 사춘기를 보낸 김진우. 아르바이트를 하면서 서울에서 대학을 나와 고향을 둘러볼 여유란 없었을 것이다.

재작년 겨울이었다. 눈이 많이 내리고 몹시 추웠던 날이었다. 인옥은 버스를 타고 작품 구상을 위해 고창을 향해 내려가고 있었다. 눈 쌓인 풍경을 보며 상념에 빠져 목적지에 다다른 것도 모르고 있다가 출발하려는 버스를 세우고 서둘러 내려서니 바로 앞에 어딘지 익숙한 분위기의 남자가 카메라를 맨 채 걷고 있었다. 어디를 가도 직업 근성을 버리지 못해 그림자처럼 붙어 있는 촬영 도구. 그땐 그가 방송국에 근무하는지도 몰랐었다. 두리번거리는 인옥의 얼굴에 박히는 그의 시선이 예사롭지 않다고 느끼는 순간,

"인, 옥이? 맞지?"

얼굴을 살피던 그가 확신이 서는 목소리로 물었다.

"그쪽은 진우 오빠? 맞아요, 저 인옥이에요."
"오랜만이다. 벌써 몇 년이 흘렀지. 여전히 예쁘구나."
"뭘요. 쑥스럽게……."

인옥은 붉어지는 뺨을 두 손으로 가렸다. 한마디 대화를 나눈 적도 없었고 정면으로 바라본 기억도 없지만 멀리서 풍기는 텔레파시쯤은 감지할 수 있었던 인옥. 어쩌다 마주치기라도 하면 부끄럽고 가슴이 콩닥거려 숨도 쉴 수 없었던 때가 있었다. 집으로 돌아와 평소라면 무신경했을 자신의 차림새며 매무새를 돌아보고 자신의 장래에 대해 생각을 키웠던 진우의 존재. 그를 이런 곳에서 이렇게 무방비 상태로 마주하다니 꿈만 같았다. 손을 잡아 주는 진우의 손에 따뜻한 애정이 배어 있었다.

 조용한 시선으로 자꾸만 인옥을 바라보는 그의 눈에 뭔지 모를 아쉬움이 느껴졌다. 그의 부친이 갑자기 비명횡사했다는 소식을 알고 있던 인옥인지라 진우의 가족들에 대한 소식은 차마 물을 수가 없었다. 서로의 근황에 대해 이런저런 대화를 나누다가 방문지에 대한 이야기를 하게 되었다. 진우는 고창에서 사시던 할아버지의 제사에 참석차 왔다고 했는데 다른 볼일도 있는 듯했다. 서인옥은 작품 구상을 위해 왔고 선운사에 기거하는 지인을 만나 보고 싶어 왔다고 했다. 스님은 아니고 난치의 병을 다스리기 위해 머무르는 윤호준이라는 청년이라고 설명했다.

 점심때가 다 되어 가니 식사나 함께 하자며 진우는 한우 고기 식당으로 인옥을 데리고 들어갔다. 그곳의 주인이나 종업원들은 이미 진우와 면식이 있는지 반갑게 인사를 했다. 테이블을 마주하고 앉아 그동안 살아온 과정이나 현재의 상황을 꺼내 놓으며 인옥이 작가라는 것과 필명이 따로 있다는 것을 알려 주었다. 그녀는 결혼 여부에 대한 것은 짐작만 하시라며 말을 멈추었다. 진우는 이미 결혼을 했고 아이는 딸과 아들, 둘이라고 했다.

인옥의 큰오빠와 친구이기도 한 진우는 그동안 살아온 직업의 연륜이 배어났고 이마에 약간의 주름도 훈장처럼 잡혀 있었다. 육질 좋은 꽃등심과 차돌박이를 구워 자꾸만 인옥의 접시에 담는 진우는 동생을 대하는 오빠와 다를 바 없었다. 파절이와 샐러드도 더 주문하여 담아 주고 많이 먹으라며 권했다. 인옥의 마음을 이제야 알게 된 진우는 추억이라도 만들 수 있게 한번 다가오지 그랬느냐며 나무랐다.

'그럴 수가 없었어. 진우 오빠만 보면 입술이 얼어붙어 버리고 너무나 부끄러워 어쩔 줄을 몰랐으니까.'

속으로만 삼키는 인옥이었다. 식사를 마치고 다음을 약속하며 헤어진 후 작품으로 만나고 필요할 땐 전화 통화를 했다.

한 달여가 지났다.

그의 아이보리색 승용차가 도착했다. 어젯밤에 잠을 설친 인옥의 창백한 얼굴이 현관문 앞에서 언덕을 오르는 진우를 바라보고 있었다. 수년 전, 집에서 그리 멀지 않은 이곳 여산 밤나무골에 집필실을 마련한 인옥은 사람을 만나거나 글을 쓸 때는 꼭 이곳으로 왔다. 진우는 촬영차 내려올 일이 있었는데 인옥을 만나고 싶어 왔다고 했다. 내려오면 늘 술벗이 되어 주는 친구도 있고 지인들도 많은데 오늘은 인옥과 함께 시간을 보내고 싶다고 했다. 잠시 휴식 시간을 갖고 싶던 그녀도 굳이 마다할 이유는 없었다.

"오시느라고 수고 많았어요. 어서 올라오세요."
"괜찮은 거지? 시간을 빼는 거……."
"그럼요. 진우 오빠라면 언제든 환영이에요."

이마 위로 흘러내린 머리칼을 쓸어 올리며 통나무로 만든 널찍한 식탁 앞으로 진우를 안내했다. 진한 베이지 바탕에 학 두 마리가 정답게 날아가는 그림이 박힌 찻잔에 커피를 담았다. 진우의 턱밑에 내려놓으며 살짝 미소를 지은 인옥은 지금 그에게 마음 편치 않은 일이 있다는 걸 감지할 수 있었다.

그녀의 찻잔에는 눈에 도움이 된다는 국화차의 향내가 모락모락 피어오르고 있었다.

"진우 오빠, 건배!"

하며 편안한 분위기를 만들기 위해 그의 찻잔에 자신의 잔을 살짝 부딪는 인옥의 손이 가볍게 떨리고 있었다.

"인옥아…… 동생 같으니까 이렇게 부를게."
"그러세요. 동생 맞잖아요."

차를 조금씩 입술에 대며 사이사이 인옥을 바라보는 그의 눈에 슬픔 같은 호수가 출렁거렸다.

"말하고 싶지 않은 일이 있어. 하지만 말하지 않고는 견딜 수 없을 것 같아."
"무슨 일인데 그렇게 뜸을 들이세요?"
"나……. 지금 혼자야. 집사람 일에 대한 것은 말하고 싶지 않고……."
"그랬었군요……."

서두르지 않고 그의 입에서 나오는 이야기에 귀를 기울였다.

"집사람은 좀 부유한 집안의 딸이었어. 장인어른은 약방을 운영했고……."
"……."
"처남들도 잘살고 있지. 큰처남은 치과 의사이고 작은처남은 중소기업을 경영하고……."

호구 조사를 하려는 것은 아니었지만 인옥도 궁금했던 진우의 처가 이야기였다.
궁금해서 몇 번 물어보려 했던 것을 알려 줬다.

"이혼을 한 건 아니지만 별거한 지 꽤 됐지. 이혼을 하면 애들이 더 불행을 느낄 것 같아서……."
"그럼 아이들은 누가 돌보나요?"

"작은누나가 왔다 갔다 하면서 돌봐 주고 있어."
"……."
"내가 자주 외국 출장을 다녀서 집사람이 외로웠던 모양이야."
"……."
"나는 그저 열심히 일하고 성실하면 된다고 믿고 생활했는데……."
"……."

물기 어린 진우의 눈을 바라보며 인옥의 마음이 착잡했다. 갈등의 한숨을 쉬며 넌 어떠하냐는 눈빛으로 인옥의 얼굴을 쳐다봤다. 잠시 상상에 빠져 있던 그녀는 드라이브나 가자며 진우의 어깨에 손을 얹었다.
풀들이 우거진 언덕을 미끄러지듯 내려와 진우가 열어 주는 차 안으로 들어갔다. 진우의 자동차 안은 편안했다. 깔끔하게 정돈된 것은 아니었지만 오래된 차 안에 밴 세월의 냄새가 났다.

"요즘은 날씨가 참 좋지요? 골치 아픈 일은 잠시 접어 두고 시원하게 바람이나 쐬러 가요. 왜 착한 사람에게 늘 아픈 일들이 생기는 걸까요?"
"글쎄다……. 영악한 세상을 살아가는 영악한 방법을 모르기 때문인지도 모르지."
"저도 그래요. 오빠에게 말하지 않으려고 했는데……. 저도 지금 혼자예요. 결혼을 하긴 했는데 홀시어머니의 질투가 너무 심해 도저히 참고 살 수 없었어요."
"요즘 세상에 그런 시어머니도 있다니?"
"말로 할 수 없는 일들이 많았어요. 다른 건 다 견딜 수 있는데 첫아이 임신을 한 며느리 앞에서 자기 아들에게 바람피우라고 한 것은 정말 견딜 수가 없었어요. 그리고 출산이 가까워 진통이 시작되니 아들에게 화투나 치자며 화투를 가지고 와 고통으로 진땀을 빼는 내 옆에서 화투를 쳤어요."

"허, 참 이상한 노인네구나."

"그것뿐인 줄 아세요? 임신해서 내 몸도 무거운데 그 무거운 쇳가루 같은 비료 용성인비를 반 포대 넘게 머리에 이어 주고 재 너머 먼 논까지 갖다 놓으라고 등을 떠밀었어요. 내가 언제 그런 걸 머리에 이어 본 적도 없는데 말이에요."

"그러면 못하겠다고 하지 그랬니."

"그 정도로 그땐 제가 바보 순둥이였어요. 감히 어른 앞에서 아니라는 말을 하면 절대로 안 되는 줄 알고 살았으니까요. 그리고 아들 못 낳으면 시집살이 시키겠다고 우리 엄마한테 말해서 우리 엄마까지 속상하게 했어요. 그런 건 그렇다 쳐요. 아기를 낳고 우리 둘이 아기를 어르면서 예뻐하니까 부모 앞에서 제 새끼 예뻐한다고 얼굴이 새파래져 가지고 호통을 쳤어요."

인옥은 갑자기 할 말이 봇물처럼 터진 듯 하소연을 쏟아 냈다.

진우는 잠시 생각에 잠기더니 입을 열었다.

"그랬구나. 인옥이 성격에 그런 일을 견딘다는 게 힘들었을 거야. 기억난다……. 인옥이 네가 언젠가 나와 마주쳤을 때 고개도 못 들고 얼굴 빨개져서 달아났던 일……."

"지금 생각하면 그땐 수줍음이 너무 심해 스스로도 힘들었어요. 친척이 와도 숨어서 나가지를 못했으니까요. 오죽하면 마인드 컨트롤 공부하는 곳까지 가서 들으며 노력했겠어요."

"나도 마찬가지였어. 내성적이라 아무하고나 어울리지 못했고, 그저 착실하게 살아가는 모범생일 뿐이었으니까."

"저는 오빠의 그런 점이 좋아요. 지금도 보세요. 누가 봐도 단정한 사회인이잖아요. 얼굴에 그렇게 쓰여 있어요."

"그러니? 네 눈에도 그렇게 보이니?"

"그럼요."

든든한 보호자를 대하듯 믿음의 시선으로 그를 응시했다.

"인생을 이만큼 살다 보니 나도 많이 흐려진 것 같다. 나름대로 순수를 잃지 않고 살려고 했는데 말이다."

"우리가 성인 성녀는 아니잖아요. 밟으면 아픈 줄 알고 건드리면 신경이 곤두서는 사람이잖아요."

"그래도 이 사회가 그런 소수의 사람의 순수와 인내로 지탱되는 거 아니겠니."

"그건 맞는 말이에요."

달리는 자동차 밖으로 바람에 휘날리는 먼지들이 보였다. 이쪽 세상과 저쪽 세상 사이에 먼지의 강이 존재하는 것처럼 인옥과 진우의 가슴 밑으로 아픈 평화가 출렁였다. 늦은 점심을 먹고 영화 한 편을 보았다. 둘이 만나면 자연스럽게 대화가 이어지고 길어졌다. 그동안 살아오면서 아끼고 참았던 말들이 한꺼번에 쏟아져 나오는 것처럼 닫혔던 말문이 열렸다. 인옥의 시어머니가 인옥의 흠을 잡아낼 때 맨 먼저 나오는 것이 이런 말 때문이었다. 말을 안 한다고 말할 줄 모르느냐고 했다. 그런데 한마디라도 하면 그런 쪽으로 천재적인 머리를 동원하여 인옥에게 해롭게 뒤틀고 비비 꼬아 속을 할퀴는 거였다. 그러니 말문이 닫힐 수밖에.

달리는 세월을 차단하듯 어느새 어둑해지고 땅거미가 그물처럼 덮어 왔다. 그제야 진우는 오늘 중으로 부산으로 내려가야 한다는 말을 했다. 함께 보낸 시간들이 찰나인 양 느껴졌다. 그녀의 집으로 향하는 진우의 차 안에서 두 사람은 더 이상 아무런 말이 없었다. 이리저리 핸들을 꺾으며 운전만 하는 진우와 목이 고정된 듯 앞쪽만 바라보는 그녀.

길옆으로 강물이 흐르고 빈 공터마다 차들이 군데군데 놓여 있었다. 적막함만이 맴도는 이 시간. 가장 을씨년스럽고 우울한 시간이라면 바로 이런 시간일 것이다. 어둠이 밝음을 덮어 오는 이 거부할 수 없는 시간.

진우는 잠시 한적한 곳으로 가서 차를 멈추었다. 잔물결이 이는 강물을 바라보다 두 사람은 어색한 분위기를 깨고 기도의 손을 모으듯 입술과 입술을 맞대었다. 세상 모든 소란한 언어들을 잠재우고 밀려드는 어둠에 우주를 내맡기고 침몰하려는 것처럼.

삶의 문풍지 소리

"잘 지내고 계신가요……? 여기 선운사입니다."

전화기 저쪽에서 들려오는 목소리가 밝았다. 윤호준의 선량한 눈망울이 보이는 듯했다. 호준과의 인연은 3년쯤 전 눈이 엄청 많이 내린 날이었다. 그러고 보니 인옥의 인연이나 재회는 운명처럼 겨울에 이루어지는가 보다. 기차를 타고 서울로 가는 길에 맞은편 좌석에 앉은 호준과 자연스럽게 대화를 하면서 그가 몸이 점점 굳어지는 다발성 경화증이란 희귀 난치병을 앓고 있다는 걸 알았다. 그는 서인옥이 자기보다 대여섯 살쯤 많은 줄 알았다고 했다. 나이보다 젊고 고운 인옥의 외모는 누구나 호감을 가지면서도 질투를 많이 하여 살아가는 길에 스트레스 받을 일이 종종 생겼다. 한참 위의 누나뻘쯤 되지만 인옥은 굳이 나이를 알려 주지 않았다. 그가 자신의 고통을 잊을 수 있도록 하는 일이라면 하얀 거짓말 정도는 약으로 사용하리라 생각한 것이다. 나이를 안다고 해도 달라질 건 없지만 벗어날 수 없는 고통을 지닌 그에게 긴말은 하고 싶지 않았다.

활짝 열어젖히며 보여 주는 호준의 가방 안에는 문학에 관련된 책들이 많았다. 시 창작에 관한 책과 서정주 시인의 시집이 들어 있었고 공부를 하는 문화 센터의 문예 창작반 교수님이 추천해 주신 책이라며 여러 시인의 시 모음집이 들어 있었다. 인옥이 작가라는 걸 알고는 호준은 무척이나 좋아했다. 말하자면 시인 지망생인 셈이다. 그 많은 길 다 놓아두고 하필 시인이라니. 인옥은 그가 마음이 정갈한 청년이라고 생각했다. 수시로 습작을 하는데 교수님에게 칭찬도 받았다며 은근히 자랑도 했다. 그런데 인옥에게 보여 주려면 좀 부끄럽다며 습작 노트 보여 주길 망설였다.

호준은 묻지도 않았는데 자신의 과거와 신상에 대한 이야기를 스스럼없이 들려주었다. 희망이 없는 투병 생활로 부모는 자신을 포기한 지 이미 오래되었고, 치료해도 소용이 없는 아들에게 이젠 물질적인 도움조차 주지 않아 매표소에서 일을 하여 돈을 벌고 그 돈으로 문학 공부를 하고 있다고 했다.

한 여자를 사랑한 이야기도 들려주었다. 다소 통통한 편인 여자였다고 한다. 자기 눈에는 그녀가 너무나 예쁘게 보여 그녀가 다니는 교회에 나가 세례를 받고 지금도 열심히 다니고 있다고 했다. 그런데 그녀가 자신에게 별로 관심을 주지 않아 속상하고 힘이 나지 않는다고 했다. 그래도 그녀를 안 보면 살맛이 나지 않아 그냥 지켜보며 기다리고 있다고 했다.

사랑은 이렇게 누구에게나 이루어질 수 없는 꿈인지도 모르겠다. 첫사랑은 서툴러서 방법을 몰라 실패하고 추가의 사랑은 현실의 장벽을 넘지 못해 이루어지기 힘든 건지도 모른다. 하지만 그보다 더 위험한 것은 사랑의 양면성이다. 사랑을 뒤집으면 무엇인가. 미움, 무관심 아니면 사랑을 받는 자와 주는 자 사이에 존재하는 보이지 않는 권력관계의 늪이다. 무작정 순종하던 사랑의 순애보 뒤에 이기적인 대가를 치르게 되는 종말.

"오늘은 컨디션도 좋고 작가님도 보고 싶어 전화를 드렸습니다. 한번 들러 주세요. 하고 싶은 말이 있는데……."
"아, 네. 한번 내려갈게요. 건강이 좋아지셨다니 저도 기분이 좋습니다."

소설 작품 하나를 쓰고 있는데 중간에 잘 풀리지 않아 고심하고 있던 터였다. 왠지 그곳으로 가면 그 매듭이 풀릴 것 같은 예감이 들었다. 시는 틈틈이 쓰고 소설은 장편일 경우에 한번 잡으면 좀 오래 걸리는 터라 수시로 썼다. 드라마 작품은 스스로의 상태와 영감으로의 청탁이 올 때만 쓰고 있다. 필수의 문학과 필연의 문학 그리고 밥 먹고 사는 삶의 현장의 문학을 하고 있는 셈이다. 따지면 모두가 현실의 돌파구 문학이 되는 것이기도 하다. 일주일 후에 방문을 하기로 하고 전화기를 내려놓았다.

"누구와 그렇게 통화를 진지하게 하냐?"

갑작스러운 목소리에 놀란 인옥은 집필실 밖에서 들려오는 투박한 음성에 경직되었다. 함께 살면서도 한 번도 편안한 기분을 느껴 보지 못한 남편이었다. 별로 하는 일은 없고 인옥이 보내 주는 생활비로 살아가고 있는 남자이다. 말하자면 별거 아닌 별거로 살면서 용돈을 타 다 쓰는 위인이다. 무서울 정도로 이기적이고 마마보이에 까칠한 성격을 지닌 사람이었다. 인옥은 글을 써야 한다는 이유를 댄 그는 아이를 맡아 기르겠다고 고집하며 생활비를 타 가고 수시로 드나들며 참견을 했다. 이 세상엔 부모답지 않은 부모도 참 많다. 단지 아이를 낳아 놓기만 한다고 부모 노릇을 다하는 건 아닐 텐데도 힘써 일해야 할 나이에 빈둥거리며 청춘을 허비하는 한심한 사람은 부모의 자격이 없는 것이다. 같이 살면 그나마 글조차 쓸 수 없겠기에 이렇게 떨어져 사는 길을 택한 것이다.

소설 동인이자 논술 학원을 운영하는 강주희 선생이 말했다. 정신적 과부도 있는 거라고. 지금의 인옥에게 딱 들어맞는 말이다. 달력을 보니 생활비를 주는 날이었다. 통장으로 보낸대도 기어이 받으러 오겠다고 한다. 처음부터 이런 사람은 아니었을 것이다. 잘못을 하면 타이르고 길이 아니면 가지 못하도록 해야 하는 어미일진대 이렇게 변모된 데에는 시어머니의 영향이 컸다.

결혼 초기에 인옥은 참으로 많이 울었다. 신혼 때에는 주말부부로 지냈고 아이를 낳은 후 실업자가 된 남편 고경석으로 인해 결혼 생활을 통틀어 마음 편한 날이 없었으니 인옥에게 있어 결혼은 삶과 인간성의 밑바닥을 보는 일뿐이었다.

경석이 가고 난 후 구석구석 청소를 꼼꼼히 했다. 꿈에도 잊지 못할 아이에 대한 생각이 간절해지면 하는 습관이었다. 그래도 두 달에 한 번은 아들을 만나러 서울에 갔다. 조금만 더 자라면 데려와야겠다고 생각했다. 시어머니에 대해 말하기에는 너무 어리고 예민한 나이인지라 아이를 위해 참고 있는 것이었다. 아이가 시골에 살 적에는 종종 만나 좋아하는 음식이나 필요한 물품들을 사 주고 잠시나마 함께 지내며 엄마 노릇을 했었는데 서울로 간 후로는 이런 일 또한 여의치가 않았다. 경석은 뭔가 일을 해 보려고 시도는 하지만 끈기가 없고 허튼 자존심만 높아 제대로 해내는 일이 없었다. 서울로 간 것도 이런 시도를 하기 위함이었는데 역시 결론은 좋지 않았다.

청바지와 연두색 시폰 블라우스로 갈아입고 커다란 가방을 둘러맨 인옥은 노트 한 권을 옆에 끼고 고창행 버스에 올랐다. 며칠 묵을 작정을 하고 여행용 화장품과 휴대 전화기와 배터리 여유분도 챙겼다. 가능하면 주말은 피하고 싶은 마음이었지만 토요일에 출발하게 됐다. 주말은 그곳도 관광객들로 붐비는 데다 호준도 수많은 사람 속에서 한가한 시간을 보낼 수 없겠지만 오늘은 어쩐지 가야만 할 것 같았다.

초여름인데도 벌써부터 더웠다. 차창에 부딪는 햇살이 따갑다 못해 눈이 아플 지경이었다. 버스 기사는 교회에 다니는 사람인지 복음 성가를 낮은 볼륨으로 틀어 놓고 입 속으로 따라 불렀다. 앞서거니 뒤서거니 달리는 차량들이 줄지어 끝이 없었다. 길가의 메타세쿼이아 나무도 단단하고 우람한 육질을 뽐내고 서서 영화의 장면처럼 길을 열어 줬다. 무더기로 핀 하얀 개망초꽃 사이로 국화하늘소가 춤추며 노닐고 있고 노박덩굴도 자유로이 옆자리의 덩굴손의 영역으로 손을 뻗치고 있다. 화사한 들꽃과 꿀풀들이 대지를 덮어 생동하는 계절임을 실감케 한다. 이런 푸름 속엔 그 무엇도 다 희망이 되고 행복이 될 것 같은 느낌이다. 신(神)은 이 나라에 이런 사계의 축복을 주셨는데 또한 시련도 더불어 주신 것 같다. 강해지고 겸손하라고 그리하여 혼자만이 아닌 더불어 사는 삶을 살라고 그러하셨는지 모른다.

가능하면 말을 아끼고 누구와도 속내를 잘 열지 않던 인옥이었다. 사람과의 사이에 혀라는 칼날이 존재한다는 걸 알게 된 후로 아무도 믿지 않던 인옥이었다. 그 사실을 뼈아프게 깨닫게 해 준 경석과 시어머니. 그러나 날마다 날아오는 비수를 피해 혼자 생활하게 된 인옥은 조금씩 그 공포에서 벗어나 점점 마음의 오르간이 울리고 타인의 아픔을 향해 위로의 감정도 생겨났다. 하지만 뒤집어 생각해 보면 시어머니나 경석 또한 같은 이유로 하여 그렇듯 변모되었을지도 몰랐다.

천성이란 무엇인가. 타고난 천성은 분명히 있다. 양과 늑대의 천성이 다르듯 사람도 저마다 타고난 성품이 다를 것이다. 그러나 인간이란 이성과 감정이 있을 것인데 이성을 누르는 감정이 앞선다면 문제가 생기기 마련이다. 맘 내키는 대로 살 수는 없는 것이다. 그렇다면 사람이 아닌 짐승과 무엇이 다르겠는가. 성선설과 성악설 중에 어느 것이 더 옳다고 말할 수는 없지만 가끔은 치를 떨게 하는 인간의 바닥을 보여 주는 사건들이 뉴스나 신문에 오르내리는 것을 보면 망연자실한 마음을 억누를 길이 없다.

누군가 그랬다. 사람은 질투의 화신이라고. 질투의 감정이 전혀 없다면 그는 신일 것이다. 신도 질투하신다. 성서에 나 이외의 신을 두지 말라고 하지 않았는가. 차갑지도 뜨겁지도 않은 것은 뱉어 버린다고 하지 않았는가. 뜨겁게 연모하라는 신을 두고 물질의 신, 미모의 신, 섹스의 신 등을 섬기니 세상이 이렇게 소란스러운 일들이 많은 것 아닌가.

잔잔한 강물 위에 조약돌 하나 텀벙 떨어트리듯 우리가 세상에 나온 것은 아닐 것이다. 3억의 정자들이 겨루기를 하여 승리한 존재가 바로 우리들 아닌가. 지금도 병으로 죽어 가는 수많은 사람 중에 살고 싶어 하는 간절한 사람을 두고 순간의 충동과 우울병으로 자살하는 사람들 또한 많으니 아연실색할 따름이다. 상황이 어찌 되었든 우리는 힘을 다해 살아야 한다. 젖 먹던 힘과 죽을힘을 다해서라도 살아남아야 한다. 노화가 되어 자연 사멸이 된 종자들도 후손을 남기고 간다. 그만큼 이 세상은 살 만한 가치가 있는 것이다. 아름다운 자연을 보며 감사하고 이웃도 돌아보며 혼자가 아님을 느껴야 한다. 사람은 먼저 태어나 먼저 가고 늦게 태어나 늦게 떠나는 차이일 뿐 영원한 삶이란 없다. 그 주어진 시간 동안 스스로 목숨을 거두는 일은 없어야 한다. 우리의 인생이여. 영혼까지는 병들지 말자.

생각에 빠져 풍경을 스치는 동안 어느새 목적지에 도착했다. 차를 가지고 다니지 않는 인옥은 거의 대중교통을 이용했다. 택시를 타면 기사와 대화를 나누게 되고 사회의 논쟁거리나 민감한 상황을 캐치할 수도 있다. 때로 마음 너른 분들은 인옥의 미모를 칭찬하기도 했다. 그러면 기분이 나쁘지는 않지만 깊이 새겨듣지도 않는다. 흘러

가는 아름다움이란 대자연의 부활만큼 영원성이 없고 내면의 아름다움은 금방 눈에 드러나지 않는 것이기도 하다. 하지만 분별 있는 내면의 미덕이 사회를 건재하게 하는 것임은 분명하다. 아직도 좋은 사람들이 많기 때문에 지구가 제대로 돌아가고 있을 것이므로.

연하의 청년 호준을 만나러 가는 날이면 인옥의 기분은 구름이 벗어진 듯 청명했다. 모든 사람에게 통용되는 말은 아니겠으나 대부분 나이가 들어 감에 따라 시력이 흐려지듯 영혼도 점점 혼탁해진다. 그만큼 생활 기술이 늘고 심리적으로 여유가 생기며 한 걸음 더 나아가 사람을 믿지 못하는 불치의 병에 들기 때문이리라. 어떤 사람의 블로그에 들어가면 아예 공개적으로 자신의 사상과 신상을 공개하는 글 뒤에 '나는 그 누구도 믿지 않는다'라고 선언해 놓은 것을 볼 수 있다. 그것이 사실이더라도 씁쓸한 기분과 더불어 그 사람에게 다가설 엄두가 나지 않는다. 접근하지 말라는 말과 동의어이기 때문이다.

여자에게 남자는 무엇이고 남자에게 여자는 무엇인가. 남자라는 나무는 바람처럼 자신에게 정신적이든 실제적이든 소속된 여자를 한시도 그냥 놔두지 않고 흔들어 댄다. 미운정이 오래 남는 거라고 믿는 걸까? 아니면 겉으론 강한 척해도 속으로 연약한 내면을 들키지 않기 위함일까. 칼바람처럼 상처를 내고 거기서 흐르는 피로 자신의 존재를 확인하려 든다. 젊을수록 그 강도는 지나치다. '남자는~ 여자를~ 정말로 귀찮게 하네~' 하는 대중가요처럼. 여자라는 복잡미묘한 존재는 그 속내를 알 수가 없다. 자매끼리는 숨기고 질투하고 손해를 보지 않으려 할퀴어도 어느 멋진 남성의 온갖 정성어린 언어와 물질에 매혹당하면 가장 아끼는 것도 선물로 기꺼이 내어 준다. 좋게 말하면 통이 커진다. 대부분의 사람은 자신에게 잘하면 좋은 사람이라 하고 아무리 좋은 사람도 타인에게만 관심을 보이면 별 볼 일 없는 사람이라는 편견을 보인다. 하지만 질투는 적절하게 조율하면 삶의 비타민이 되기도 하는 법이다.

　선운사의 바람같이 상쾌하고 고즈넉한 호준의 미소가 저만치서 다가오고 있다.
　시한부 삶의 돌다리 위를 걸어가고 있는 이제 삼십 대 후반이 된 윤호준. 그는 자신에 대한 번잡한 생각들을 이미 다 내려놓았는지도 모른다. 사는 동안의 절망과 기쁨을 하루하루 수놓아 남은 삶의 완성품을 액자로 만들어 남기고 싶은 몸부림을 하고 있을지도.

　"서 작가님, 바쁘실 텐데 이렇게 오라 가라 해서 죄송합니다. 작가님이 친누님 같아서 연락을 드렸습니다."
　"별말씀을 다 하시네. 나야말로 불러 주어서 고맙구먼."
　"오늘따라 날씨가 유난히도 좋지요? 작가님도 화색이 더 좋아지셨네요."
　"응, 덕분에……."

　인옥은 만면에 웃음을 머금었다. 호준이 머무는 선방을 향해 어깨를 나란히 걸으며 가만가만 이야기를 나누었다.

군살 한 점 없는 그의 늘씬한 몸매와 싱싱한 젊음을 헤아린다면 누가 그를 환자로 볼 것인가. 약간 긴 스포츠형 머리에 청바지와 감색 셔츠를 입은 호준은 몸을 돌려 인옥의 손을 잡았다. 잠시 머뭇거리던 호준이 입을 열었다.

"저, 어제는 만난 것도 아닌 여자와 헤어졌습니다."
"아…… 그랬군요."

인옥은 작은 목소리로 대꾸를 하고 눈을 반짝이며 호준의 눈치를 살폈다.

"그래도 저에게는 마음을 다한 첫사랑이나 다름없었는데, 바라보는 것조차 부담스러웠는지……."
"……."
"다른 욕심은 없었는데 포기하고 나니까 오히려 자유롭네요."
"자유롭다는 것은 바라보면서 많은 상처를 입었다는 말과 같이 들리네요."
"그렇지요. 그녀가 다른 남자와 함께 있는 걸 보면 자신이 초라해지고 슬펐으니까요."
"사랑은 꼭 이루어져야 행복한 것은 아니라고 봐요."
"그럼 서 작가님도 그런 슬픔 같은 걸 경험하셨나요?"
"사람인데요. 누구나 예외는 없으니까요."

눈물이 글썽해지는 인옥은 먼 산마루 쪽을 향해 조용히 한숨지었다.

"사춘기 때 남모르게 좋아했던 그 사람을 최근에 다시 만났는데 그도 역시 그런 아픔을 겪고 있더군요."

김진우를 생각하다 잠시 걸음을 멈췄다. 그리고 생각을 떨구듯 발밑의 자갈돌을 굴려 옆으로 밀어냈다.

"솔로일 때는 낭만이 될 수도 있겠지만 결혼 후의 일들은 그저 고통뿐인 거 같아요."
"그런 사람보다는 제가 더 행복한 편이군요."

호준은 애써 밝게 웃으며 어리광처럼 인옥의 어깨에 머리를 기댔다.

"저는요, 요즘 신에게 감사하고 있어요."

호준이 이럴 땐 꼭 아이 같았다.

"무얼 감사해요? 이렇게 아픈데……."
"서 작가님을 만나게 된 거요."
"그건……, 나도 그래요."
"감사해요. 늘 힘이 되는 말씀을 해 주셔서……."
"나도 감사해요. 이렇게 순수한 종자가 세상에 남아 있다는 걸 알게 해 줘서……."

까르르 웃으며 호준의 가슴을 톡톡 두드렸다. 호준이 머무는 뒤꼍의 별채에 당도하니 문이 열려 있었다.

"서 작가님을 대환영한다는 뜻으로 이렇게 활짝 열어 두었어요."
"선방의 문고리만 잡아도 지옥고(地獄苦)는 면한다는 말이 있는데 나 지옥고 못 면하면 어쩌려고요."
"작가님은 이미 다 면하셨을 거예요."
"(방을 둘러보며) 누구 손 타면 어쩌려고. 다른 사람에겐 별 의미 없는 것도 자신에겐 목숨 같은 것들이 있는 건데……."
"어쩜 작가님다운 말씀을 그렇게 하세요. 마치 제 마음을 다 읽으시면서 하는 것 같잖아요."
"그런가?"

인옥이 호호 웃었다.
방 안은 꼭 필요한 것들로만 채워져 있었다. 몇 가지 안 되는 옷들과 간단한 이부자리. 그리고 십여 권의 책과 붉은 체크무늬 여행 가방 하나가 있었다. 가방의 손잡이 위에는 분홍빛 리본이 묶여 있었는데 아마도 본가의 영문 주소인 듯했다. 언제인지 몰라도 해외여행 때 부착했던 걸 지금껏 풀어 내지 않고 달아 둔 것이리라. 호준은 방석을 인옥 앞에 꺼내 놓고 칠기 쟁반에 차를 받쳐 들고 와 권했다. 진한 솔잎 향이 머릿속까지 개운하게 울려 퍼졌다.

"참 향긋하네요. 날마다 이렇게 좋은 차를 마시면 만병을 다스릴 수 있겠어요."

"그래서 제가 지금까지 이렇게 건재하잖아요."

금세 웃으며 호준이 두 팔을 올려 철봉 하는 자세를 취했다.

"하시는 일은 힘들지 않아요?"
"사람들이 많이 밀려들 땐 힘들고 시간도 나지 않는데 오늘은 휴가를 받아 냈어요."
"그럼 지금부터 나와 함께 한가한 시간을 보낼 수 있단 말이죠?"
"네…… 그래야지요."

한 모금씩 음미하며 더운 솔잎차를 마시고 나니 씁쓰레한 상쾌함에 푸른 날개가 돋아 날아갈 것만 같았다. 마지막 한 방울까지 비우는 동안 호준은 그런 인옥을 바라보며 앉아 있었다. 갑자기 명상에라도 빠지듯 두 사람 사이엔 숨소리와 바람 소리, 주변의 숲에서 뻐꾹뻐꾹 들려오는 뻐꾸기의 울음이 점령하였다. 한참을 앉아 자연의 소리를 듣는 동안 앞뒤로 사람들이 흘깃거리며 지나갔다. 밝은 색상의 아웃도어 차림의 중년 부인, 점잖게 양복을 차려입은 신사, 간단한 루스 핏 모양의 티셔츠에 쫄바지를 입은 아가씨 등 한 무리의 방문객들이 지나간 후 드디어 호준이 진지한 목소리로 입을 열었다.

"제가…… 부탁드리고 싶은 것이 있어요."

하며 여행 가방의 번호를 돌려 가방 안에서 잠금 장치가 되어 있는 노트 한 권을 꺼내 인옥에게 건넸다.

'내 삶의 문풍지 소리'라는 글귀가 노트 앞면에 새겨져 있었다.

"누구에게도 보여 주지 않은 저의 일기이자 여행기입니다."

인옥은 솜방망이를 치듯 심장이 쿵쿵 울리는 소리를 들었다. 가슴이 조였다 풀어졌다 감동의 파도가 넘실대는 것을 느꼈다. 그동안 몇 번 만났고 위로자가 되고 싶은 마음에 여러 가지 배려를 하여 준 것은 사실이나 호준이 이토록 자신을 신뢰하고 있었는지는 몰랐다.

"지금은 보지 마시고 시간이 좀…… 그 시간이 얼마나 흘러야 하는지는 저도 모르지만…… 그 시간을 알게 되실 때 열어 보세요."

하며 작은 열쇠 하나를 인옥의 손바닥 안에 놓았다. 인옥은 후욱, 하고 한숨을 삼켰다.

"그럴게요……. 이렇게 소중한 걸 내게 주어 고마워요."

인옥은 노트를 가슴에 꼭 안으며 상기된 볼을 갖다 댔다.

"오늘은…… 여기서 묵으시면 안 될까요?"

호준이 조심스럽게 말했다.

"예약된 곳이 있는데, 취소하고…… 그럼 그럴까요?"

인옥은 고개를 끄덕이고는 모기만 한 목소리로 응수하며 노트를 어루만졌다. 되돌릴 수 없는 시간을 부둥켜안을 것처럼.

가까운 곳의 산채비빔밥집에서 저녁을 먹고 어둠이 빨리 찾아드는 산골 주변의 달빛 고운 개울가를 거닐며 오랫동안 산책을 했다. 호준은 허리를 굽혀 풀숲에서 무언가를 찾아내어 인옥에게 내밀었다. 커다란 네잎클로버였다.

"잘 간직하세요. 어둠 속에서도 발견될 만큼 큰 행운의 징조이니까요."

하며 살며시 그의 입가에 웃음이 번졌다. 인옥은 아무 말 없이 그걸 받아 자신의 장지갑 안에 고이 간직했다.

무덤 위의 삘기 풀도 고사리도 엉겅퀴와 까치수영도 이제 잠자리에 들었는지 조용했다. 저녁 이슬이 만물을 하나로 덮어 삼위일체가 되었다. 금은화의 꽃 화살도 수리딸기의 붉은 눈망울도 감사의 기도를 올리는지 촉촉한 물기가 배어 있다. 말로 형언할 수 없는 평화가 산중에 젖어 들어 고단한 삶의 편린들을 망각케 했다. 사람의 소곤대는 말소리도 소음이 되어 가는 시간. 두 사람은 그림자처럼 방으로 내려앉았다. 세상의 끝자락에서 만난 이들은 그 밤 검은 장막을 벗겨 내듯 도란거리다가 새벽녘에야 잠에 들었다.

인옥은 서랍 안에서 노트를 꺼냈다. 호준을 만나고 온 지 여러 달이 지났다. 아직도 침묵의 열쇠는 잠겨 있고 인옥의 가슴 안에는 새로운 감정의 싹이 움터 오고 있었다. 사랑인지 동정인지 분간할 수 없는 두 개의 감정이 서로 다투는 소리가 들렸다. 한쪽에서는 '그건 사랑이야.' 하고, 다른 한쪽에서는 '아니야, 모성에 가까운 동정이야.' 한다. 모르겠다. 뭐가 뭔지 내 마음 나도 몰라. 하고 생각을 멈추면 호준의 목소리가 가슴을 툭툭 치며 아프게 흔들어 댔다.

"널 사랑해. 호준아."

그날 그에게 말해 버린 이 한마디를 연극배우처럼 독백해 본다. 아마도 영원히 기억하리라. 슬프게도.

가만히 대어 본 그의 볼은 따스했고 그의 입술은 메말랐다. 그는 나르시시스트는 아니었지만 자신을 무척 사랑하는 사람이었다. 자신의 병 따위는 안중에 없는 듯했고 그러면서도 조심스러웠고 사랑스러운 웃음을 짓는 청년이었다.

하얀 커튼 사이로 비쳐 드는 몽롱한 달빛의 조명을 받은 호준의 얼굴은 천사의 모습이었다. 처음 KTX 기차 안에서 만났던 그의 모습과 지금의 그의 모습은 많이 달라져 있었다. 청년다운 반항기와 조금은 제멋대로인 사고방식이 질서 정연해졌다고나 할까. 자신의 처지를 말하면서도 남의 이야기를 하듯 말하던 그의 느낌이 사카린에 버무린 설익은 복숭아를 먹는 기분이었다면 지금은 알맞게 익은 신선한 사과 같은 분위기다. 누구나 한꺼번에 깨달아 농익은 사람은 없다. 서서히 비바람 속에서 단련이 되고 깨닫고 실수를 연발하면서 아, 그렇구나 하고 고개를 숙이며 익어 가는 것이다. 우리는 평생을 걸려 익혀야 하는 열매인지도 모른다. 마지막엔 대자연의 품으로 스며드는.

영원한 여행자

입을 다물고 있는 호준의 일기장을 열었다.

'Art is anything you can get away with.'

예술은 당신이 벗어날 수 있는 다른 세상이다.

호준이 시인이 되려고 한 의도를 알 수 있는 문장이다. 천천히 앞장부터 읽어 내려갔다.

그를 포기한 부모라는 사람은 친부모가 아니라 이모와 이모부였다. 그가 치료비나 금전 때문에 마음고생을 하지 않아도 되는데 이모 내외는 호준의 몫으로 된 서울대 부근의 땅을 몰래 팔아 치우고 호준을 아주 몹쓸 자식으로 몰아세워 마음에 상처를 주고 떠난 것이다. 처음부터, 실업자였던 이모부 박상선의 계획에 따라 이루어진 일이란 걸 알 수 있었다. 좋은 땅이 있으니 사 두라고 현아를 부추겼던 것이다. 땅을 살 무렵 호준의 생모는 독일에 있었다. 아직 어린 호준의 앞으로 살 수도 없었고, 타국에 사는 자신의 명의로 살 수도 없었기에 언니인 김숙을 믿고 명의를 언니 앞으로 해 뒀던 터였다. 설마 이런 결과가 오리라고는 꿈에도 생각지 못한 일이다. 호준의 생모 현아는 호준이 갓난아기였을 때 남편이 바람나자 언니 김숙에게 살던 집과 양육비를 대 주겠다 약속하고 아이를 맡긴 채 돈을 벌러 나간 것이었다. 그 사이에 혹시나 마음을 잡고 돌아올까 기대하면서 아이를 위해 돈을 벌어 두고 기다리려는 심산이었다. 간호사로 근무했던 현아는 독일로 가서 프랑크푸르트 병원에 다시 취직을 했다. 그러나 부부로 사는 동안 생활비 한번 대 주지 않은 호준의 생부 윤진섭은 신파극의 대사처럼 "사랑하기 때문에 너를 떠난다."라고 말하고 눈물까지 흘리며 손을 흔들었단다. 이혼까지 하게 된 것도 언니 김숙의 공작 때문이었다. 아이를 현아의 등에 업혀 주고 네 신랑 바람피우는 것을 확인하라며 떠밀어 보내 그 장소에 갔지만 확인을 못하고 돌아오기가 여러 번이었다. 나중에야 알았는데 윤진섭은 처음부터 떠날 계획이 없었다. 그런데 자꾸만 들쑤시고 보채고 성가시게 하는 언니 김숙의 극성으로 인해 손을 들고 만 것이다.

  바람은 피워도 살림은 차리지 말아 달라고 당부했던 현아의 마지막 소망은 그로 해서 사라지게 되었다. 현아는 독일에 가서 생활하다가 독일인과 결혼하여 살고 있다. 호준을 독일로 데려가려 그토록 애썼지만 언니 내외가 준이 없으면 못 산다고, 박상선의 불임도 감추어 가면서 호준이 때문에 아이도 낳지 않았다고 펄펄 뛰는 바람에 다달이 돈만 부쳐 주며 지금까지 살아온 것이었다. 땅을 몰래 팔아 버린 후엔 무관심한 듯 언성을 낮춰 이제 생활비는 안 보내도 된다고 하여 보내지 않았다고 한다.

 생모인 현아는 호준의 건강이 좀 좋지 않은 건 알고 있지만 불치병에 걸린 것은 모르고 있었다. 나을 수 없는 병을 현아의 마음만 아프게 굳이 알리고 싶어 하지 않은 호준의 마지막 배려에서였다. 다른 자식이 없는 이모 내외는 오래전 호준과 현아 모두에게 등을 돌려 이제 남남처럼 살고 있었다. 그 땅을 팔기 전에 독일에 가서 집 안을 뒤집어엎고 생떼를 쓰며 난동을 부린 탓에 그 착한 사람 볼프강도 다시는 보지 않겠다고 못을 박았다고 한다. 자신보다 능력이 있고 똑똑한 현아를 김숙은 너무 질투한 나머지 모든 걸 빼앗고도 죄의식조차도 없었고 오히려 저주를 퍼부었던 것이다. 호준의 생부와 박상선은 친구 사이였는데, 수완이 좋고 영화배우 뺨치게 잘생긴 상선을 현아가 미혼으로 있는 언니 김숙에게 옷과 구두까지 사서 차려 입히고 선을 보게 하여 중매했다. 그런데 박상선은 학력도 속였고 과거도 속이며 접근을 했던 것이었다. 미혼 때 그리도 순진하고 착했던 김숙은 박상선의 영향으로 마녀가 된 것이다.

 인옥은 일기장을 읽다가 눈시울이 붉어지고 흐느낌까지 섞여 나왔다.
 흐르는 눈물을 닦아 내면서 한동안 멍하니 앉아 있다가 생모의 초청으로 독일과 동유럽으로 여행을 한 기록을 펼쳤다.

2010년 6월 2일 수요일 맑음

　새벽 5시 30분. 공항버스를 타고 인천 공항으로 향했다. 어슴푸레한 버스 안에서 준비한 샌드위치와 우유로 간단한 아침을 먹었다.

　새벽부터 일어나 설쳐 댔지만 생애 처음 외국 여행을 한다는 설렘과 생모를 만나러 간다는 은밀한 기쁨에 피곤한 줄도 모르겠다. '엄마'라는 단어는 쉽게 나오지 않겠지만 어쨌든 엄마는 엄마다. 나를 낳아 주셨으니까.

　공항에 도착하여 점심으로 카레라이스를 사 먹었다. 잠시 앉아서 탑승의 시간을 기다리는 동안 살아온 날들이 주마등처럼 스치며 눈물이 쏟아졌다. 누가 볼까 몰래 눈물을 훔치며 서서히 움직여 문을 열고 있는, 내가 타고 갈 비행기를 바라보았다. 감개무량했다.

　12시 30분. 아시아나항공 541기를 탔다. 여행 가방을 선반에 넣어 두고 자리에 앉았다. 부드럽고 얇은 담요를 펼쳐 무릎 위에 덮고 기내를 살펴보았다. 서양인과 동양인들이 뒤섞여 촘촘히 앉아 있었다. 이륙하는 장면을 보기 위해 창밖으로 시선을 돌리니 조금 후에 구름이 보이고 하늘을 향해 날아오르는 비행기의 날개에 빛이 반사되어 눈이 부셨다. 더 높이 오르자 작은 문들이 모두 닫혔다. 고도와 비행 속도, 바깥 온도 등의 측정 기록을 간간이 눈으로 확인하며 음악을 듣고 영화도 보며 드높은 상공을 날았다. 잠을 자는 사람도 있고 물과 음료수를 주문하는 사람도 있고 아기를 업고 달래는 아주머니도 있었다.

노트북을 펼치고 A4 용지를 옆에 놓고 업무를 보는 외국인도 보였다. 오후의 기내식으로 비빔밥과 빵, 고기 요리 등이 나왔는데 비빔밥이 동나서 나는 좋아하는 빵을 먹었다. 맛이 괜찮았다. 상냥한 스튜어디스들의 발음 좋은 영어를 들으니 새삼 비행기를 탄 기분이 느껴졌다. 한국어와 영어, 일어를 넘나들며 손님들의 편안한 여행과 안전을 돌보는 그녀들이 참 멋지게 보였다.

열한 시간 남짓을 걸려 프랑크푸르트에 도착했다.

엄마는 나오지 않고 결혼하여 살고 있는 볼프강이 대신 나와 기다리고 있었다. 사람 좋은 분이라는 건 이미 알고 있었다.

어릴 적에 여러 번 한국을 다녀간 적이 있어 이분에 대한 좋은 기억이 남아 있다. 서양의 과자와 젤리, 초콜릿 등을 선물로 가져왔었다. 어린 나를 독일로 데려간다고 했을 때 흔쾌히 승락을 했던 분이다.

Wolfgang Schroeder(볼프강 슈레더).

엄마의 온갖 심부름을 다 해 주는 헌신적인 사람이라고 독일에서 편지를 보내올 때마다 엄마가 칭찬을 하던 그분이다. 우선 인상이 아주 선한 사람이다. 내가 독일어를 모르니 그렇기도 하겠지만 말씀도 별로 없고 잔잔한 물결같이 편안한 느낌이었다. 가만히 그 결에 맞추어 흐르면 되는 거였다. 그로스게라우의 집에 도착하니 엄마는 정성스럽게 식탁을 준비하고 계셨다. 레이스가 멋지게 달린 하얀 식탁보 위엔 갖가지 음식들이 놓여 있고 와인도 한 병 준비되었다. 커다란 크리스털 포도주 잔이 고급스러웠다. 우리의 만남을 축하하는 엄마의 건배 제의 멘트가 이어지고 맛난 음식들을 먹으며 길게 식사를 했다. 독일에서 오래도록 생활하신 엄마는 거의 독일화가 되어 있었다. 사고방식이나 문화에 대한 적응도 독일식으로 되어 내가 이해를 해야 했다. 저녁을 먹고 차를 마시고 2층에 마련된 나의 침실로 올라왔다. 오래전부터 한번 오라고 하셨는데 그런 저런 사정 때문에 이제야 오게 되었다. 시차 적응이 안 되어 좀 고단했지만 기분 좋은 고단함이었다. 샤워를 하고 잠자리에 누웠다.

2010년 6월 3일 목요일 맑음

새벽녘에 잠이 깨어 창문을 여니 천국의 기운이 감도는 듯 평온하고 아름답고 고요했다.

드넓은 평야에 사탕무, 유채꽃, 양파 그리고 밀밭이 키를 맞춰 잘 깎아 놓은 잔디처럼 펼쳐져 있었다. 그 풍경이 어찌나 황홀한지 꿈속을 헤매고 있는 기분이었다. 한참을 바라보다가 아래층에서 기척이 들려 살그머니 세면장으로 가서 세수를 했다. 수건은 각자 한 장씩 마련되어 있었고 깔끔하고 질서 정연하게 정돈되어 있었다.

아침 식사로 볼프강이 새벽에 나가 사 온 갓 구운 빵과 딸기잼, 햄과 소시지, 크림, 샐러드, 커피와 우유, 바나나 등을 먹었다.

쫄깃한 빵 맛이 기가 막히게 좋았다. 오전에 엄마를 따라 삼위일체 성당에 가서 거양 성체 의식에 참례하고 나눔 잔치가 벌어진 후원에서 소시지와 감자 등으로 점심을 먹었다. 성당 건물의 문 잠금 장치가 한국과는 달라 화장실 문을 여닫는 것도 서툴러 용변을 보다가 다른 사람에게 공개 아닌 공개를 하여 민망했다.

말은 통하지 않아도 마음으로 통하는 사람들. 수백 년은 됐음직한 나무에서 바람이 불 때마다 낙엽이 떨어지는 모양이 영화의 한 장면처럼 느껴졌다. 우리를 보고 미소를 짓는 그곳의 사람들도 다 똑같은 '사람'이었다.

한국의 친구에게로 보낸 메일이 되돌아왔다. 독일의 컴퓨터가 성능이 안 좋은가 보다.

저녁에 집 앞의 푸른 들녘을 산책했다. 바람과 햇빛이 참 좋았다.

2010년 6월 4일 금요일 맑음

오전에는 엄마와 볼프강이 헬스장으로 운동을 하러 가시고, 나는 무생채와 카레라이스, 멸치볶음을 만들었다. 무는 독일의 무이고 나머지는 한국에서 가지고 온 재료들이다. 요리에 관심이 많아 요리책을 보며 익힌 나만의 방법으로 만들었는데 아주 괜찮았다. 빵과 카레라이스, 감자와 샐러드 그리고 내가 만든 반찬으로 식사를 했다. 엄마는 요리를 아주 잘한다며 칭찬을 하셨다. 볼프강은 항상 아침을 준비하고 저녁은 언제나 엄마가 하고 있다면서 한국의 여자들이 너무 수고가 많다고 하셨다. 지금은 퇴직을 하고 집에 계시지만 직장에 다닐 때나 지금이나 변함없이 그렇게 생활하고 있다고 한다. 6살 연상인 엄마가 볼프강과 더 많은 시간을 갖기 위해 두 분 모두 미리 퇴직을 하셨다고 한다. 연금이 줄어드는 것도 감수하고…….

베란다의 정원 앞에 놓인 식탁에서 신앙에 관한 대화를 나누며 식사를 했다. 유아 세례를 받은 엄마는 전엔 시간이 안 나서 성당에 다니지 못했는데 이제는 심신단체에서 활동도 하고 구역장 일도 맡아 하고 있다고 한다. 성당을 세 군데나 다니고 있다고 하시면서 나에게 상처가 될까 봐 아이는 낳지 않았다고 한다. 낳았다고 해도 직장에 다니는 엄마를 대신해 키워 줄 시어머님이 일찍 돌아가셨다고 했다. 저녁 식사 후에 산보를 했다. 산책 가는 길에 승마장이 있는데 퇴근하고 와서 말을 타는지, 항상 같은 시간에 말을 타는 젊은 여자가 오늘은 나를 보며 친절하게 웃었다.

2010년 6월 5일 토요일 맑음

공주만 먹는다는 Spargel 요리를 먹었다. 감자와 스테이크, 슈파겔이 담긴 커다란 접시 위에 아낌없이 올린 소스의 맛은 눈물이 날 만큼 부드럽고 환상적이었다. 수많은 사람들이 파티를 하는 양 따가운 햇볕을 받으며 열린 실내와 실외에서 술과 음식을 먹고 있었는데 실내엔 시골 풍경이 수레 위에 꾸며져 있었다.

식사를 마치고 라인 강변에 갔다. 엽서를 사고 여러 곳을 다니며 감상도 하고 저녁 미사에 참석했다. 결혼 50주년이 된 부부를 위한 지향을 두고 올리는 미사였다. 미사를 마치니 옆자리에 앉았던 할머니께서 집으로 초대를 해 주셨다. 가방을 뒤지며 미사 예물을 찾기에 내가 대신 드리니 그게 고마웠었나 보다. 현관 앞의 탁자 앞에서 사과주스와 탄산수를 마시고 기념 촬영을 했다. 할머니는 82세라고 연세를 알려 주셨다. 아무나 보여 주지 않는데 오늘은 다 공개한다고 하시면서 지하실로 내려가는 길에 있던 액자며 잼을 만드는 병 백여 개가 있는 밀실도 보여 주고 주방에 오이피클을 담가 놓은 것도 보여 주시며 자랑을 하셨다. 이곳 사람들은 우리가 김치를 담그듯 잼을 만드는 것 같았다.

지하실에 피아노가 있어 내가 한국의 가요를 연주하니 손뼉을 치면서 한 곡 더 하라며 부탁을 하셨다. 악보가 필요하다고 보디랭귀지로 말씀을 드렸다. 할머니께서 뜨고 계시던 니트들을 보며 최고라고 엄지손가락을 추켜올렸다. 아마도 아들들이 직장 때문에 타지방으로 가고 나니 심심하여 소일거리로 하는 일인 듯했다. 솜씨가 좋으셨다.

우리에게 신심이 깊어 보인다고 하셨다. 모든 대화는 엄마가 통역을 했다. 밖으로 나오니 정원에서 한 아름의 목단 꽃을 꺾어 주셨다. 엄마는 이곳 사람들은 모르는 사람을 절대 집으로 들이지 않는데 우리가 무척 마음에 드신 모양이라고 그리고 외로우신가 보다라고 했다. 꼭 안아 드리며 감사하다고 다음에 또 뵙기를 바란다고 작별 인사를 드렸다. 집으로 오다가 엄마의 대녀 엘리자베스의 집에 들렀다. 꽃을 나누어 주고 물김치와 냉동 로스 두 덩이를 주시기에 받아 왔다. 이 거리에 있는 돔(교회)은 제2차 세계 대전 때 사망한 20,000명의 유골을 쌓아 놓은 소교회가 있다. 고택 거리였다.

2010년 6월 6일 일요일 맑은 후 비 (저녁)

밥과 호박볶음, 오이샐러드, 김치, 소시지, 무생채로 식사를 하고 엄마는 머리 염색을 했다. 프랑크푸르트에 있는 한인 성당에서 미사를 하고 오는 길에 대녀의 딸 현빈이를 태우고 집에 데려다주었다. 나는 감자샐러드와 슈파겔 요리를 먹고 마을 길을 산책했다. 담장이 아주 낮거나 작은 나무나 꽃으로 둘러싸인 집이 대부분이었다. 어느 집을 보나 참으로 깨끗하고 동화같이 아름다운 마을이었다. 비에 젖은 길에 붉고 노란 꽃잎이 떨어져 있기도 하고 푸른 열매들도 있어 하나씩 주워 향기를 맡기도 했다. 풀잎이 촉촉하게 물기를 머금어 더욱 싱싱하게 흔들거리고 있었다.

〈오늘의 요리 방법 메모〉

- 감자샐러드는 감자를 삶아 껍질을 벗겨 얇게 썰고 크림 요구르트와 오이피클 다진 것 등을 넣어 버무린다.

- 소시지는 끓는 물에 데쳐 토마토케첩과 카레 가루를 소스로 뿌려 먹는다.

- 양상추샐러드는 양파를 다져 소금과 식초를 조금 넣고 Petersilie와 올리브오일을 약간 넣은 후 섞어 주고 잘게 뜯어 놓은 양상추에 가볍게 버무린다.

- 호박볶음은 호박을 얇게 썰어 소금 간을 한 후 꼭 짜서, 프라이팬에 작은 멸치를 넣고 볶다가 호박을 넣어 볶으면 된다.

- 스프는 감자를 갈고 토마토도 갈고 양파에 마늘을 조금 넣고 갈아 끓인다.

* 빵을 먹을 때 같이 곁들여 먹는다.

- 볶음밥 재료 (새우, 감자 다짐, 당근 다짐, 호박 다짐, 햄, 맛살, 참치, 올리브오일)

2010년 6월 7일 월요일 맑음

　요즘은 백야 현상이 계속된다. 밤 10시 너머까지도 밝다. 어둡지가 않다.

　낮에 프랑크푸르트로 나들이를 갔다. 시청과 괴테 하우스, 오페라 극장 등을 관람하고 마가장(야채 가게)에 들러 파파야와 슈파겔을 사 왔다. 카페에 들려 아이스크림과 케이크 등으로 간식을 먹었다. 프랑크푸르트의 거리는 깨끗했고 은행의 도시답게 남자들의 옷차림이 거의 말쑥한 양복 차림이었다. 역시나 키가 아주 크고 체격이 거구인 사람들이 많았다. 빵 가게에 수북이 쌓인 다양한 빵들이 먹음직스러웠다. 나는 빵 굽는 냄새를 맡으면 마음이 평온해진다. 고향으로 돌아간 것처럼 아늑해지기도 한다. 콧속으로 빵 냄새를 들이켜는 맛도 일품이다.

집으로 돌아와 호박볶음과 무생채, 멸치볶음, 고추장, 상추를 넣고 비빔밥을 만들어 물김치와 함께 먹었다. 물김치는 엄마의 대녀 영빈 엄마(김수명 씨의 부인)가 담가 준 것이다. 솜씨가 좋아 아주 맛있었다.

2010년 6월 8일 화요일 맑음

오늘은 Mainz에 갔다. 아침 일찍 일어나 김밥을 싸고 마인츠 돔(주교좌성당)에 갔다.

성당 안에는 사제들의 무덤이 있었고, 새로 신축 중인 곳도 있었다. 요금을 내고(0.3유로: 1인당 500원 정도) 화장실을 사용했다. 코코아를 마시고 라인 강변에서 싸 가지고 간 샌드위치와 김밥으로 점심을 먹었다.

거대한 건물, 구텐베르크 박물관에도 갔다. 구텐베르크 박물관에는 한국관도 있었다. 세종 대왕의 초상이 모셔져 있고《월인천강지곡》, 〈훈민정음〉 등…… 한국의 고전과 역사를 알 수 있는 자료들이 진열되어 있어 기분이 좋고 뿌듯했다.

저녁에 프랑크푸르트 한인 성당의 성령 묵상회에 참석하여 노래하고 기도하고 함께 안수도 받았다. 기도회 중에 회원들이 한 말씀 하시라고 권유하여 개인적으로 신앙에 관한 의견을 피력했다. 괴롭고 고통스러운 일들이 많았지만 이곳까지 오게 된 것도 하느님의 은총이 아니겠느냐고, 참으로 감사하다고 말했다. 묵상회를 마치고 옥수수, 호떡, 수박을 먹었다. 아픔을 치유하는 따뜻한 분위기에 젖어 행복했다. 기도회 중에 우시는 분도 여러 명 있었는데 심정을 이해할 것 같았다. 엘리자베스가 율리아와 함께 우리와 동승하여 율리아의 집 앞에 세워 둔 차고지까지 바래다주었다. 율리아 씨는 손수 가꾼 상추와 쑥갓, 부추 등의 채소를 뜯어 주셨다. 저녁에 비가 살짝 내렸다.

2010년 6월 9일 수요일 맑음, 저녁에 비(천둥 동반)

아침에 먹는 모닝빵이 참 맛있다. 점심에는 상추에 소불고기(전에 엘리자베스에게 받은)를 쌈에 싸서 먹었다. 쌈장, 된장에 부추겉절이를 싸서 먹으니 완전한 한국의 식탁이었다.

엄마는 옷장을 보여 주시며 가죽 가방과 목걸이 그리고 구두와 몇 벌의 옷을 주셨다. 오기 전에 미리 사 두었다고 했다. 저녁엔 감자샐러드와 슈파겔 요리를 먹었다. 식사 후에 들녘을 산책하고 있노라니 어디선가 향긋한 꽃향기가 코끝으로 스며들었다. 넓고 푸른 들녘 한가운데 단 한 송이만 우뚝 솟은 새빨간 양귀비꽃이 너무나 아름다웠다.

저녁에 비가 내렸는데 천둥번개가 요란했다. 억수로 쏟아졌다. 우리나라의 여름비와는 또 다른 폭우였다.

우르르릉 쾅쾅! 하는 엄청난 빗소리, 천둥소리…… 소리……. 천지가 개벽할 듯한 폭음으로 무서울 지경이었다.

2010년 6월 10일 목요일 비, 흐림

오늘부터 동유럽 여행을 한다. B 여행사의 가이드는 한국인이었다. (박 씨)

프랑크푸르트로 가서 엄마와 볼프강의 배웅을 받으며 여행 버스에 올랐다. 아주 기다란 여행 버스는 진한 빨간색이었는데 내 기분을 알아주는 듯 다들 열정적으로 환영해 주었다. 모든 한국인이 자리에 앉아 마지막으로 올라타는 승객인 나를 지켜보고 있었다. 대부분은 자매와 부부로 짝을 지어 앉았는데 나와 젊은 아가씨 한 사람만이 혼자였다. 잠시 한국이라는 착각이 들었다. 어디를 가도 변하지 않는 한국인만의 분위기가 있었다.

드디어 여행이 시작되었다.

프랑크푸르트에서(유럽 금융 중심 도시 '뱅크푸르트(Bankfurt)'라고도 함) 오른쪽으로는 마인강이 흘러 라인강과 합류되고, 황제 건물(금융 교통의 중심지)이라고 하는 거대한 건물이 우뚝 서 있는 이 도시는 참으로 웅장하고 세련된 면모를 지니고 있었다. 왜 그리도 건물들이 높다란지 그들의 자존심만큼이나 드높고 견고하여 독일의 국민성이 엿보였다. 문호의 도시(괴테), 박람회의 도시, 전시회의 도시이기도 하다. (인구는 90만 명 정도)

독일의 과일은 이탈리아 등에서 거의 수입을 한다. 사과는 맛있고 밀보리(맥주 원료), 감자는 풍부하다. 독일에서는 맥주를 '마시는 빵'이나 '물'로 생각한다고 한다. 뮌헨은 수도사들이 세운 부유한 도시로 알프스 산줄기가 뻗어 있어 물이 좋다. 그러나 대부분의 독일의 물은 석회 성분이 들어 있어 좋지 않다. 화장실에서 샤워를 하거나 물을 사용하면 항상 물기를 말끔히 닦아 놓아야 한다. 그렇지 않으면 응고되어 들러붙기 때문이다.

9명의 여행객과 더불어 알프스를 넘어 1시간 거리인 모차르트와 베토벤과 소금의 도시 잘츠부르크로 향했다.

'어쨌든'이라는 말

그들이 말을 한다

평생 안 하던 말을

그건 그들의 말

그들의 인격일 뿐

나와는 상관없다

감정도 감각도 없는

무미건조

그들과 나의 세월처럼

굴곡 속의 침체.

 이 좋은 풍경 속으로 잠시 암울했던 날들이 걸어 나온다. 이 순간만큼은 영원한 여행자로 살고 싶다. 알프스의 소년이 되어.

 베르히테스가덴. 독일 최동남단에 위치한 도시. 오스트리아의 잘츠부르크와 30km 정도밖에 떨어져 있지 않은 곳에 히틀러의 별장이 보인다. '독수리 둥지(Adlerhorst)'라고도 하는 나치 역사의 흔적이다. 케이블카가 연결되어 있다고 한다. 이곳은 쾨니히스제(Koenigssee)라는 호수가 있는 국립 공원으로도 많이 알려져 있는 곳이다. 알프스산맥과 접경한 독일의 남부 도시들이 다 그러하듯 이곳 역시 그림 같은 마을이 연이어 있고, 차를 타고 가는 내내 기막힌 절경을 볼 수 있다. 아직도 눈 쌓인 봉우리들이 있어 계절을 잊게 하는 이색적인 느낌이었다. 대단한 공사였을 것 같다. 저 높은 곳에 어떻게 저런……. 입이 다물어지지 않았다. 제1차 세계 대전 때 독일군으로 자원입대하고 제2차 세계 대전을 일으킨 인물인 히틀러의 별장인 것이다.

잘츠부르크에는 음악과 미술 대학이 있다. 잘츠강은 소금의 강이란 뜻이고 잘츠부르크는 소금의 도시란 뜻이라고 가이드가 열심히 설명을 했다. 이곳에서 서유럽을 거쳐 오는 6명의 여행자와 합류를 했다. 3자매가 있었고 세계걸스카우트지원재단위원인 전직 교사였고 현재 의사의 부인이기도 한 이모와, 국제라이온스협회원인 조카 두 사람도 우리와 만나 동행을 했다. 그런데 이상하게도 처음 만난 사람끼리만 모여 다니는 상황이 벌어져 밥을 먹을 때나 관람을 할 때도 따로국밥이 되었다. 오래된(?) 인연이 편안하다는 것을 증명이라도 하듯…….

오스트리아의 비엔나는 세계에서 가장 살기 좋은 도시 5위 안에 든다. 12만 명의 인구가 살고 있고 생활 수준은 높다. 오스트리아 잘츠부르크에서의 하룻밤은 4성급인 Advena Point 호텔에서 묵었다. 호텔 앞의 풍경은 말할 수 없이 평화스러웠다. 뒹굴고 싶을 만큼 넓고 부드러운 푸른 융단이 펼쳐져 있어 한없이 바라만 보고 싶었다. 호텔도 거부감이 없는 편안한 구조로 되어 있고 직원들도 친절했다.

2010년 6월 11일 금요일 맑음

충분한 휴식을 취한 싱그러운 아침이다.

알프스의 끝자락 히틀러의 별장을 바라보며 여행의 두 번째 날을 시작했다. 화가 지망생이었던 히틀러는 여러 번 미술 대학에서 떨어졌다. 그가 미술 대학에 합격해 화가와 예술가의 길을 걸었다면 제2차 세계 대전은 일어나지 않았을까? 어머니의 죽음과 더불어 개인적인 고통으로 남았을 자신의 비극이 정치의 길을 선택했던 탓에 통탄할 역사를 지상에 남긴 것이다.

사람은 모름지기 자신의 열정과 콤플렉스를 잘 다스리고 표출해야 한다. 영향권에 있는 한 사람의 선택이 얼마나 많은 인류에게 이바지 혹은 비극을 남길 수 있는지를 깨달아 언행의 선택을 잘해야 한다.

버스를 달려 독일과의 국경인 잘츠부르크로 접어들었다. 여기서 소금(돌)을 빼앗기 위한 전쟁이 일어났다고 한다. 기사님은 프랭크(이태리어 - 프란치스코)라는 이름의 독일인인데 연신 웃어 가며 즐거운 분위기를 연출했다. 저만큼에 보이는 몬트제(Mondsee - 문/달) 호수는 초승달 모양이었다. 수도원이 있는 도시 멜크(《장미의 이름》에 나오는 1,000년 된 멜크 수도원은 영화 속 장면의 배경이기도 하다)를 거쳐 비엔나, 린츠(철강 도시인 린츠(Linz)는 우리나라의 포항 제철과 자매결연이 되어 있다고 한다), 그라츠와 인스브루크 그리고 잘츠부르크의 땅을 밟으며 여행을 했다. 독일에 거주하는 우리의 가이드인 박 씨는 나중에 비엔나에 와서 정착하고 싶다고 했다. 그만큼 아름다운 곳이었다.

기념품 가게에 들어가 와인을 샀다. 토카이와인(호박빛 포도주)은 차게 해서 먹어야 한다고 한다. 가게 안에는 오스트리아와 이태리의 음악이 섞인 음악이 흐르고 있었다. 멜크 수도원에는 베네딕트(이탈리아) 수도사의 250만 글의 장서가 있고, 멋진 성들은 시나 국가의 소유라고 한다. 아름다운 샘이 있는 쇤브룬 궁전은 왕가의 여름 별장이다.

많은 관람객들로 인해 내부로 입장하느라 진땀을 빼며 기다렸지만, 화려하면서도 부자유한 왕가의 생활상을 엿볼 수 있는 행운을 얻어 다행스러웠다. 기념품과 엽서를 사고 벽에 걸린 대형의 그림도 감상했다. 지금의 우리가 왕가의 그들보다 행복할 거라는 생각을 했다.

헝가리의 수도인 부다페스트로 진입했다.

산은 보이지 않고 라벤더의 평원이 펼쳐져 있었다. 경제의 70%가 파프리카의 수출로 소득을 얻고 대륙성 기후로 겨울은 춥고 여름은 무더웠다. 유럽과 아시아 그리고 튀르키예로부터 150년의 지배를 받은 민족이다.

휴게소에서 블라슈(파프리카와 쇠고기로 만듦)를 빵에 찍어 먹었다. 여행을 하는 내내 화장실을 이용할 때 요금을 내고 다녔는데 여기만은 우리나라처럼 무료였다. 이동하는 거리가 길어 멈추는 즉시 화장실에 가야 안심하고 여행을 할 수 있었다. 이곳 사람들은 남을 잘 믿지 않는다고 한다. 치안이 나쁘고 인구는 200만 명쯤 된다.

칭기즈 칸이 쳐들어오고 오스트리아의 지배를 받고, 헝가리와 오스트리아의 이중 지배를 받은 곳. 제2차 세계 대전 때는 독일(나치)의 지배를 받았다. 생필품이나 과일은 저렴하다. 그리고 부다페스트는 밤이 아름답고 프라하는 낮이 아름답다. 오스트리아보다 크고 우리나라보다는 실질적으로 5배가 넓다. 건국 신화는 독수리(툴루)이고 주말 농장이 잘 조성되어 있어 색다른 풍경을 보여 주었다. 현재 중유럽 최대의 도시이다. 1873년에 도나우강 서편의 부더(Buda)와 오부더(Óbuda), 동편의 페슈트(Pest)가 합쳐져 오늘날의 부다페스트가 되었다. 따라서 부다와 페스트의 두 지역으로 대별된다.

부다(분리된), 페스트(도시)는 낮은 상업 지역과 높은 지역인 왕궁 지역이 통합을 한 것이다. 부다와 페스트가 만나 도나우강으로 흐른다. 차를 타고 달리다 보면 LG 에어컨을 설치한 집이 보이는데 무척이나 반가웠다. 외국에 나가니 한국과 관련된 것이라면 무엇이든 다 고맙고 감사했다. 지배와 설움의 압박 속에서 살아온 한국의 발전된 면모를 확인하는 것 같아 든든했다. 동유럽이라는 말은 공산주의 시대의 말이고 현재는 중유럽이라 한다. 동역, 서역 구역이라고도 한다.

5성급인 Hilton 호텔에서 묵었다.

2010년 6월 12일 토요일 맑음

헝가리 인사말: Jo napot kivanok 요 너폿 키바녹(낮 인사)

부다페스트의 힐튼 호텔에서 아침을 먹을 때 옆자리에 앉은 두 여성과 일본인 남자가 내게 텔레비전에 나오는 사람이 아니냐고 물었다. 아니라고 고개를 흔드니 '차이나?' 하여, '코리아!'라고 했다.

파리 샹젤리제의 거리를 그대로 옮겨 만든 언드라시의 거리를 걸고 스테판 성당(이슈트반 성당 - 115년 됨)에 들어가 관람을 했다. 비엔나에도 스테판 성당이 있다. 헝가리 건국 1000주년 기념 건물인 국회 의사당 건물을 둘러보고 일행과 더불어 휴게소에서 빵과 음료로 점심을 먹고 가이드가 따라 주는 와인 한 모금으로 갈증을 달랬다. 기온은 33도였고 체코는 현재 20도라고 한다. 여기서 슬로바키아(Slovakia)까지는 1시간 거리이다. 1,000만 명의 인구가 있고 헝가리와 비슷하다.

물가는 저렴하고 삼성이나 전자, 전기 등 우리나라 기업들이 많이 들어와 있다.

프라하!

드라마 〈프라하의 연인〉이 촬영된 장소여서 더욱 정겨운 곳이다.

이곳 사람들은 슬라브 민족인데 게르만족과 비슷하고 키가 크다. 맥주는 오리지널 맥주이고 달러나 로봇 등의 말은 체코어라고 한다. 화폐 단위는 코루나인데 1유로는 20코루나이다.

구소련에 대항하는 시민들의 혁명인 1968년의 일이 바로 '프라하의 봄' 사건이다. 이 사건으로 교수와 학생 두 명이 분신자살을 하기도 했다. 체코는 바다가 없고 내륙 지방에 위치한다. 서쪽으로는 독일이 있고 남쪽으로는 오스트리아가 있는데 슬로바키아는 숲이 많고 대륙성 기후이다. 2차 대전의 영향을 받지 않은 곳이기도 하다. 황금과 백합의 도시이고 영화 〈미션 임파서블〉의 첫 장면과 대부분의 장면이 프라하에서 촬영됐다고 한다. SONY 등 다국적 기업이 들어와 있다.

 구시가 광장 옆의 고바(한국 식당)에서 김치찌개로 점심 식사를 했다. 거리의 중앙 분리대에 현대 광고 깃발이 줄줄이 나부껴 한국의 거리 같았다. 대한민국 기업의 영향력이 이렇듯 넓어졌다는 생각으로 자부심을 느꼈다.

 첸트룸은 14세기 1430년경 신성 로마 제국의 황제 카를 4세가 세웠는데 프라하의 주둔 사령관은 예술가에게 더 많은 일을 시키고 폭파시키라는 명령에 따르지 않았다고 한다. 바츨라프 국립 박물관은 체코의 영역을 많이 넓힌 바츨라프 대왕의 업적을 기리는 박물관이다. 오늘의 여정을 부지런히 걸으며 마치고, 여장을 풀고 체코 프라하 역 가까운 곳에 위치한 Albion 호텔에서 숙박을 했다.

2010년 6월 13일 일요일 맑은 후 구름

 빵과 요구르트 등으로 아침 식사를 하고 아름다운 프라하의 거리를 걸었다.

 뉘른베르크 라마다 호텔이 저만치에 보였고, 걸어서 구시청의 시계탑으로 갔다. 예수의 열두 제자 모형이 12시의 시계 종소리와 더불어 나오더니 빙빙 돌면서 인사를 했다. 이 광경을 보려고 많은 인파가 몰려 인산인해를 이뤘다. 일행과 떨어지지 않도록 조심하라고 가이드는 주의를 주었다. 프라하의 옛 거리를 걸으며 동행자 중의 한 분이 내게 프라하의 분위기를 닮았다고 했다. 프라하의 분위기와 같이 온화하다고. 우리를 졸졸 따라다니는 45세인 프랭크 기사님은 철부지처럼 정말 명랑한 사람이었다. 걱정 근심이 없는 사람 같아 보였다. 시종 나와 함께 동행하고 있는 교수님 부부는 여러 가지로 유익한 설명을 해 주셨다. 가이드처럼 많은 것을 알려 주었다.

아름다운 프라하여

내 사랑하는 프라하

잘 있어라

언제 다시 올까나

도시 전체가 유적이고

예술품인 곳

성당과 모든 건축물

정든 길과 그리고

사람들아

명품 거리의 멋진 옷, 가방, 신발들

맛있는 음식들아

안녕!

　선교사로 활동했던 프란치스코 사베리오(하비에르) 사제가 30만 명의 신자들에게 영세를 주어 기념으로 그의 오른팔이 로마의 예수 성당 제대에 안치되어 있다고 교수님께서 보너스로 설명해 주셨다. 다시 가 보고 싶다고, 신앙보다도 성화에 푹 빠져 여행을 다니고 있다는 말씀을 했다. 여행은 여행을 하기 위한 이유를 찾기 위해 여행을 하는 거라고도 하셨다.

　다시 독일로 돌아왔다. 8,800만의 인구에 우리나라 5배의 면적, 16개의 주로 된 연방 국가이며 도이칠란트(도이치 민족 - 게르만 민족)로 불린다. 독일은 독일어를 읽지 못하는 국민이 600만 명 정도로 문맹이 심하다고 한다. 국민성은 무섭고, 윗사람의 말을 잘 듣고, 제2차 세계 대전이 끝나고 라인강의 기적을 이루었다. 프랑스 침공으로 보물 전쟁을 하고 게르만 '저먼(야만인)'이라고 유태인들이 칭했다고 한다. 법을 잘 지켜 FM 같은 사람들이고, 창밖에 빨래를 못 널어놓는다고 한다. 아닌 게 아니라 빨래를 널어놓은 모습은 어디서도 볼 수 없었다. 좋은 철이 생산되어 부엌 용품이나 세탁기 등이 발달하고 수상은 여자이다. 쉰 브른(아름다운 샘)에서 모두들 소원을 빌었다. 나도 내 안의 소원을 빌고 교수님 부부와 빵 가게로 가서 브레첼 빵과 푸딩을 먹었다. 무척이나 깔끔하고 고급스러운 RAMADA 호텔로 가서 짐을 풀었다.

2010년 6월 14일 월요일 비

동유럽 여행의 마지막 날이다.

아침 식사 후에 호텔 주변을 산책했다. 크고 작은 나무와 풀들로 뒤덮인 주변은 산책 코스로 안성맞춤이었다. 30분 정도를 산책하고 호텔 내부에 걸려 있는 그림을 감상하며 우리를 태우고 갈 여행 버스가 오기를 기다렸다. 도착한 버스에 올라타서 오늘의 일정에 대해 설명을 듣고, 어젯밤 자기 아쉬운 마음에 즉석에서 써 놓은 시를 교수님 부인에게 보여 주니 낭송하라며 가이드에게 의견을 전달했다. 곧 마이크가 주어졌고 내가 앞에 나가 낭송하고 자리로 돌아와 앉으니 프랭크 기사가 다가와 눈물이 난다며, 알지도 못하는 한국어의 시를 평해 주었다. 모두 숙연히 들으며 잠잠히 바라보았다. 외국에 다니면서도 정치적인 대화의 의견 차이로 갈등을 빚는 모습을 보고 일치를 이루었으면 하는 마음이 담긴 시였다. 여행사의 홈페이지에 올려 달라는 부탁을 받고 그러겠다고 했다. 독일과 호주의 축구 경기가 있었다. 4:0으로 독일이 승리했다.

하이델베르크엔 중세 시대 때의 고성인 영주들의 성이 산꼭대기 위에 고색창연하게 버티고 서 있어 아득한 날의 영화를 말해 주었다. 옛것을 지켜 내는 이들의 속 깊은 마음에 감탄을 하며 존경의 마음까지 요동치고 있었다. 마르크 시절엔 이곳으로 유학을 많이 왔다고 한다. 와인 숲이 있고 와인 빌리지도 있었다. 하이델베르크는 신성한 언덕이란 뜻이고, 뉘른은 새롭다는 그리고 브르그는 성이라는 의미라고 한다.

구시가를 관광했는데 고성에서 거대한 와인 통을 둘러보고 마녀의 발자국이라는 곳의 자국도 밟아 보았다. 높은 계단을 내려와 교수님 부부와 기념사진을 찍고 조금 늦게 도착한 버스에 올랐다. 교수님 부부는 부인이 전에 근무를 했던 베를린으로 예약된 비행기를 타고 친구를 만나러 가기로 되어 있어 늦게 출발한 버스 안에서 발을 동동 굴렀다. 프랑크푸르트에 도착하니 엄마와 볼프강이 반갑게 기다리고 있었다. 두 분은 3박 4일로 본당에서 하는 행사인 성지 순례를 하고 오셨다고 한다. 함께 집으로 돌아와 여장을 풀고 선물도 드리고 여행지에서의 에피소드에 대한 대화를 나누며 식사를 하고 난 후 TV 시청을 잠깐 하고는 잠자리에 들었다.

2010년 6월 15일 화요일 흐림

아침에는 날씨가 조금 흐렸다. 엄마와 볼프강은 정원의 나무들을 손질하시고, 김을 구워 무치고 해물볶음과 밥을 지었다.

저녁으로는 떡볶이를 해서 먹었다. 간장 떡볶이로 소시지와 양배추를 넣고 붉은 비트를 채 썰어 곁들이고 파파야도 먹었다.

산책을 하다가 커다란 개를 만나 잠시 쉬다가, 개의 주인이 다른 개를 데리고 나와 부르는 소리를 듣고 안심하고 걸었다. 독일은 집집이 동물을 많이 키우는 것 같았다. 너른 들녘에 밀밭이 끝없이 펼쳐지고 유채와 양파밭이 있는, 푸른빛의 싱그러움 속에 잠겨 사는 날들이 꿈만 같았다. 참으로 넓은 땅덩어리이다. 오밀조밀한 한국의 땅과는 너무나 차이가 나서 우리나라도 좀 넓힐 수는 없는가 하고 상상을 해 보았다. 밤에 엄마의 생일 파티 메뉴를 짰다.

2010년 6월 16일 수요일 맑음

아침을 먹고 세탁을 한 후에 그로스게라우의 번화가에 다녀왔다. 선물 가게에 들러서 작은 선물용품들을 샀다. 신발가게에서는 샌들과 기능성 신발(20만 원 정도)도 샀다. 점심은 엄마가 해 주시는 칠면조 요리를 먹고 후식으로 파파야를 먹었다. 2층으로 올라와 엄마와 계속 대화를 나누다 명품 선글라스를 선물로 주셨다. 옷가지들도 정리를 하며 보여 주시고 엄마가 지은 시 '나의 진정한 친구'를 읽으며 수정도 하고, 옛날에 나온 나눔지(프랑크푸르트 한인 천주교회와 독일 마인츠 한인 천주교회) 주보에 실린 엄마의 시와 수필, 기행문 등을 읽었다. 엄마에게도 문학에 대한 열망이 많았다는 걸 이제야 제대로 알았다. 오랜 세월 독일에 거주하여 한국어 어휘 구사가 좀 서툴긴 하지만 그래도 일기를 쓰고 틈틈이 글도 쓰고 계셨다. 이제야 기억하지만 엄마가 공부를 했던 아주 두꺼운 《가정의학전서》의 뒷면에 김소월님의 〈진달래꽃〉 시가 적혀 있던 걸 본 적이 있었다.

친구 분에게서 받아 온 집에서 기른 콩나물을 데쳐서 무치고 잡곡밥으로 저녁을 먹고 마을 길로 산책을 했다. 마을길 산책은 들녘 산책과는 느낌이 달랐다. 어느 집이나 청바지나 장화, 인형 등으로 개성 있는 정원을 가꾸어 놓았고 어디를 가나 정리 정돈이 잘되어 있었다. 꽃과 나무들이 자연스럽고 예쁘게 피어 있었으며, 갖가지 나무 외에도 나름대로 멋을 부린 위트가 담장 주변과 집 앞을 단장하고 있었다.

체리나무, 밀밭, 보리……. 직장 생활을 하다가 퇴직한 사람이나 은퇴한 의사나 여유가 있는 분들이 많이 머무는 조용한 마을이었고 자동차 소리나 집에서 나는 소음조차도 잘 들을 수 없는 구역이었다.

2010년 6월 17일 목요일 흐림

밀밭 속의 양귀비꽃

섬뜩한 아름다움
흉터 닮은 붉은 홍紅의 절정
그 넓은 푸름 속에
감성의 등대가 서 있다
떠날 수 없는
돌이킬 수 없는
멈출 수밖에 없는
오, 자연 속의 혈의 눈
꽃의 황홀경이여

오후에 장을 보러 Real 중국인 대형 상점으로 갔다. 가다가 비를 만났다.

단무지, 불고기 양념, 참깨 등을 사 가지고 오다가 루프탄자 공항에서 근무를 했던 볼프강의 평생회원증으로 공항의 상점에 들러 향수와 샴페인과 쇠고기 등을 샀다. 중국인 상점에서 완두콩과 와사비로 만든 태국 식품 캔을 샀는데 참 맛있었다. 먹어도 먹어도 자꾸만 당겨 계속 집어 먹으며 한 통을 다 비우고 집으로 왔다. 비가 억수로 쏟아져 더 돌아다닐 수가 없었다. 저녁에 비가 좀 멈추어 마을 길 산책을 했다.

2010년 6월 18일 금요일 맑음

내일 손님을 치를 반찬과 음식들을 준비했다. 두 분은 운동하러 가시고 미리 써 놓은 축하의 글을 카드에 옮겨 적었다.

멸치볶음과 김무침, 고등어무조림을 만들었다. 오후에 쇠고기와 돼지불고기를 재어 놓았다.

2010년 6월 19일 토요일 맑음

아침부터 음식을 장만하여 손님을 맞이했다. 호박, 명태부침, 고구마튀김을 하고 김밥을 쌌다. 잡채도 만들고 슈파겔 샐러드도 준비했다. 반찬은 무생채, 김치, 김가루무침, 단무지채무침, 멸치볶음, 소불고기 등으로 차렸다.

김수명 씨 부부와 영빈 민정, 율리아 씨 그리고 마리아, 엘리자베스를 초대했다. 오후 5시에 시작하여 10시경까지 즐거운 시간을 보내고 생일잔치를 마무리했다. 뿌듯하고 숙제를 마친 듯 개운했다. 상추와 깻잎, 쑥갓은 율리아 씨가 재배한 것을 말끔히 다듬고 씻어서 소쿠리에 담아 왔기 때문에 한결 수월했다. 싱싱하고 맛있었다. 크리스털 잔들이 부딪힐 때마다 맑고 고운 소리를 냈다. 한결같이 김치를 아주 좋아했고 이곳의 한인 대부분은 독일이라는 나라의 국민성 속에서 살아서인지 검소하면서도 남의 나라에 뒤지지 않는 자존심도 강했다. 장식용 촛불이 여러 개 놓인 식탁은 화려하면서도 고급스러웠다. 그릇들도 품격이 있고 세련되어 한층 기분을 좋게 하여 손님을 맞는 기쁨이 있었다.

권 엘리자베스 씨는 내 선물로 작은 명화 액자를 사 오셨다. 김수명 씨는 교수인데 예리한 성품을 지니고 있었고 고국에 대한 불만도 많았다. 자꾸만 대화가 지방색과 정치 쪽으로 많이 흘러 그건 좀 아니라는 생각이 들었다. 엄마는 이런 대화를 아주 싫어하셨다. 모두 집으로 돌아가시고 볼프강은 식기세척기에 그릇들을 넣어 돌렸다. 나머지는 내가 설거지하고 나서 샤워를 했다. 스포츠용 상큼한 젤을 다리에 바르고 꿈나라로 향했다.

2010년 6월 20일 일요일 맑은 후 흐림

해가 눈을 감았다 떴다 한다. 맑았다가 흐렸다가 종일 햇볕이 왔다

갔다 했다. 마을 입구의 넓은 밭에서 키가 큰 남자 둘과 비키니를 입고 일을 하는 젊은 여자가 인상적이었다. 이곳 사람들은 아무리 뜨거워도 양산을 쓴다든가 모자를 쓰는 법이 별로 없다. 태양에 그대로 노출하고 다녀도 그을린 모습이 별로 보이지 않았다. 여름 햇볕 속을 당당하게 걸어 다니는 그들이 보기 좋았다.

엄마의 머리에 한국에서 가져온 천연 염색약으로 염색을 해 드렸다. 햇빛을 받아야 염색이 되는 약이어서 정원 옆 베란다의 식탁에 앉아 한참을 참새처럼 지껄이며 시간을 보냈다. 그 후 외출 준비를 하고 승용차로 1시간을 달려 푸랑크푸르트의 한인 성당에서 미사를 하고 왔다. 모두가 한국인들이었는데 검소했고 여자들도 화장을 거의 하지 않았다. 김수명 씨 부부가 식사 초대를 했는데 오늘의 계획이 있어 사양했다. 김 씨 부인은 키가 크고 날씬했으며 대단한 미인이었다.

2010년 6월 21일 월요일 맑음

새벽부터 일어나 나들이 준비를 했다. 승용차가 방전되어 택시를 타고 180년 된 로렐라이의 'Asbach' 배를 타고 유람을 했다. 배 안에서 코코아와 빵(Schinken을 얹은 빵), 치즈와 커피를 먹었다. 라인강은 대단히 아름다운 강이었다.

월요일이어서 사람들이 그리 많지 않았고 붐비지 않아서 좋았다. 강가 양옆의 풍경은 그야말로 한 폭의 그림이었다. 고성과 교회 탑들이 우뚝 솟은 고풍스러운 언덕은 눈을 돌릴 수 없도록 나의 시선을 사로잡았고, 물속에선 백조 몇 마리가 떠다니고 있어 낙원의 향기를 뿜어내고 있었다. 마인츠에서 쾰른까지 라인강의 전 코스를 유람했다. '강 안의 섬'도 군데군데 자리하여 운치를 더해 주었다. 나를 사랑하는 사람과의 동행이어서 더욱 행복했고 두 분에게 감사했다. (오전 9시 40분에 도착하여 45분에 출발했는데 돔(성)에 도착하니 12시 30분쯤 되었다)

Rüdesheim은 여행자들의 기념품으로 유명하고 2차 세계 대전 희생자들의 기념탑이 있는 곳이다. 곳곳마다 포도밭이 전역에 펼쳐져 있었고 그래서인지 술이 유명했다.

루히네. 이곳의 빈 성(옛 성)은 옛날에 영주가 살던 곳이다. 이 성은 선채로 비바람과 세월의 풍파에 깎인 흔적이 그대로 남아 오래된 미술품 같은 아름다움을 간직하고 있었다. 그 모습을 바라보고 있노라니 회귀하고 싶은 내 안의 본능이 꿈틀대고 있었다.

BINGEN에 도착. 멈춤.

돌로 만들어진 성을 수첩에 스케치했다. 놓치고 싶지 않은 광경을 내 손으로 그리고 싶었다. 중국인들이 탑승하고, 함께 앉아 대화를 나누던 나이 지긋한 일본인 부부가 내렸다. 남편에게 극진히 대하고 밖에 나와서까지도 순종적인 그 부인이 인상적이었다. 엄마는 이 시대에 그런 모습의 여자가 이해가 안 된다고 거부감을 내보였다. 부인은 한마디도 먼저 이야기를 하는 법이 없었다. 저만큼에 여행 버스가 멈추어 있고 Pfalz(물속의 집)도 보였다.

Loreley!

깎아지른 절벽 위에 로렐라이 요정(인어상)이 보였다. 배 안에서 로렐라이의 노래가 흘러나와 따라 불렀다. 볼프강이 고개를 끄덕이며 듣고 있어 조용히 계속 불렀다. TOURING 레스토랑에서 점심으로 감자와 술과 고기 요리를 먹었는데 매우 맛있었고 이곳은 호텔과 겸용이었다. 배 안에서 만난 일본인 노부부를 여기서 다시 만났다. 300여 대의 배가 오가는 이곳은 사람들이 많이 붐비었다. 레일 위로 움직이는 마차를 타고 점심 식사 후에 라인펠스성으로 갔다.

지금은 비었지만 아득한 그날에 사람들이 살았던 거대한 성이다. 짐승과 돼지 등을 잡았던 곳도 동굴처럼 아주 넓게 남아 있었고, 단두대도 있어 역사의 현장이 그대로 보존되어 있었다. 무시무시한 상상이 도져 겁이 났다. 수많은 사람들이 먹었을 커다란 우물도 있고 행사를 했던 장소도 있었다. 모든 것이 초대형이었다. 기념으로 엽서와 물개 반지를 샀다.

다시 St. Goar역으로 가서 기차를 탔다. 자동판매기에서 볼프강이 승차권을 뽑았다.

아이스크림(녹차, 바닐라, 코코아, 초코)을 먹었다. 다양한 인종들이 머물러 서서 기차를 기다리는 모습에 이곳이 어느 나라인지 잠시 헷갈릴 지경이었다. 2층으로 올라서 바깥의 경치를 구경했다. 기차역의 풍경을 보니 한국이 더 깨끗하고 정돈된 선진국 같다는 느낌이 들었다. 낙서가 많아 너무 자유로운 사람들이 아닌가 하는 생각이 들었다.

한국을 떠나올 때의 눈물은 감격의 눈물이었다. 내가 처음으로 외국 여행(유럽 여행)을 하는 것에 대한 감격의 눈물. 이제 다시 프랑크푸르트 공항에 내려앉는 대한 항공 비행기를 멀리서 바라보니 반가워 어찌할 줄을 몰랐다. 나를 데리러 온 비행기(고향)처럼 반가움의 설렘으로 꽃미소가 가슴으로 번져 왔다. 내 나라로 돌아가고 싶은 애틋한 심정의 뜨거운 눈물이 맺혔다. '꿈꾸는 라인강'도 영원히 나를 붙잡아 두지는 못할 것 같다.

2010년 6월 22일 화요일 맑음

차를 수선하기 위해 볼프강은 프랑크푸르트로 가시고 엄마는 아침 미사 참례를 하셨다. 아침을 먹고 엄마가 좋아하시는 고구마튀김을 했다. 잔치 후 남은 야채와 고기로 볶음밥을 해 먹고 쇼핑을 했다. 나는 엄마와 볼프강에게 드릴 선물을 샀다. 너무나 극진한 대접을 해 주시고 두 분이 여러 가지로 배려를 해 주시어 불편함을 모르고 지냈다. 루프탄자에서 티셔츠를 사고 향수와 술, 배추와 무, 과일(파파야) 등을 샀다. 한국으로 돌아갈 날이 내일 모레이다.

저녁에 남은 불고기를 더 넣어 볶음밥을 하고 식사 후에 한국과 나이지리아의 축구 경기를 시청했다. 2:2로 비겼다.

동점인데도 좋아서 화기로 가득한 한국 선수와 우울하고 어두운 나이지리아 선수들의 얼굴이 대비되었다. 경기는 승부를 가리는 것이지만, 이기는 팀이 있으면 지는 팀이 있다는 것이 정석인데도 이겨야 한다는 부담감을 안고 경기에 임하는 선수들의 심정이 이해가 된다. 지금 우리나라 국민들은 안도의 가슴을 쓸어내리며 기뻐하리라. 나도 파이팅이다!

밤에 잠이 잘 오지 않았다. 오후에 다크초콜릿을 먹기는 했지만 내일 모레면 한국으로 돌아가 다시 일상의 반복 속에 하루하루가 이어지리라 생각하니…….

2010년 6월 23일 수요일 맑음

날씨가 화창했다. 하늘에 비행기가 지나간 자리에 체크무늬 같은 자국이 남아 있었다. 구름도 얇게 발라 놓은 버터와 같이 반투명으로 보였다. 편편한 하늘이 평화롭고 좋았다. 한가한 하늘이다.

잡곡밥과 빵, 토마토, 고구마튀김, 바나나, 슬라이스 햄과 치즈, 생크림(우유), 딸기잼, 꽃잼, 커피와 녹차, 꿀과 딸기를 갈아 넣은 딸기 주스 등으로 진수성찬의 아침을 먹었다. 배추를 씻어 간을 절여 놓고 찹

쌀죽을 쑤고 마늘 생강을 갈고, 젓갈에 고춧가루를 풀어 불려 놓았다.

"좋은 책을 읽는 것은 과거에 가장 뛰어난 사람들과 대화를 나누는 것과 같다" - 프랑스 철학자 데카르트 -

굳이 이런 명언을 알지 못해도 뛰어난 그들과 대화를 나누고 싶어 틈틈이 몇 권의 책을 읽었다.

《Say But the World》,《여성이여 깨어나라》,《미사를 통한 치유》 등…….

《미사를 통한 치유》는 로버트 드그란디스의 저서인데 천주교 신자가 아니더라도 마음의 상처를 치유받기 원하는 사람은 읽어 볼 만한 책이었다. 읽다 만 책을 다 읽고 나서 세 포기의 김치를 담갔다. 먹음직스럽게 잘 담가졌다.

볼프강은 렌터한 차를 돌려줬고 엄마는 레지오 마리애 회합을 하고 오셨다. 오시면서 체리를 한 주먹 가져오셔서 맛있게 먹었다. 점심으로 독일 음식 카터펠푸퍼를 해 주셔서 와인 한 잔과 함께 잘 먹었다. 감자떡 같은 카터펠푸퍼는 참 맛있다. 독일은 거의 매일 감자 요리를 먹는다. 주식이 감자이다. 저녁으로는 고구마튀김을 바삭하게 데워서 새로 담근 김치와 볶음밥 남은 것에 점심에 먹은 소스를 더 넣어 볶아 먹었다. 비트절임 한 접시가 동이 나고 엄마와 함께 마지막 저녁 산책을 했다. 다음을 기약하는 산책이었다. 전원 풍경, 저녁 햇빛이 얼마나 좋은지……. 참으로 좋았다. 밀밭 한쪽과 양파밭 수확을 한 곳도 있었다.

밤에 독일과 가나의 축구 경기를 보았다. 2:1로 독일이 이겼다. 한국과의 경기가 있을 때면 볼프강이 마음을 졸이며 열렬한 응원을 했고, 독일의 경기 때는 우리가 함께 진심 어린 응원을 하여 화기애애한 분위기가 이루어졌다.

늦은 밤 샤워를 하고 자리에 누우니 상쾌하고 편안했다. 내일이면 간다. 한국으로……. 비행기를 타고 쇼옹!

2010년 6월 24일 목요일 맑음

고국으로, 한국으로, 내 머물던 곳으로 가는 날!

아침 일찍 일어나 정리를 하고 짐을 다시 꾸렸다. 베갯잇과 침대보를 벗겨 세탁 바구니에 담고 청소도 깔끔하게 했다. 술병만 빼서 진공 포장지에 포장을 하고 아침을 먹었다. 점심은 소시지와 잡곡밥. 양배추와 베타셀리아 샐러드를 먹고 커피를 마셨다. 소시지는 끓는 물에 데치고, 소시지 소스는 마기(토마토칠리소스와 카레 가루)를 뿌려서 먹었다. 과일을 후식으로 먹고 마지막 인사를 나누었다. 엄마가 직접 만드신 간식으로, 딸기시럽을 얹은 카스텔라 빵을 루프탄자 공항에서 건네받으며 서로 눈시울이 붉어졌다. 함께 부둥켜안고 할 말을 잃었다.

저만큼에서 눈물을 훔치고 계신 엄마를 보니 사랑하는 사람과의 이별의 한이 하늘과 땅을 뒤덮은 듯 바닷물 같은 짠물이 말없는 입술로 흘러들었다.

7시 5분에 독일 프랑크푸르트를 출발했다. 높디높은 곳으로 떠오른 내 몸의 중력이 자꾸만 그분에게로 다가서는 걸 알았다. 한때는 오해도 했었고, 미움도 많았던 시절의 잔영들이 허공으로 흩어졌다.

36.500feet: (11.125m)

624km/h: (비행 속도)mph

바깥 온도: -52도C

-63도C

(F)

일기는 여기까지 끝을 맺었고 더는 쓰지 않았던 듯싶다. 그리고 일기장의 맨 뒷면에 이런 추신이 붙어 있었다.

* 서인옥 작가님께 한 권의 일기장이 더 배달될 겁니다. 차후에 그걸 토대로 해서 글을 써 주셨으면 좋겠습니다. 그 글이 어떤 장르로 나오든 상관은 없습니다. 다만 내 어머니의 삶의 흔적들이니 나를 대신하여 세상에 남겨지기를 바라는 심정으로 부탁드리는 것입니다. 그건 어머니께서 내게 주신 소중한 재산인 어머니의 일기장이기 때문입니다. 제게 그럴 힘과 시간이 남아 있지 않은 것 같아 염치 불구하고 맡겨 드립니다. 감사합니다. 안녕히!

뜨거운 물줄기가 가슴을 타고 흘러내렸다. 점점 마비되어 가는 그의 몸은 머지않아 기능을 멈추고 이제 전화도 연락도 할 수 없으리라 생각하니 암담하고 어찌해야 할지 모르겠고 마음만 초조했다. 그의 어머니가 아신다 한들 가슴만 아플 뿐이다. 인옥은 밤새 생각과 고민을 거듭하다 잠이 들었다.

새벽빛이 창으로 비쳐 드는 시간, 어디선가 닭이 우는 소리가 들렸다. 휴대 전화기가 인옥에게 〈러브 스토리〉의 〈눈 장난〉을 들려주며 기상을 재촉했다. 알람이라기보다 음악 감상용이라고 해야 맞다. 팔을 빼서 책상 위의 전화기를 집어 메시지 확인을 했다. 서양화가 하원경이란 이름을 밝힌 독자의 첫 개인전 소식과 응원 문자가 기다리고 있었고, 다음으로 'ㅌ'이 찍힌 아래에 'ㅑ' 모음과 영어가 두 글자 있고 숫자 4개가 연이어 있었다. 해독할 수 없는 호준의 전화 메시지의 내용을 보며 드디어 올 것이 오고야 만 느낌이었다. 이제 어떤 연락도 할 수 없으리라. 몇 시간 차이로 강민경이란 여자의 문자도 있었다. 이 여자의 이름을 호준의 입을 통해 들었던 기억이 났다.

- 강민경입니다. 윤호준 씨의 부탁을 받고 연락을 드립니다. 호준 씨는 어젯밤에 영원한 안식처로 떠났습니다. 미리 오시지 말고 나중에 이곳 추모원 '평화의 문'으로 오십시오. -

사흘 후 저녁 무렵. 인옥은 평화의 문으로 들어갔다. 누군가 호준의 사진을 걸어 놓았다. 함께 보낸 그 밤에 호준이 인옥의 손에 놓아 준 네잎클로버를 장미꽃 장식이 있는 작은 액자에 넣어 호준의 대문 앞에 놓아 주었다.

  '행운을 빌어요. 준!'

  손수 써 넣은 글씨가 호준의 손목처럼 인옥의 목에 아프게 감겨 왔다. 부드럽고 나긋한 그의 청춘이 시름없이 웃고 있었다.

천 개의 빗방울

비의 밀림 속에 서 있었습니다
내 곁에서 자라는 나무들이
하늘까지 닿았습니다
천 개의 빗방울로
만 개의 물줄기로
20억 년 신비의 물 바위가
겹겹이 쌓였습니다

천만 개의 죽순이 내 몸에 자랐습니다
벗겨지는 살갗 위로
하얀 피가 흘렀습니다
투명한 내장을 달리는
기적 소리에 놀라
선운사로 기별을 보냈습니다
피어나지 못한
꽃들의 발목을 풀고
묵힌 장독대의 뚜껑을 열어
번호를 돌립니다

손가락 끝에 매달린 허공이
짭조름한 눈물을 훔칩니다

날이 저물어 갑니다
빈 항아리에 고인
바람 소리가 가슴을 짓누릅니다
아픈 꽃잎이 떨어지고 만 것인지
잠든 상사화가
다시 돋고 있는 밤입니다.

영화보다 영화다운

　김진우와 마주 앉은 인옥의 집필실 테이블 위에 시나리오 작품집 한 권이 놓여 있었다.

　호준을 떠나보내고 한동안 슬픔과 휑한 허전함이 등골을 타고 오르내리던 인옥은 마음을 가다듬고 글 쓰는 일에만 전념했다. 평온한 나날을 침범하는 또 다른 사건이나 사고, 이별이나 사별의 충격에서 벗어나려면 본연의 업무나 건설적인 일에 집중하는 것만이 최선이었다. 내 의지와 상관없이 떠나간 것들을 붙들고 아쉬워하고 되씹고만 있다면 우울해지기 쉽고 앞으로 살아갈 날들을 축소하는 것이다. 어서 빨리 일어서서 사랑했던 이와 미워했던 이들에게 보란 듯이 의지의 항해를 해야 한다. 파도가 높다고 가던 길을 멈추면 추락이나 침몰 외에 더 나은 삶의 풍경을 보여 주지 못한다. 그들도 나만 기억하고 있는 것은 아닐 것이기 때문이다. 더불어 살아가야 하는 생존한 우리들은 뜨개옷을 뜨듯이 서로의 안부를 물으며 서로의 하느님이 되어 필요한 것을 채워 주는 신이 되어야 한다. 유일한 신이 하늘에만 있는 것은 아니란 말이다. 호준이 원했던 것을 이루어 주어야 하는 임무를 맡은 인옥은 호준에게 그와 같은 존재가 된 것이다.

"진우 오빠, 하실 수 있겠지요? 영화로 만들 수…….."
"음, 해 보자. 영화는 처음이지만 내가 J대 예술 대학 출신이라 선후배들 중에 유명한 영화감독이 여러 명 있다."
"감사해요. 근데 언제쯤 착수할 수 있겠어요?"
"우선 시나리오 대본을 만들어 선배 민영택 감독님에게 보내야겠어."
"아, 그 감독님 작품을 영화관에 가서 본 적 있어요. 섬세하면서도 예술성이 농후한 작품이었지요."
"나도 민 감독님 작품은 거의 빼놓지 않고 보는 편이지. 어느 한 부분도 소홀히 다루지 않고 열정적으로 임하시는 분이니까."
"지금까지 독일에 가서 나라를 위해 수고하고 외화를 벌어들인 간호사나 광부들의 개인적인 이야기까지 중점적으로 다룬 작품은 없었잖아요. 그래서 이번 작업은 큰 의미가 있다고 생각해요."

인옥의 눈빛에 의지가 서리고 빛이 났다.

"맞는 말이야. 어렵던 시절에 이 나라의 딸과 아들들이 해외로 나가 극심한 고통을 겪으며 일하여 벌어들여 이만큼 나아진 생활을 하게 된 것이지."

시나리오 작품집을 넘겨 가며 고개를 끄덕이던 김진우도 동감을 하며 맞장구를 쳤다.

"내가 이걸 가지고 가서 민 감독님과 상의한 다음 연락할게."
"네, 기다릴게요."

인옥은 작품집을 들고 일어서는 진우의 다른 손에 데친 머위와 밤버섯 등이 담긴 아이스 백을 들려 줬다. 주변의 야산에서 채취한 것들이었다.

"밤버섯은 여기서도 별로 구하지 못하는 귀한 것이니까 잘 드세요."
"그래, 고맙다. 늘 받아만 가는구나."
"뭘요. 제가 오빠에게 받은 게 많잖아요. 비싸고 맛있는 건 다 사 주셨잖아요."
"그 정도는 이 오빠가 해 줄 만하다. 인옥이 너도 건강 잘 챙겨라."

차에 올라타는 진우를 배웅하기 위해 천천히 조심해서 운전하시라는 말을 하며 가볍게 손을 흔들었다. 바람이 부는지 나뭇잎들이 흔들거리며 오후의 햇살에 반짝거렸다. 진우가 떠난 자리는 항상 고적했다. 오는지 가는지 모르게 출렁임이 별로 없는 공기만이 남아 편안했다. 어떤 사람은 유별나게도 자신의 존재를 드러내며 들썩이고 다니는데 김진우는 그와는 정반대였다.

인옥은 집필실 앞의 작은 텃밭에 심어 놓은 상추며 쑥갓, 아욱 등을 뜯어 저녁 먹을거리를 장만했다. 가지와 오이와 고추를 따서 전에 사 놓은 양파 몇 개를 사등분하여 물과 식초를 같은 비율로 섞어 부은 후 투명한 통을 식탁 한쪽에 올려놓았다. 잡풀도 제거하고 여기저기서 얻어다 심은 키 작은 나무들을 손질하고 좁은 공간의 마당을 쓸었다. 아욱국을 끓이고 상추에 참치 통조림을 뜯어 쌈을 싸서 저녁을 먹고 텔레비전을 시청하다 독서를 했다. 몇 페이지를 읽다가 인옥은 쓰던 원고를 손질하고 잠시 나른하여 눈을 붙였다. 항상 자정이 넘어서 잠자리에 드는 습관 탓에 아직도 자려면 멀었는데도 상추를 먹은 효과인지 졸려 왔다. 소파에 기대어 얼마나 졸았을까. 휴대 전화에서 바꾸어 놓은 음악 Era의 'Divano'가 웅장하게 울렸다. 꿈인지 생시인지 구분이 안 되는 잠에 취한 상태에서 전화를 받았다.

"여기는 H 대학 병원 응급실입니다. 서인옥 씨 맞습니까?"
"아…… 네에 그렇습니다만……."
"김진우 씨가 교통사고를 당해서 방금 응급실로 옮겨졌습니다. 바로 와 주세요."
"얼마나 다쳤……."

이미 전화가 끊겼다. 허둥지둥하다가 정신을 수습하고 곧바로 택시를 불러 타고 H 대학 병원 응급실로 달려갔다. 가는 동안 초조함으로 목이 타고 심장이 멎을 것 같았다. 별일은 아니겠지 하고 애써 감정을 억누르며 응급실 문을 열었다. 어디에 있는지 아무리 찾고 또 찾아보아도 김진우는 보이지 않았다. 그런데 바로 눈앞의 구조용 침대에 누운 사람이 그였다. 피가 철철 흘러 눈과 얼굴과 옷이 피범벅이 되어 자세히 보아야 알 수 있을 만큼 엉망이었다.

"진우 오빠! 이게 어떻게 된 거예요?"
"으응……. 달려드는 옆의 차를 비키다가 뒤차에 받혀 뒤집어졌어."
"세상에……. 정말 큰일 날 뻔했네요. 이 정도로 얼마나 다행이에요."
"그래 나도 그렇게 생각해. 하늘이 도우셨지."

응급 수술실로 옮겨 피를 닦아 내고 보니 눈가와 이마 그리고 귀밑에 찢어진 상처가 보였다. 다른 곳은 그대로 아물면 될 정도인데 눈가는 상처가 심해 이십여 바늘을 꿰맸다. 공포에 질려 그 상황을 보고 있노라니 응급실의 다른 환자들의 비명은 들리지 않았다. 다 끝나고 보니 안쪽에선 난리가 아니었다. 계속해서 들어오는 환자들과 보호자들의 아우성이 잠시도 쉴 수 없게 했다. 말로 표현은 안했어도 꿰맨 모습이 만화 캐릭터를 닮았다고 생각되었다.

"꿰맨 자국이 흉터로 남을 겁니다. 상처가 좀 심해서요."

빚어 놓은 조각품 같은 얼굴의 젊은 성형외과 의사가 걱정스러운 듯 말했다.

"다 나으면 나중에 성형 수술을 해야지요."

긴장이 좀 풀렸는지 김진우가 응수를 했다.

"보호자님은 옆방에 빈 침대가 있는 곳에서 잠시라도 눈을 좀 붙이시지요."

인옥의 얼굴에 고단한 기색이 역력하자 마무리 손질을 하고 있던 의사 모재석이 한마디 했다. 그러지 않아도 쓰러지기 일보 직전이어서 조용히 일어나 응급 처치 용품이 쌓인 방으로 들어가 침대 위에 누웠다. 한결 숨쉬기가 나아졌다. 인옥은 눕자마자 깜박 잠에 들었는지 누군가 조용히 문을 여는 기척에 놀라 살짝 눈을 떴다. 의사 모재석이 안을 살펴보더니 스위치를 내리고 문을 닫고 갔다. 아마도 인옥이 잠에 든 것을 보자 다 마쳤다는 말을 못 하고 간 듯했다. 인옥은 문을 열고 나와 그제야 응급실 내부를 찬찬히 살펴보았다. 노인 한 사람이 죽어서 나가고 또 한 사람은 거의 사망한 상태로 들어와 온갖 처치를 다 했는데도 죽음을 맞았다. 한쪽에서 젊은 남자의 옷을 다 벗겨 놓고 심폐 소생술(CPR)을 시도하고 있는 의사들의 얼굴에 땀이 비 오듯 쏟아졌다. 여의사와 함께 체격 좋은 의사가 있는 힘을 다해 흉부를 누르며 거듭 시도를 하고 있었다.

"저 여자에게는 안됐지만 다리 좀 봐. 이미 죽었구만……."

푸르뎅뎅한 두 발과 다리를 보며 나이 든 여자가 혼잣말로 말했다. 저만치서 그 남자의 부인이 포기하지 않은 얼굴로 이 광경을 지켜보고 있었다. 잠시 후 응급실 안에 통곡 소리가 울려 퍼졌다. 아버지인 듯한 노인이 의사들에게 항의하며 삿대질을 했고, 다른 가족들은 가만히 있지 않겠다고 우왕좌왕 떠들며 한동안 응급실 안이 소란스러웠다. 김진우는 지친 듯 그 소란함 속에서도 잠이 들어 있었다. 인옥은 가만히 다가가 이불을 올려 덮어 주고 거즈로 덮인 얼굴을 한참 동안 지켜본 뒤 변의를 느껴 화장실로 갔다. 용변을 마쳤는지 인턴 여의사 세 명이 서서 대화를 나누고 있었다.

"무슨 좋은 꼴을 보겠다고 의대에 들어와서……."

한 사람의 말이 끝나기도 전에 다른 의사가 말을 이었다.

"산 넘어 산이요, 갈수록 태산이고 앞이 하나도 안 보인다."

하며 한숨을 쉬었다. 인옥이 그 의사에게 그래도 다른 사람이 가고 싶어도 가지 못한 길이 아니겠냐고 한마디 하니 의아한 표정으로 바라봤다. 조금 전 응급실 안에서의 소란을 목격한 인옥이지만 그들에게 위로를 하고 싶은 마음으로 던진 말이었다.

김진우가 잠들어 있는 자리로 돌아와 침대에 기대어 잠깐씩 눈을 붙이고 몇 시간이 지났을까. 벌써 아침이 밝아 오고 있었다. 여전히 응급 환자는 밀려들고 응급실은 통증을 호소하는 사람과 그의 보호자들과 지시를 내리는 의사의 목소리로 채워지고 있었다. 햇살이 비쳐 들듯이 어젯밤 진우의 얼굴에 멋진 수를 놓아 봉합해 주던 의사가 깔끔한 모습으로 다른 보조 의사와 함께 나타나 처치를 해 주었다. 핏물 자국으로 얼룩졌던 바지도 갈아입고 푸른색의 반팔 상의를 걸친 그의 말끔한 모습은 환자의 상처를 회복시키는 한 요인이 되는 것처럼 믿음이 갔다. 눈을 뜨고 약간의 통증이 있다고 말하는 진우에게 진통제 주사를 놓아 주겠다며 의사를 물으니 그냥 참아 보겠다고 했다. 진통제가 회복을 더디게 할 수도 있다는 설명을 듣고 빠른 회복이 더 시급한 진우는 견디기로 한 것이었다. 언제쯤 입원실로 올라갈 수 있냐고 의사에게 물으니 너무 밀려서 저녁에나 들어갈 것 같다고 했다. 김진우는 인옥에게 병원을 옮기겠다고 했다. 이 소란한 응급실에서 한시도 견디기 힘들다며 인옥의 집에서 그리 멀지 않은 A 정형외과로 전화를 했다. 한 시간도 안 되어 환자복을 챙겨 들고 와 입원 치료비를 정산하게 한 뒤 A 정형외과로 옮겨 갔다. 새로 지은 건물의 이 병원장과는 예전부터 알고 지낸 사이여서 마음 편하고 부담이 없었다. 어깨와 허리 부분의 물리 치료와 상처 부위의 소독을 받고 약을 복용했다. 그렇게 휴가라도 얻은 듯 더운 여름을 보내고 2주 만에 서울로 올라갔다. 진우의 손에 들려 주었던 머위와 밤버섯 등은 인옥이 요리를 해서 병원으로 가져다주어 진우에게 먹게 했다.

"인옥아! 넌 내 영혼에 유년의 행복한 꽃으로 저장돼 있어. 그 향기를 맡으면 내 삶이 평화로워져. 생의 초입에서 만난 넌 내게 누구도 대신할 수 없는 보물 같은 존재야."

진우가 했던 이 말이 인옥의 가슴골 사이에 솔방울처럼 매달려 지칠 때마다 약초를 달인 물처럼 올라왔다.

　늦은 시간까지 지인을 만나고 어두워진 후에 출발했다가 여산에서 그리 멀지 않은 곳에서 사고가 나 인옥의 간병을 받은 김진우는 진심으로 고맙다는 말과 더불어 사고가 나 죽을 것 같은 상황에서도 인옥의 생각만 났다는 말을 전했다.

　장문으로 오는 문자 수신 벨이 울렸다.

- 사랑은 생명의 꽃. 사랑하는 사람이 있음에 감사하며 저는 천천히 화폭 속에 폭염의 여름 인생을 그려 보며 내 마음의 시를 적어 봅니다. 뒤돌아보지도 않으며 오직 외길로 예술은 이루어지지 않은 것에 대한 열망의 산물 그리고 고독처럼 다정한 애인을 가져 보지 못했지요. 더운 날 아낌없이 시원한 예술혼의 바람을 보냅니다. 오후 시간도 행복하소서. 힘내세요. 잠시 붓대 놓고 휴식 중에……. -

　시내에 나가 일을 보고 돌아오는 버스 안에서 받은 하원경 화백이 보낸 문자 메시지이다. 어떻게 생겼을까. 나이는 몇 살일까. 성품은 어떠할까. 궁금하기도 했지만 인옥은 답장을 보내지 않았다. 신(神)이 신비스러운 건 우리 눈앞에 보이지 않기 때문이리라. 우리의 생활 안에 들어와 실체로서 함께 살아간다면 신비가 깨져 더는 그분에게 도와달라고 기도하며 흠숭을 드리지 않을지도 모른다. 인간의 식별 능력은 유한하기 때문에 한 차원 높고 깊은 그 세계를 감지하거나 분별하지 못하고 이해의 부족에서 또다시 그분을 십자가에 못 박을 수도 있다. 그리하여 불행에 빠진 내 이웃을 보고 예수님을 대하듯 하라는 말씀을 하신 것이다. 아파하는 이웃 안에 그분이 살아 있다는 어렵고도 단순한 진리를 설파하셔서 서로서로 사랑하고 화목하게 살라는 선포를 하셨을 것이다. 바로 식상한 개념의 '너'가 아닌 '나'의 이웃으로 보라는 것이다.

나무도 적정 거리를 유지해야 잘 자라서 크게 성장하는 법. 하원경에 대한 많은 궁금증을 누르며 인옥의 가슴 안에는 작은 기쁨이 돋아나고 있었다. 고마움에 대한 답례로 좋은 글을 써서 메마른 영혼을 적시고 살아가는 날 동안 힘을 실어 주고 싶다고.

호준의 존재와 그와의 추억들이 기억의 바람에 실려 와 마음 안에 장막을 치며 울먹이게 하는 날도 있었다. 남자라서 덤덤한 듯 병을 숨기고 엄마에게 영원한 작별을 하게 했는지 모르지만 그 마음을 이해할 수 있는 인옥이었다. 한번 문을 열면 봇물 터지듯 쏟아져 나올 구구절절한 사연으로 가득한 호준의 인생이기에, 너무나 그리워했고 사랑했던 엄마이기에 엄마의 울음을 눈앞에서 지켜볼 엄두가 나지 않았던 것이다.

인옥이 자라난 곳은 만경 평야의 들녘이었다. 아버지는 경찰 공무원이었는데 일본 강점기에는 만주에서 교편생활을 하는 누님을 따라 그곳에서 회사를 다녔고, 6.25 사변 때에는 지리산으로 들어가 피난을 했다. 인옥의 할머니는 미숫가루와 여비를 마련하여 귀한 맏아들에게 들려 주며 전쟁이 끝나거든 오라고 내려 보냈다. 비행기에서 폭격을 퍼부을 때는 산속으로 보리밭으로 숨어 다니며 피신을 하여 3년여 동안 집을 떠나 있었다. 처음에는 부산으로 내려간 줄 알고 인민군들이 잡으러 왔을 때 이미 부산으로 갔다고 하니 찾으러 다니다가 지리산까지 갔다. 그들이 동굴 입구 쪽에 총을 들이대며 모두 나오라 하니 함께 있던 박광철 형사는 겁이 나 굴속에서 냅다 도망치려다 총에 맞아 그 자리에서 죽었고, 인옥의 부친 서유상 형사는 손을 들고 나와 체포되어 전주로 이송되었다. 이리저리 끌려다니며 조사를 받고 나중에 살아 나와 한동안 정신적으로 힘들었다. 지인의 집에 숨어 지내며 전쟁이 끝나고도 한참을 집으로 돌아오지 않은 인옥의 부친은, 결혼을 하여 4년 동안 함께 산 부인 유석경에게 맡겨 놓은 돈을 내줄 것을 요구했는데 돈을 돌려주지 않자 그녀와 헤어졌다. 아이도 없었고, 키만 크고 매사에 서툴렀던 어린 색시가 눈물을 훔치며 떠났다고 나중에 인옥의 고모인 서금숙이 가족사를 전해 주었다. 소문으로 들은 소식에 의하면 유석경은 다른 남자에게 시집을 가서 아이를 낳고 살고 있다고 했다. 직접적이든 간접적이든 동족상쟁의 영향은 거의 모든 우리 민족의 삶에 두루 미쳤다. 6.25 당시 남쪽에만 70만 명에 가까운 무고한 민간인이 죽거나 실종되었는데 어디 그뿐이랴. 가정이 파괴되거나 발견되지 않은 희생자들은 훨씬 더 많았다. 그런 속에서도 자신의 온몸을 바쳐 다른 사람의 영혼과 육신의 구원을 위해 희생한 분도 있었으니 바로 미 군종 사제 카폰 신부이다. 이 글은 인옥이 지인의 문병을 간 병원에서 가톨릭 중앙 의료원 원목팀에서 발행한 《나음터》라는 소책자에서 읽었던 내용인데 이런 삶도 다 있구나 하고 감동을 하여 김진우에게 메일로 보내 주었다. 후에 영화 속의 한 장면으로 나와 잊혀 가는 아름다운 삶을 소개하고 회상하게 하는 임무를 수행했다. 아무나 살 수 없는 삶을 산 사람. 동북아시아의 한 작은 나라 한반도에서 일어난 이 참혹한 전쟁에 참전하여 목숨을 잃은 외국인들 중의 한 사람인 에밀 조셉 카폰(Emil Joseph Kapaun) 신부는 다른 사람들과는 다르게 전쟁터에서 희생적으로 그리스도의 사랑을 실천하다 목숨까지 바친 분이다.

그는 1916년 미국 캔자스 주 필센의 체코슬로바키아에서 이민 온 빈농(貧農) 가정에서 태어났다. 1940년 6월에 사제품을 받고 1943년부터 해링턴 공군 기지에서 사목하다가 1944년 육군 군종 신부로 2차 세계 대전에 참전했다. 이 전쟁이 끝난 후 잠시 군복을 벗었다가 1948년에 다시 입대하여 일본에서 근무하던 중 6.25 전쟁 발발 직후인 1950년 7월 미 육군 제8기병연대 소속 군종 사제로 자원하여 한국 전선에 파견되었다. 카폰 신부는 한국에 도착하자마자 곧바로 최전방 전투 부대에 배속되어 헌신적으로 임무를 수행했다. 성유와 성체를 항상 몸에 지니고 참호 속을 여기저기 뛰어다니면서 적탄을 맞고 숨을 거두는 군인들에게 종부 성사(병자 성사)를 주었고, 전투가 없을 때는 자신의 지프차에 제대를 꾸미고 미사를 봉헌했다.

전선 장병들에게 특히 감명을 준 것은 부상병 구출이었다. 전투가 벌어지면 으레 부상병들이 생기기 마련인데 군인들이 이들을 미처 돌보지 못하고 후퇴하면 카폰 신부가 그들을 안전한 곳으로 구출한 다음 자신도 그곳을 떠나곤 했다. 총탄이 비 오듯 하는 격전장에서 그는 자신의 생명은 조금도 돌보지 않고 죽어 가는 군인들의 임종을 돌보았다고 한다.

야전에서의 부상병 구출은 실상 군종 신부의 임무는 아니었다. 그래서 그의 소속 부대 장병들은 이 용감한 카폰 신부를 '총을 들지 않은 전장의 영웅', '전장의 그리스도', '살아 있는 성인(聖人)'이라고 칭송했다. 미국 언론들이 이 사실을 대서특필한 것은 물론이요 미국 정부는 1950년 8월 부상병들을 구출한 공로로 그에게 동성(銅星) 훈장을 수여했다.

1950년 11월 아군은 압록강까지 진격했다. 그래서 우리 민족은 통일이 다 된 줄 알았다. 그러나 중국(모택동의 중국 공산당 정부)이 원조항미(援朝抗美)의 명분을 내걸고 전쟁에 개입함으로써 통일의 염원은 눈앞에서 문자 그대로 일장춘몽이 되고 말았다. 이때 카폰 신부는 자기 부대를 따라 철수하라는 명령에도 불구하고 부상병들은 돌보기 위해 일부러 남았다가 11월 1일 함경남도 원산에서 미군 수백 명과 함께 중공군에게 포로로 붙잡혀 한만 국경 부근인 평북 벽동의 포로수용소로 이송되었다.

포로수용소의 생활은 죽음과 같았다. 겨울 내내 영하 20~30도의 강추위가 이어지고, 열악한 위생 환경과 식량 부족으로 고통을 받았다. 카폰 신부는 동료 동포들에게 주려고 감자, 소금, 후추, 곡물 따위를 어디서 몰래 구해 오기도 하고, 거동이 불편한 부상병의 옷을 빨아 주기도 했다. 누가 죽으면 얼어붙은 땅을 파고 정중히 장례를 지냈으며, 매일 밤 전쟁의 종식과 미군 포로들의 조속한 석방을 위해 기도했다.

또한 카폰 신부는 굶주림과 병으로 말미암아 심신이 극도로 쇠약해진 동료 미군 포로들을 하느님의 말씀으로 격려하고 위로하였으며, 그의 말에 감동을 받아 장교 10여 명이 가톨릭으로 개종하기도 했다. 종교를 떠나 수용소에서 고통을 받고 있는 수많은 군인들의 영혼의 위로자로서 최선을 다했다.

부자유스러운 포로의 몸으로도 굴하지 않고 이렇게 사제직을 충실히 수행한 카폰 신부는 1951년 세균 감염으로 한쪽 눈에 붕대를 감아야 했고, 혈전(血栓) 증세가 악화되어 다리를 절기 시작했다. 결국 그는 시체실이나 다름없는 수용소 병원에 격리 수용되었다가 그해 5월 23일 35세의 나이로 이 세상을 하직했다. "곧 하느님이 계신 곳으로 가기에 내 마음은 한없이 기쁘다."란 말을 남기고 선종했다. 그는 위독한 지경에 이르기 전까지도 군인들에게 고백 성사를 주며 사제의 의무를 다했다. 그는 단단한 체격에 얼굴이 당시 미국의 최고 배우였던 커크 더글라스를 닮았다고 한다.

1953년 6월, 휴전 협정 조인을 앞두고 포로수용소에서 석방된 미군들을 통해 카폰 신부가 생전에 보여 준 뜨거운 전우애(戰友愛)가 세상에 알려지자 많은 미국인들이 그의 죽음을 애도했고, 미군은 고인에게 육군 훈장 중에서 두 번째로 등급이 높은 수훈 십자 훈장을 추서했다. 1954년에는 미국에서 그의 전기인 《The Story of Chaplain Kapaun(종군 신부 카폰 신부 이야기)》가 출판되었고, 그 2년 후에는 당시 신학생이던 정진석 추기경이 이 책을 《종군 신부 카폰》이란 제목으로 번역, 소개함으로써 한국에서도 그의 그리스도적이고 영웅적인 삶에 대해서 알게 되었다. 한국 가톨릭 군종후원회는 그의 위대한 정신을 한국 천주교에 계승하기 위해 한때 카폰신부상을 제정한 바 있었다.

한편, 카폰 신부 출신 교구인 미국 위치토 교구는 1990년대부터 카폰 신부 관련 자료와 증언 등 자료를 수집해 오다가 2008년 6월부터 그의 시복 시성 운동을 교구 차원에서 공식적으로 시작했다. 그리고 그의 고향인 필센 본당과 함께 그에게 미국 군인들이 받는 최고 무공 훈장인 '명예 훈장(Medal of honor)'을 추서하자는 캠페인도 병행했다. 정치인들(캔자스 출신 의원들)도 2011년부터 이에 적극 동참하고 나섰다. 이 훈장은 해당 사건이 발생한 시점을 기준으로 2년 이내에 제안되어야 한다는 규정 때문에(또는 죽은 이들에게는 추서하지 않는다는 규정으로 인해) 카폰 신부에 대한 추서가 그동안 이뤄지지 못했다. 그래서 예외로 추서하자는 것이고, 미 정부도 검토 끝에 이를 받아들였다.

하느님의 종 카폰 신부의 시복 시성과 함께 61년 전 북녘 땅에 묻힌 그의 유해도 발굴된다면 얼마나 좋을까. 그러나 뭐니 뭐니 해도 이 땅에서 다시는 6.25 전쟁과 같은 동족상잔의 비극이 일어나지 말아야 할 일이다. 카폰 신부도 천국에서 그렇게 되기를, 이 땅에서 다시는 많은 사람이 피를 흘리는 일이 벌어지지 않기를, 그리하여 남북이 서로 화해하고 평화적으로 통일이 되기를 바라고 있을 것이다. 자신의 생명을 돌보지 않는 희생으로 상처받은 수많은 몸과 마음에 위로의 감동을 준 사실은 널리 알려져 이 시대의 귀감으로 삼아야 한다. 개인이든 국가든 자기의 이익만을 추구하고 타인의 어려움이나 아픔 쯤이야 눈감아 버리는 무서운 사고방식이 팽배해 가는 한 평화는 요원한 일이다. 그런 지구에서 우리의 진정한 행복이란 머나먼 꿈일 뿐이다.

우리나라의 운명을 걸고 일어난 무책임한 일의 대명사. 세계 대전을 승리로 이끈 승전국들의 모임인, 저 베를린 근교에서의 포츠담 회담에서 우리나라의 독립을 보장할 줄 알았지만 미국과 소련이 자국의 이익을 위해 38도선을 중심으로 남북을 갈라놓고 말았다. 체칠리엔호프 궁전에서 1945년 삼상(미국, 영국, 소련)이 모여 회의를 했는데, 이전의 1943년 12월에 연합국의 수뇌부들인 루스벨트와 처칠, 스탈린이 이란 테헤란에서 회담을 가져 미국이 조선에 대한 40년 신탁 통치 구상을 했고 모두가 동의했다. 한데 그 후 그들은 모두 뇌질환으로 사망했고 회담을 할 당시에 이미 치매 증상이 있어 올바른 판단을 할 수 없는 상태였다고 한다. 루스벨트는 1945년 4월 뇌출혈로 사망했고, 스탈린은 1953년 3월 뇌경색으로 사망다. 그리고 처칠은 1965년 1월 뇌졸증으로 사망했다. 초기에는 뚜렷한 증상이 눈에 보이지 않아 확인이 어려운 병이니 그 책임은 어디에 물을 수 있을 것이며 한 나라의 엄청난 불행은 어떻게 보상을 받아야 하는가. 실제로 1945년 얄타 회담 때의 사진을 보면 세 사람 모두에게서 치매의 전형적인 증상인 무표정의 모습을 확인할 수 있다. 한 나라의 땅덩어리를 반쪽으로 갈라놓은 원인치고는 참으로 어이없는 일이다. 부부 사이도 이런 말도 안 되는 일로 남남이 되는 일이 허다하니 참으로 슬프고 가슴 아픈 일이다. 국가나 가정과 사회. 어디에나 존재하는 책임지지 못할 파괴적인 언행은 삼가야 한다. 멋진 외모에 어울리는, 세상의 가시를 뽑아내는 따뜻한 언행의 카폰 신부. 그가 그립다. 그런 사람이 몇 명만 더 있다면 지상이 천국이 될 것이다. 인옥은 그가 부활하여 다시 돌아오기를 꿈꾸어 본다.

잔인한 손의 부드러움

　인옥의 엄마 홍옥영을 아버지 서유상에게 중매를 한 사람은 같은 직장에 근무하던 인옥 엄마의 사촌 오빠 홍원식이었다. 서로 오래전부터 알던 사이로 여러 가지로 인옥의 부친에게 도움을 준 사람이었다. 그러한 일들로 인해 홍원식이 금전을 빌려 달라고 했을 때 서유상은 거절하지 못하고 논 한 필지와 맞먹는 돈을 빌려주고 말았다. 처음부터 돌려줄 생각이 없었던 홍원식이 그 돈을 갚지 않자 서유상은 홍옥영에게 받아 오라고 닦달을 했다. 그러나 빌려준 사실조차 모르고 있다가 받아오라고 하니 기가 막혔지만 떨어지지 않는 걸음으로 친정을 향해 발길을 돌렸다. 등에는 한 살배기 아들을 업고 세 살 먹은 어린아이는 중풍으로 거동이 불편한 시어머니와 젊은 시누이에게 맡기고 갔다. 자꾸만 뒤를 돌아보면서 예감이 좋지 않아 가고 싶지 않았지만 무섭게 독촉하던 남편의 얼굴이 떠올라 갈 수밖에 없었다. 하지만 친정에 당도하기도 전에 먼저 도착한 소식은 세 살배기 어린 딸의 사고 소식이었다. 아이가 어른들이 방심한 사이에 신작로에 나가 덤프트럭에 치었다는 것이다.

 홍옥영은 통곡 소리조차 낼 수가 없었다. 가슴 위를 바위로 눌러 짓찧은 듯 눈앞에 노랗고 하얀 너울들이 넘실거리며 옥영을 향해 덮쳐 오는 것이었다. 눈을 감으면 검은 밀림 속에 갇혀 길을 잃고 미로를 헤매는 자신이 보였고, 숨통을 막고 목을 조여 오던 밧줄이 온몸을 휘감아 존재를 무너뜨리고 있었다. 지구 밖으로 내던져진 홍옥영이었다. 병원으로 달려간 옥영은 마지막 숨을 헐떡이며 감은 눈으로 작은 입술을 오물거리며 엄마, 하고 가느다랗게 부르는 어린 딸과 대면해야 했다. 울부짖는 엄마에게 안개꽃 같은 미소를 보내는 사랑하는 딸의 하직 인사를 받아야 했다. 가망이 없으니 포기하라는 의사의 말에 그래도 살려 달라고 옥영은 눈물로 간절히 애원했다. 인선아, 인선아 하며 오열하고 몸부림쳐도 다시는 되돌려지지 않는 예쁜 딸이었다. 팔 한쪽을 잃고 짓이겨진 성치 않은 발로 하늘로 간 딸을 지켜본 후로 홍옥영은 늘 악몽에 시달렸다. 주기적으로 장애의 꿈을 꿨다. 잠을 좀 잘라치면 사방팔방에서 상반신만 남은 인간들이 모여들어 거대한 기계 아래로 들어가 빙빙 돌았다. 비몽사몽간에 하얀 옷을 입은 여자들이 나타나 옥영과 함께 하늘 위로 둥둥 떠가고, 다시 자려고 눈을 감으면 사자와 호랑이, 뱀과 여우 등 온갖 동물과 짐승들이 덤벼드는 것이었다. 무서움에 시달리며 밤을 꼬박 새우는 날이 한두 번이 아니었다. 지울 수 없는 생의 어둠이었다. 벗어날 수 없는 그물이었다.

이 무렵의 일을 인옥은 전혀 기억하지 못했다. 인선이가 세 살이었으니 두 살 터울의 인옥은 다섯 살이었는데 다른 일은 모두 기억하고 있지만 동생 인선에 대한 사고의 기억만큼은 모두 지워졌다. 어린 나이에 얼마나 충격이 컸으면 그러했을까. 당시에 인옥의 오빠 서인태는 어디에 있었고 젊은 고모는 무얼 했으며 다른 가족들은 다 어디로 간 것일까. 공(空)이었다. 허공. 세월을 차단한 주요 인물들의 부재와 빈 공간의 사건이었다. 마을 사람들이 신작로 가득 웅성거리고 길가에 도랑물이 흐르는 수로 끝에 있던 꽃신 한 짝과 덤프차 밑으로 들어간 다른 한 짝이 제멋대로 나뒹굴던, 한낮의 붉은 태양이 자지러지던 출혈의 시간이 멈추어 다시는 회전하지 않았다.

인옥의 모친 홍옥영은 이 사고를 겪은 이후 날마다 입버릇처럼 노래를 흥얼거렸다.

"아리랑 아리랑 아라리요 아리랑 고개를 넘어간다. 나를 버리고 가시는 임은 십 리도 못 가서 발병 난다. 십 리도 못 가서 발병이 난다."

한국인의 한의 정서가 녹아든, 애국가 다음으로 한국인에게 익숙한 한국의 민요를 앵무새가 조잘거리듯 늘 입가에 매달고 살았다. 옥잠화 같은 고운 매무새 속에 서린 홍옥영의 깊은 한을 그 누가 알 것인가. 이따금 동네 안노인들과 어울리면 쌀막걸리 한 병씩이 나올 때가 있는데, 거절하지 못하고 딱 한 잔만 받아 마셔도 〈아리랑〉 노래가 자동으로 흘러나왔다. 마지막 구절은 늘 반복적으로 불렀다.

"시입 리 도오 모옷 가아서어 바알병 나안다."

그 목청이 얼마나 구슬프게 들리는지 꼭 누군가는 숨을 죽이고 듣다가 아무도 모르게 눈물을 찍어 내곤 했다.

수시로 부르는 〈아리랑〉! 고장 난 카세트처럼 반복되는 이 노래뿐 그 어떤 노래도 다시 부르지 않았다. 그런데 한번은 모임 자리에서 권하고 또 권하는 어르신들의 막걸리 한잔을 더 받아 마시더니 드디어 참았던 노래들이 흘러나왔다.

〈달도 하나 해도 하나〉

1948년 남한 단독 정부 수립과 남북 분단을 가슴 아파하는 내용이 담긴 가수 남인수의 노래로 이봉룡 작곡, 김건 작사의 이 노래를 아주 구슬프고도 애절하게 불렀다.

달도 하나 해도 하나 사랑도 하나
이 나라에 바친 마음 그도 하나이련만

노래가 끝나는가 싶더니 이내 다시 곡조가 이어진다.
박재홍의 〈눈물의 오리정(五里亭)〉이었다. 이 노래는 홍옥영의 봄바람처럼 흐드러지듯 가늘고 높은 목청에 무척이나 잘 어울려 성춘향과 이몽룡의 아름다운 자태와 지극한 마음이 연상되었다.

춘향아 우지 마라 우지 마라 춘향아
가면은 아주 가며 간다고 잊을쏘냐

홍옥영의 가슴에 이리도 진솔한 사랑과 철학이 있는 줄 듣는 그들도 몰랐다. 못다 한 아이에 대한 지극한 마음이 승화되어 나온, 단 한 번도 들려주지 않았던 노래가 술술 나오자 이강순 노인이 한마디 했다.

"되돌릴 수 없는 일일랑 세월에 흘려보내 버려. 가슴에 묻은 자식이야 어찌 잊겠냐만 남은 자식도 생각해야지. 안 그래?"

필요치 않은 대답은 침묵으로 대신한다. 활력을 상징하는 빨강 흙으로 빚은 아담인 남편은 이브의 모든 것이지만 남성 호르몬이 점점 소멸되어 수치가 낮아질 때까지는 야성의 그대로 여자를 지배하려 든다. 그런 나이가 50대쯤일까. 이브가 갱년기에 접어들어 꽃물이 마르고, 가만두어도 터질 듯한 봉오리가 시들어 스스로 씨를 뿌리지 못하는 계절이 된 다음에나 태풍은 멈춘다. 살랑거리는 가을바람에 뼈가 시린 어깨를 감싸 안고 열망의 한숨을 들어야 하는 여자의 일생인 것이다. 꿈을 꾸자. 꿈꾸다 마는 꽃은 되지 말자. 일으켜 세워 둔 의지의 기둥을 붙들고 오늘도 홍옥영은 남편에 대한 원망보다는 노래 속에 삶의 아르페지오를 펼치고 새로운 날을 생각했다. 달려오는 차가 보이지 않는 곡선형의 도로 안쪽에 위치한 홍옥영의 집 반대편에 이강순 노인의 집이 있었다. 위로를 받는 옥영의 운명은 보이지 않는 거라서 이렇게 숨어 지켜볼 수밖에 없는 것이었던가. 숙명호를 타고 가는 부부는 아무리 미워도 속내를 다 드러내지 못하고, 울음을 삼키고 햇살 같은 웃음을 보여 줘야 동승한 남은 가족들과 인생이라는 거친 바다의 항해를 계속할 수 있는 것이었다. 그녀를 위로하는 이강순 노인에게도 인생고는 남아 있다. 깎아 놓은 밤톨 같은 셋째 딸 현순을 아홉 살 때 잃어버렸고, 아들 하나는 일곱 살 때 잃었다. 어느 날 갑자기 사라진 뒤에 지금까지 무소식이다. 마을 사람이 시외버스 안에서 현순을 닮은 아이를 보았는데 아는 체를 하자 함께 있던 남자가 급히 얼굴을 가리고 정류장도 아닌 곳에서 내렸다는 것이다. 아들 역시 영문도 모른 채 어디론가 나가서 돌아오지 않았다. 이강순 노인이 살아가는 힘은 이 두 아이들을 기다리는 것이다. 영원한 기다림과 영원의 이별을 한 두 여인의 삶은 서로 남의 일일 수가 없었다. 사람은 누구나 이별을 하고 새로운 만남을 하며 시계의 초침 같은 한생을 걸어간다. 목숨은 끝이 있고 세월은 무궁하게 이어진다. 한 생명의 끝은 한 생명의 탄생으로 하여 연관성을 갖고 더불어 존재한다. 동생 인선의 밑으로 세 명의 동생이 더 생겨난 것이다.

 인옥은 아주 가끔 스케치를 하듯 그림을 그렸다. 굳이 이름을 붙이자면 5분 스케치라 할 것이다. 나뭇잎이 뒹구는 벤치를 그리기도 하고 황량한 언덕에서 바람에 요동치는 나무와 돌무덤을 그리기도 했다. 폐허가 된 통나무집을 그리거나 기하학무늬의 그림에 외계에서 온 상상의 동물을 그렸다. 그저 색깔을 입힌 형체가 없는 색만의 그림도 있었다. 요즘은 영혼을 사로잡는 설경을 그리고 싶다는 생각을 했다. 글도 그렇지만 그림은 그리고 싶어 견딜 수 없을 때에만 그렸다. 심하게 바람이 불어 대던 저녁 무렵 스케치북을 앞에 놓고 그림을 구상하고 있는데 김진우에게서 전화가 왔다. 내심으로 그간의 일들이 궁금했던 차에 얼른 색연필을 놓고 전화를 받았다.

"네, 오빠 안 그래도 궁금해서 기다리고 있었는데……."
"잘 지내고 있었어?"
"저는 잘 지냈는데 오빠는요?"
"음, 무슨 일이 좀 있긴 했는데 영화 작업은 잘되고 있다."
"그러셨구나. 아무튼 잘되었어요. 진우 오빠 고마워요."
"고맙긴……. 우리가 해야 되는 일인데……."

자기의 일인 양 선배 감독을 만나고 다니며 열심히 추진을 해 온 김진우는 이제 곧 촬영 작업에 들어갈 거라고 알려 주었다.

"그럼 언제쯤 촬영 들어가는데?"
"일주일 후에 시작하는데 그때 서울에 올라올 수 있겠니?"
"응, 알았어. 올라갈게. 근데 첫 장면은 어떻게 시작해?"
"호준의 생모 현아가(이름은 현례로 바꿨다) 공항에서 언니 숙이의 등에 업힌 호준을 보며 한없이 우는 장면이야."
"잘했네. 다음은?"
"열 몇 시간을 비행기 안에서 계속 울고 가 눈이 퉁퉁 부어 비행기 안에서 내려오는 장면이고……."
"시나리오로 쓴 일기장 내용을 거의 그대로 삽입했네요."
"그랬지, 거의 실화를 내용으로 하는 영화이니까."

"한번 잘해 보아요. 영화…….″
"그러자. 다음 주에 서울에서 기다릴게. 잘 지내고…….″
"진우 오빠도…….″

인옥은 읽었던 호준과 현아의 일기장을 다시 재구성하며 기억을 되살렸다. 현아는 처음에 독일에 가서 돈을 빨리 모아 호준과 함께 살아야겠다는 결심으로 고추장만으로 밥을 먹었었다. 환자들의 변기를 날마다 반질반질하게 닦으며 꾀를 부리지 않았고 정말이지 열심히 일을 했다. 그런 결과 동기 중에 가장 빨리 수간호사가 되었다. 어린것을 떼어 놓고 떠나와 호준이 생각에 늘 울면서 지냈고, 퉁퉁 불은 젖을 짜내며 피를 토하는 심정이었다. 그러나 생활비를 단 한 푼도 받지 못하고 살았던 윤진섭과의 결혼 생활에 대한 회상은 마음만 아프게 할 뿐이었다.

현아가 근무하던 한국 병원에서 환자로 들어온 윤진섭을 우연히 만났는데 그가 담배를 피우던 모습이 그리도 멋지게 보여 현아의 마음을 사로잡았다. 한번은 퇴근하던 저녁에 골목길을 걷다가 괴한에게 쫓겨 바로 앞의 언덕배기로 뛰어올라 사립문이 열린 곳으로 들어가니 윤진섭이 방 안에 있었다. 날은 저물고 집 밖은 무서운데 윤진섭은 데려다줄 생각도 안 하고 가만히 누운 채로 바라다볼 뿐이었다. 기척이나 했으면 덜 민망했으련만 현아의 다급한 얼굴을 보면서도 한마디도 하지 않았다.

"저…… 저 좀 데려다주시겠어요? 지금 쫓기다가…….."
"……."
"이렇게 갑자기 뛰어 들어와서 죄송…….."
"날이 어두워졌으니 여기서 쉬었다 가시죠."
"어떻게 처음 보는 사람과…….."
"병원에서 보았잖아요."
"그건 그렇지만 개인적으론 처음인데…….."
"난 데려다드릴 수 없어요. 보시다시피 몸이 좋지 않아서…….."
"……."

 인연이라 하기엔 너무 어처구니없는 상황이 되어 윤진섭과의 하룻밤을 보내게 된 것이다. 달리 방도가 없었다. 요즘처럼 휴대 전화가 있는 것도 아니었고, 그 집에는 전화기도 없었고 연락을 할 누구도 생각이 나지 않았다. 시골에서 올라와 혼자 자취를 하며 병원 근무를 하고 있는데 연락을 한들 깜깜한 밤에 당장 달려와 줄 사람이 있을 리 없었다. 그저 침묵 속에서 날이 밝기만을 기다려야 했다. 숨도 제대로 쉬지 못하고 윤진섭의 숨소리와 돌아눕는 소리에 촉각을 곤두세우고 이따금 잔기침을 하는 그의 어깨를 바라보다 새벽녘에야 겨우 잠이 들었다. 눈을 떠 보니 현아의 몸에 담요가 덮여 있었다. 소스라치게 놀랐으나 이내 적막한 기운이 감도는 방 안의 공기를 맡고 안도의 숨을 내쉬었다. 윤진섭을 깨우지 않고 아침도 먹지 못하고 바로 병원으로 출근을 한 현아는 무슨 죄라도 지은 양 가슴이 두근거렸다. 아직 미혼인 여자가 외간 남자와 하룻밤을 보낸 사실이 드러나면 아마도 모두가 수군거릴 게 틀림이 없었다.

"아침은 드셨나요?"

근무 준비를 하는 현아의 등 뒤로 와서 윤진섭이 물었다. 현아는 아무런 대답도 하지 않고 할 일을 계속했다.

"이번 주에 군산에 내려갈 일이 있으니 다녀와서 한번 만나요."
"……."

대답을 들으려고도 하지 않는 윤진섭이었지만 대답을 하려고도 않는 현아였다. 왠지 밤을 함께 보낸 사실만으로도 그에게 이미 소속되어야 하는 운명이나 책임이 있는 듯 느껴진 현아였다. 그를 거부할 수가 없었다. 윤진섭의 본가는 군산에 있고 현아의 부모님이 계신 곳은 전주이니 처음부터 서로 이질적인 느낌은 아니었지 싶다.

"오늘 치료받고 내려갈 거니까 보이지 않더라도 그리 아세요."

약간의 폐렴 증상이 있던 윤진섭이 치료를 받은 후에 사라지고 일주일 동안 보이지 않았다. 대기업에 근무하고 있는 윤진섭은 이상한 폐허의 매력을 풍기고 있었다. 안심이 되지 않는, 전신에 기름기가 흐르는 부르주아적인 불순한 태도에도 불구하고 자꾸만 끌려들게 하는 마력을 지니고 있었다. 웃을 땐 천사였다가 침울할 땐 구름의 앞치마를 입은 듯 앞에 있는 사람을 덮어씌워 판단의 눈을 가리는 것이다. 보이지 않는 그를 잊은 듯 생활했으나 내면의 깊숙한 곳에서 그를 그리워하는 자신을 느끼는 현아. 현아는 꿈과 현실이 하나인 줄로만 알고 살았다. 멋져 보이면 멋진 것이고, 초라해 보이면 빈한한 것으로만 알고 살았던 것이다. 아직 삶의 곤궁을 잘 모르는 상태라서 감추어진 것들을 보는 심안은 뜨지 못했던 것이다. 그리 뛰어난 미모는 아니었지만 현아는 귀염성 있는 얼굴과 크고 날씬한 몸매를 지니고 있었고 지능 지수도 높아 공부를 매우 잘했었다. 그리고 욕심이 많은 만큼 인정도 많았다. 여러 번 의사들의 관심과 사랑을 받아 결혼하자는 사람도 많았지만 자신의 가정이 그리 넉넉지 못해 자신이 없었다. 한번은 내과 의사인 한상민의 간절한 부탁으로 그의 집에 초대되어 갔는데 너무나 으리으리한 대궐 같은 집에 들어서는 순간 기가 질려 한마디도 못 하고 나와 다시는 그를 가까이하지 않았었다. 그 후로 의사 한상민은 다른 곳으로 갔고 몇 년 뒤에 우연히 같은 병원에서 다시 만났는데 아직도 현아를 잊지 못하고 있었다. 인연이라며 그가 데이트 신청을 했는데도 거절을 하고 말았다. 세월이 흐른 후에 깨닫게 되는 것을 그때 알았더라면 현아의 인생은 아마도 달라졌으리라. 피하지 못하거나 잡지 못한 것은 운명이 되고 만다. 본가에 다녀온 윤진섭은 서울에 올라와 바로 현아에게로 달려왔다.

"부모님께 현아 씨에 대한 이야기를 했습니다. 이번 주 안에 함께 군산에 다녀옵시다."
"네에……?"

속성도 이런 속성은 없을 것이다. 번갯불에 콩을 구워 먹자는 것인지 서둘러도 너무 서두른다 싶었다. 하지만 그를 벗어날 길이 없었다. 아니다 싶은 마음도 있었지만 산부인과 의사인 형에다 이대를 졸업하고 부유한 집에 시집을 가서 잘사는 누나가 있었고 살림살이가 넉넉한 편이었던 윤진섭의 가정이 그래도 자신보다는 나은 생활 환경이라는 판단에 못 이긴 척 끌려가고 있었다.

"그럼 내려간 김에 우리 집에도 함께 들리지요."
"그럽시다. 마침 잘 됐습니다."

아기자기한 말이나 선물조차도 받아 본 일이 없는 현아는 뭔지 모를 아쉬움이 내내 마음 안에서 오가고 있었다. 바람에 나뭇잎이 이리저리 굴러가듯이 현아의 마음도 거슬러 오를 줄 모르고 순명하고 있었다.

주말 오후에 군산의 윤진섭 부모님을 찾아뵈었다. 이미 들어서 알고는 있었지만 계모인 시어머니를 찾아가는 일이 그리 유쾌한 기분은 아니었다. 선물을 사들고 양옥집에 들어서니 계모 장 씨가 거실에 앉아 있다가 멀뚱하게 바라보았다.

"왔니?"
"안녕하세요? 저… 김현아입니다. 처음 뵙겠습니다."
"진섭이한테 들어서 알고 있다. 키는 크구나."
"……."
"내가 미리 말해 두지만 이 집 재산을 가져갈 생각일랑 아예 말아라. 그리고 결혼식이나 살림 차리는 일에도 난 보태 줄 수 없으니 기대하지 말고."

"……."
"만약에 추호라도 그런 생각을 한다면 내가 가만두지 않을 거다."

중풍으로 거동이 불편해진 윤진섭의 아버지는 종이호랑이여서 자식들에게 아무런 도움도 되지 못했다. 장 씨는 개가를 할 때 데리고 온 자기 아들들에게 있는 재산을 다 빼돌리고 있었고, 나머지 재산도 이리저리 핑계를 대면서 바닥을 내고 있었다. 차 한 잔도 대접받지 못하고 나온 윤진섭의 집에서 나와 현아는 바로 자신의 부모님이 계신 전주로 향했다. 버스를 타고 가는 내내 두 사람은 아무런 말이 없었다. 윤진섭은 미안한 듯 현아의 얼굴을 이따금 훔치듯 바라보다 시선을 돌리곤 했다. 현아가 집에 당도하니 아버지께서 일을 하시다가 들어서는 진섭을 훑어보더니 안색이 변했다.

"아버지, 저…… 이 사람과 결혼하려고 해요. 오늘 선을 뵈러 왔어요."
"……."

대답은커녕 관심조차 없는 태도로 딸에게 오라고 하더니 안방으로 들어갔다.

"너…… 저걸 짝이라고 데려왔냐? 이 철딱서니 없는 것아."
"왜요? 맘에 안 드세요?"
"맘에 안 드는 정도가 아니라, 너 저 사람과 결혼하면 장래가 어떨지 불을 보듯 훤하다. 쯧쯧……."

"……."
"네 신세 네가 알아서 할 일이지만 나는 무조건 반대다."
"……."
"그렇게 눈이 없냐? 사람을 보는 눈이 그리도 없단 말이냐, 그 말이다."
"근데 저는 저 사람이 좋아요. 제가 알아서 할게요."
"더 이상 할 말이 없다……."

한참을 기다리고 앉아 부친의 눈치를 살피던 둘은 허락을 받지 못한 채 그대로 집을 나왔다. 인사를 하는 진섭을 쳐다보지도 않고 등을 돌리는 아버지의 마음이 이해가 되지 않는 현아였다. 그저 안타까울 뿐이었다. 답답한 심정과는 상관없이 연록의 나뭇잎 사이로 어른거리는 늦은 저녁 햇살이 현아의 분홍빛 원피스에 생동하는 무늬를 수놓고 있었다. 넓게 물결치다가 다시 좁은 골목처럼 구부러지는 플라타너스 이파리의 그림자. 검고 어두운 잎 무늬 틈으로 활짝 활짝 밝게 비쳐 드는 붉은빛의 스펙트럼은 평화로워 보이는 현아의 표정 뒤에 숨은 우울함과 많이 닮아 있었다. 어두워져 바로 상경할 수 없었던 두 남녀는 하룻밤 쉴 곳을 찾아 오랫동안 걸었다. 집에서 좀 더 먼 곳으로 가야겠다는 생각으로 걷고 또 걷다가 차 한잔을 하자는 윤진섭의 제안으로 오래된 찻집으로 들어갔다. 희미한 전등 밑에 몇몇 사람들이 앉아 담소를 나누고 있었다. 주메뉴를 먹기 전에 스프와 샐러드로 위장을 달래듯 커피를 시켜 마시고 근처의 작은 여관으로 스미듯 들어갔다. 현아는 거칠게 심장 뛰는 소리를 들으며 망설임과 기대감으로, 이미 기울어진 자신을 그에게 내맡겼다. 좁고 허름한 여관방에서 첫날밤을 보내게 된 둘은 불도 켜지 않은 채 옷을 벗고 간단한 샤워를 했다. 한 번도 이런 곳에 와 본 적이 없었던 현아는 오래전부터 연인이었던 것처럼 곁에 앉는 윤진섭에게 어깨를 기댔다. 무미건조한 공기 속으로 수줍은 연인의 체취가 방울방울 떠다니고 있었다. 한밤에 두 남녀가 함께 있으면 세간에서는 으레 불순한 상상을 하게 마련이지만, 숨소리조차 조심스럽게 내쉬는 두 사람에게는 그 말이 전혀 어울리지 않았다.

"누우세요. 고단하실 텐데……."

윤진섭이 말했다. 현아는 대답 대신 두 눈을 꼭 감고 이불 위에 누웠다. 어두운 공간 사이로 투명한 벽이라도 있는 양 각자의 자리에서 잠시 상대를 바라보다가 언제인지도 모르게 스르르 잠이 들었다. 두 사람 모두 무척 피곤했었나 보다.

새벽쯤에 황홀한 꿈속에서 깨어났다. 아랫도리에 묵직하게 꽃잎이 번져 오는 느낌. 어둠 속이지만 그가 미안해하는 모습으로 현아를 안고 있었다.

"이렇게 함께 있으니 좋은가요?"
"……."

그가 이불을 그녀의 목 부분으로 끌어다 덮어 주며 물었다. 부드러운 동작으로 그가 자세를 바꿨다. 머뭇거리는 현아의 태도를 느낀 그는 곧 말을 멈추었다. 이내 침묵하더니 그녀를 자신의 심장 속으로 끌어 넣기라도 할 듯 점점 더 힘을 주어 안았다. 형용할 수 없는 쾌감이 그녀의 전신으로 퍼졌다. 이대로 시간이 영원히 멈추었으면 좋겠다고 생각했다. 날이 밝으면 모든 게 사라질 듯한 불안한 슬픔이 밀려들었다. 남녀는 영혼을 나누는 순간에만 천국에 존재한다. 지옥은 사람의 영역이고 천국은 신의 영역이니까. 영과 육의 오르가즘. 그 환희의 세계로 들어가는 길은 양쪽이 다 신의 경지에 도달해야만 가능하다. 해답은 철저한 합일과 비움 그리고 완전한 동물인 것.

아직 어스름이 남아 있는 첫새벽의 거리로 나와 기차역을 향해 걸음을 옮겼다. 갑자기 세상이 뒤바뀐 듯 어제와 오늘이 달라 보였다. 너무나 감미로운 밤이었다. 주변의 모든 것이 초라해지고 자신만이 가장 행복한 산 위에 오른 것 같았다. 이 모든 걸 내려놓고 다시 일상 속으로 들어가 이런저런 고민에 빠져들어야 하는 현실이 숨 막혔다. 방에서 빠져나올 때 내밀던 그의 손수건.

"닦으세요……. 눈물도 닦고 한숨도 닦고, 내가 드린 당신 몸속 미지의 그리움도……."

현아는 알지 못했다. 살아가는 동안 두고두고 지금 이 순간만큼의 희열은 오지 않으리라는 걸. 그 밤의 추억이 동녘의 해처럼 솟아나 다시 떠나고 싶은 여행이 되리라는 것을.

서울로 올라온 현아와 진섭은 두 사람만의 결혼식을 올렸다. 가족이란 것이 있었지만 유효하지 않았고 오히려 거추장스러울 따름이었다. 적어도 허락받지 못한 사람들에게는. 그리고 아이가 생겼고 몰래 숨겨 두었던 윤진섭의 다른 애인의 존재를 알기 전까지의 신혼 생활을 보낸 것이다. 서럽고 위태로운 끈을 붙들고 안간힘을 쓰던 현아의 생활은 아이에게만 집착하게 했다. 그래도 소중한 보배였던 아들을 언니에게 맡기고 떠났을 때의 심정이 오죽했으랴. 젖을 물고 바라보던 초롱한 눈망울과 고사리 같은 손가락이 꼬무락거리는 아기의 모습을 생각하면 온 우주에 아이 하나만 남기고 온 기분이었다. 참고 또 참고 견디다가 그를 달래기도 하고 어루만져도 보았다. 삶의 방식이 평범한 자들과는 판이하게 다른 종자임을 그토록 뼈저리게 느껴 본 적이 없었다. 한 여자와 한 남자를 잇는 인연의 줄이 두 동강이 난 다음에야 자신이 잘못 선택한 사실을 알게 된 것이다.

터미널까지 마중 나온 김진우와 점심으로 초밥을 먹고 촬영장으로 갔다. 눈에 익은 배우도 있었고 한 번도 보지 못한 새로운 얼굴도 보였다. 분장을 한 현례 역의 여배우 백지민은 열심히 대본을 읽으며 대사를 외웠다. 화장을 한 얼굴이겠지만 참으로 고왔다. 호리호리한 몸매에 어울리는 의상까지 완벽한 차림이었다. 눈물 연기도 보는 이로 하여금 빠져들도록 실감나게 했다. 언니인 김숙의 역할을 담당한 배우는 다른 영화에서 주연을 했던 나한숙이었다. 해맑은 피부가 티 한 점이 없어 흡사 찹쌀경단을 뜨거운 물에서 방금 건져 낸 듯 투명하고 탱글탱글했다. 저리 순해 보이는 얼굴이 어떻게 마녀의 내면을 표출

할 수 있을까 하는 의구심까지 들었다. 그러나 기우라는 걸 알기까지는 그리 오래 걸리지 않았다. 숨겨진 인간성의 양면의 모습을 적나라하게 보여 주는, 역시 노련한 배우였다. 울고 웃기는 일상의 사연들을 점차로 촬영한 후 호준의 이모부 박상선으로 분장한 이원호가 그 멋진 모습을 드러냈다. 한눈에 보아도 호감이 가는 인상이었다. 원숭이처럼 재주가 많은 연기인이었다. 나긋나긋하게 때로는 거칠게 김숙의 마음을 쥐고 흔들며 자기에게 유리한 대로 길들여 갔다. 무섭도록 집요하게, 돈줄을 쥔 김숙이 저항하지 못하도록 애무와 헌신까지 곁들이며 순종하게 만들었다. 겉으로 보기엔 아주 인격자인 듯 보여 모두가 속아 넘어갔다. 음성도 조용하고 낮은 톤으로 어떤 상황에서도 결코 목청을 높이는 법이 없었다. 김숙을 꼬드겨 돈을 받아 내어 자신의 몸에 명품으로만 휘감고 다녔고, 골프를 치며 값비싼 산삼이라든가 홍삼정이나 몸에 좋다는 것들로만 제 몸속에 채워 넣었다. 급할 것 없는, 호적에 매인 김숙은 박상선의 영원한 하수인이자 하녀였다. 김숙의 입장에서 보면 그는 그녀의 하느님이요 신이었던 것이다. 왜 이런 여자에게 주는 열녀상은 없는지 이해가 되지 않았다. 다른 사람에게는 그가 피붙이라 할지라도 안하무인으로 오직 남편밖에 모르는 당달봉사였다.

첫날의 촬영을 지켜보며 서인옥은 이 영화가 잘될 거라는 확신이 섰다. 인옥이 서울에 올라온 이유 중 하나는 아들을 보기 위함이었다. 김진우와는 촬영의 마지막 날 보기로 하고 헤어졌다. 아직 초등학생인 아들 준영은 영특하여 환경에 잘 적응했다. 속으로는 어떨지 모르겠지만 덤덤하게 이해하는 얼굴로 제 아빠나 엄마를 대하고 자신의 역할인 공부도 썩 잘했다. 어릴 적부터 그리고 만날 때마다 어린 마음이 다치지 않도록 매사에 신경을 쓰고 할머니나 아빠에 대한 험담은 되도록 하지 않았다. 단지 자신이 직업이 확실치 않은 아빠를 대신해 글을 쓰기 위해 준영이와 떨어져 있는 거라며 달랬다. 몽블랑 레스토랑으로 남편 고경석과 나온 준영은 달려와 인옥에게 안겼다. 한동안 만나지 못해 엄마의 정에 굶주렸는지 눈물까지 글썽이다가 다시 등 쪽으로 가더니 인옥에게 업히는 시늉을 했다. 인옥은 준영을 업고 서성이다가 품에 끌어안고 토닥거렸다. 고경석과는 늘 그렇지만 별로 할 말이 없었다. 잘 지냈느냐 아니면 어머니께서는 잘 계시느냐 정도의 말을 하고 나면 더 할 말이 없어 답답했다.

"얼굴이 좋아 보이네. 뭔 일이 잘되고 있는 모양이지?"

분위기를 눈치챘는지 고경석이 먼저 한마디 했다.

"뭐, 그렇지요. 내가 쓴 작품으로 영화 촬영이 있어서……."

자신의 일은 되도록 그에게 말하지 않는 인옥은 겨우 대답을 했다.

"잘됐네. 언제 끝나는데?"
"오늘 첫 촬영하는 거 보고 왔으니까 연락이 오면 알 수 있겠지요."
"잘됐으면 좋겠네……. 근데 어머니 건강이 안 좋으셔."
"어떻게 안 좋으신데?"

굳이 궁금한 건 아니었지만 도리상 물어야 옳은 일 같아서 질문을 했다. 천년만년 호령하고 강건하고 단단할 것 같은 시어머니여서 아플 것 같지도 않았다. 나이는 어쩔 수 없나 보다. 아프다는 말이 들리고.

"이번 주에 뇌 사진 찍어 보기로 했는데……. 아무래도 치매 증상인 것 같아."
"치매……? 무슨, 그런 양반이 어떻게 치매에 걸려?"

며느리 괴롭히는 재미로 생존을 했던 시어머니가 아마도 스트레스를 풀지 못해 생긴 병이라는 생각이 들었다. 시아버지 역시 대단한 호색가에 한량이었다. 살아 있는 동안 노름에 바람에 한시도 시어머니의 마음을 편치 않게 했던 시아버지 고병문은 죽는 날까지 돈 한 번 제대로 벌어 본 적이 없는 인물이었다. 게다가 다른 과부와 낳은 아들도 하나 숨겨 두고 있었다. 아무도 본 일은 없지만 이 집안에서는 모두가 아는 비밀 아닌 비밀이었다. 고병문은 그 여자가 사는 동네에 있는 큰집으로 가서 사촌 누이에게 그 여자를 데려다 달라고 하여 뒷방에서 잠을 자고 집으로 돌아오곤 하였다. 그 여자도 고병문을 좋아해서 부르면 달려오곤 하여 아이가 생긴 것인데, 그 아이는 부잣집으로 시집을 간 자기의 언니가 아이를 낳지 못하여 시댁에서 구박을 받자 몰래 낳아 언니에게 주어 언니의 자식으로 호적에 올려놓았다. 이런 사실을 알고 시어머니 목천댁의 한은 점점 쌓여만 갔다. 조실부모하여 올케의 손에 자란 목천댁은 세상 어느 곳에도 힘이 되어 줄 만한 사람이 없었다. 화병으로 화약도 먹어 봤고 민간요법도 써 보았지만 아무 소용이 없었다. 교육은 더구나 받아 본 적이 없어 무식했고 성격까지 강퍅해졌다. 그러나 남에게만은 처세를 잘했고 요령이 좋아 아무도 나쁘다고는 안 할 타입이었다. 말로는 그 누구도 구워삶을 수 있는 여자였다. 인옥이 고경석과 결혼을 하게 된 것도 말 좋은 시어머니 덕분이었다. 수시로 채소며 먹을거리를 들고 와서 인옥의 가족들에게 말을 걸었고, 자기 아들을 칭찬하고 자랑을 하며 거짓도 말하였다. 그래도 싫다 하는 인옥에게 홍옥영은 서로 아는 처지에 그냥 모른 체하기는 그렇다며 체면이 있으니 선이라도 한번 보라고 권유했다. 가기 싫다는 인옥의 손을 잡아끌고 다 늦은 저녁에 다방으로 가 선을 본 것이 실마리가 되어 어른들의 주선으로 결혼을 하게 된 것이다. 목천댁은 겨우 눈동자가 보일 만큼 작은 눈에 오기가 일 때에도 겉으론 표가 나지 않는 은근한 모사꾼이었다. 결혼을 하여 아들의 마음이 인옥에게 흘러가니, 살살거리며 아들의 마음을 며느리에게서 떼어 놓기 위해 이간질을 할 때에도 텔레비전을 크게 틀어 놓고 며느리가 설거지하는 틈을 타서 하는 철저함도 보였다. 임신을 하여 배부른 며느리가 들고 가는 밥상을 아들이 들어 주자 고함을 치며 아들을 나무랐고, 심지어 아기를 낳아 자기 아이를 사랑하는 아들 부부에게 성을 내며 어른 앞에서 아이를 예뻐한다고 야단을 쳤다. 가장 굴욕적이었던 일은 신혼 때의 일이다. 부부가 성관계를 할 때면 아무리 숨죽이고 조심을 해도 소리가 나기 마련이다. 그런데 목천댁은 가만히 귀 기울이고 듣다가 아침에 일어나 며느리에게 한마디를 했다.

"너, 어젯밤에 아픈 줄 알았다. 앓는 소리가 들리더라."

좁고 작은 집에서 더구나 신혼방이 장독대와 수돗가 바로 옆에 있는데 어찌 무인도에 사는 사람들처럼 쥐 죽은 듯이 조용할 수 있겠는가. 여자에게 있어 일생 단 한 번의 꿈같은 신혼의 시절은 이렇게 해서 증발되었다. 살아가면서 이 부분이 가장 안타까웠던 인옥이었다. 사람의 감정이 처음과 끝이 다르고 시시각각 변하기 마련인데, 서로에게 마냥 기울어지는 신혼 때의 감정이 처참하게 짓밟히고 으깨어져서 우스운 상태로 길거리에 나앉은 다음에야 봄날 같은 화창함을 어찌 기대할 수 있으랴. 이런 마음으로 고경석과 사는 날들이 행복했을 리가 만무했다. 너는 너대로 나는 나대로인 타인의 심정으로 살다가 결국 별거라는 강을 사이에 두고 살고 있다.

"병명이 나오면 연락하세요."

부탁인 듯 말하고 한동안 생각에 잠겼다. 치매라는 병은 한꺼번에 나타나는 법이 없다. 봄기운이 겨울 눈을 녹이듯 서서히 기억의 창고를 녹여 망각이라는 좀이 슬고, 살아온 역사의 장부에 구멍을 내어 나중에는 폭삭 무너지는 진행형의 병이다. 지금 찾아뵌들 별 뾰족한 수도 없겠지만 고부간의 뭉친 감정을 풀어 줄 자신도 없다. 시어머니의 질투라는 못된 감정 외에 아무런 이유도 없이 매질을 당한 사람은 인옥이었으니 뭐라고 위로의 할 말도 없었다. 그러나 어떤 이유에도 불구하고 마음이 안 좋은 것은 무슨 영문일까. 갑자기 그런 목천댁이 불쌍해졌다.

준영이 좋아하는 스테이크로 점심을 먹은 후 아이와 함께 동물원에 가서 원숭이와 타조, 기린과 칠면조 등을 보고 사진도 찍었다. 가져간 선물을 준영에게 주고 미리 봉투에 담아 놓은 돈을 고경석에게 건네며 간호를 잘해 드리라고 말했다.

그대의 그녀

　서울에 다녀온 지 몇 달이 흘렀다. 어젯밤 꿈자리가 뒤숭숭하여 아직 자리에서 일어나지 않고 누운 채로 오늘의 일정을 계획하며 천장을 바라보고 있었다. 집필실 천장에 덮인 벽지의 둥그런 멍석 무늬가 천장이 마당인 듯 보여 인옥은 자주 천장 쪽을 바라보며 어린 시절을 회상하기도 하고 편안한 기분으로 누워 휴식을 취하기도 했다. 가장자리에 깊게 파인 홈은 도랑이라고 믿으며 그 옛날 버드나무 세 그루가 있던 성장한 집터를 그리워하기도 했다. 인옥의 상상력은 흘러가는 시간을 잊을 정도로 계속되는 일이 많았다. 이런저런 생각을 하다가 일어나 커피포트에 물을 붓고 장미차 한 잔을 타서 마셨다. 진우에게서 연락이 올 때가 되었는데 아직 소식이 없었다. 오늘은 김진우에게 연락을 해 보아야겠다고 생각하는데 딩동 하고 문자가 도착하는 짧은 멜로디가 울렸다.

– 연락이 늦어서 미안. 이번 토요일 마지막 촬영 들어간다. 장소는 고창 선운사와 그곳 평화의 문. 오전부터 촬영 있고 저녁까지 있을 예정. –

이라는 문구가 적혀 있었다. 가슴 한쪽으로 밀어붙여 놓은 호준의 생각이 몽글몽글하게 피어올랐다. 상큼한 젊음이 풋고추처럼 알싸한 향내를 뿜으며 눈앞에 다가오는 듯했다. 그의 엄마도 기억에서 합성되어 손을 잡고 나란히 걸어왔다. 함께 웃고 같이 산책을 하고 모자가 밥상에 둘러앉아 식사를 하고 머나먼 세상으로 여행한다. 호준의 성장 과정과는 다른 삶으로 보인다. 현아의 등에 업힌 호준의 웃음소리가 귀를 간지럽히고 생부 윤진섭이 아침 체조를 하며 구령을 붙이고 힘차게 움직인다.

"내 사랑 현아 씨! 오늘 아침 메뉴는 무엇인가요?"
"호호, 뭐가 드시고 싶은데요?"
"우리 현아 씨가 주시는 거라면 시래기죽도 보약이고 12첩 반상이지요. 하하……."

어린 호준이 옹알대며 아빠를 향해 두 손을 번쩍 들고 두 눈을 깜박였다. 햇살이 길게 들어오는 창 안에선 난과 회양목이 푸르게 빛을 반사하며 다른 꽃들과 어우러졌다. 이 집에 들어올 때 샀던 관상용 대나무 계은죽이 점점 굵기를 더하고 잎도 넓어지고 키도 몇 센티쯤 더 자랐다. 시들 줄 모르는 이 계은죽은 식탁 위에 놓여 가족과 더불어 함께 물을 먹고 자라며 가족들을 지켜본다. 거실 창가에 놓인 금전수 일명 돈나무는 현아가 미혼 때부터 기르던 나무이다. 참으로 질긴 화초이다. 잎이 둥글어 돈처럼 생겨 돈나무로 되었다는데 집들이 때 많이 들어온다고 한다. 이 화분은 의사 한상민이 현아가 새로 방을 옮겼을 때 선물로 준 것이다. 한 번도 꽃을 피운 적이 없는 화분이지만 가끔 물만 줘도 항상 싱싱하여 사계절 내내 시야를 즐겁게 했다. 벤자민과 산세베리아도 가족의 건강을 위해 들여놓은 현아의 배려가 담겨 있는 화분이다. 작은 물뿌리개에 물을 담아 화분에 뿌리고 있는 현아의 모습이 그토록 행복해 보일 수가 없다. 그런 아내를 바라보는 윤진섭의 마음도 뿌듯하고 든든했다. 더욱 열심히 일을 하여 사랑하는 가족들을 부양해야겠다고 다짐했다. 이미 아내의 배 속엔 또 하나의 생명이 자라고 있었다. 입덧도 별로 안 하는 아내이지만 과일과 간식거리를 늘 사 들고 들어왔다. 그래서 냉장고는 항상 진수성찬의 재료로 채워졌다. 무얼 주건 주는 대로 받아먹으며 음식 타박 같은 건 아예 할 줄도 몰랐다. 구수한 된장찌개 냄새가 진동을 하고 김구이와 쑥갓나물, 조기구이, 부추볶음, 치즈계란말이에 김치가 곁들여진 식탁에 앉아 정답게 밥을 먹는 모습은 천국이 따로 없었다. 룰루랄라 콧노래를 부르며 넥타이를 매고 출근을 하는 윤진섭의 등을 바라보는 순간 먹구름이 밀려들었다. 윤진섭은 어디로 가고 평화롭던 식탁도 사라져 호준의 외로운 눈동자만이 인옥을 바라봤다. 봇물이 터지듯 울음이 쏟아졌다. 가슴을 누르고 애써 진정을 해 보지만 그의 안타까운 짧은 생애가 너무나 마음이 아팠다. 태어나자 이별하고 버려지고 이용당하고 다시 버려진, 자신의 의지와는 전혀 다른 삶을 살게 된 호준을 어떻게 해도 지울 수가 없었다. 단지 부대끼며 사는 한 인간으로서 그를 대면한다 해도 그럴 수는 없는 것이었다. 우리가 아무렇지도 않게 만나 결혼을 하여 살고 있는 부부의 연이 칠 겁이라고 한다. 한 겁이 바위 위에서 버선발로 춤을 추어 그 바위가 다 닳으면 한 겁이라는 데 시초의 인연에 대한 체면을 생각한다 하더라도 이러면 안 되는 것이었다. 한참을 울다가 환상을 떠난 현실의 식탁을 차리고 인옥은 홀로 조촐한 아침을 먹었다. 엄마 생각이 났다. 누구보다도 비극적인 아픔을 겪어 낸 인고의 세월을 보낸 인옥의 엄마였다. 식사를 마치고 전화를 걸었다. 무슨 일을 하고 계셨는지 전화벨이 한참을 울린 다음에야 수화기를 받았다.

"여보세요?"

숨이 차올라 톤이 조금 올라간 음성이었다.

"엄마, 나……."
"웬일이냐, 아침부터……."
"갑자기 엄마가 생각나서……."
"안 그래도 네게 전화하려고 했다."

평생을 맏딸인 인옥에게 의지하며 살아온 홍옥영이였다. 집안일이나 자잘한 사건들이 생길 때마다 인옥을 가장 먼저 부르는 엄마이기에 수시로 연락을 하고는 있지만, 한 사흘 바빠서 전화를 안 하면 서운해하는 태도가 역력했다.

"밥은 잘 먹어 가면서 일하는 거냐?"
"응, 엄마도 식사 잘하고 있어?"

"나야 늘 그렇지. 근데 준영이는 한번이나 만나 봤냐?"
"얼마 전에 서울에 다녀왔어요."
"어찌 지내고 있든?"
"잘 지내고 있어요. 공부도 잘하고……."

모친의 짧은 한숨 소리가 들려왔다.

"기특한 것, 어미도 없이 그 어린 것이 장하구나."
"네……."
"그 노인네가 그렇게 강짜만 안 했어도 지금 이렇게 살지 않았을 텐데……."
"그러게나 말예요. 어지간했어야지요."
"원래는 그런 사람 아니었는데 죽을라고 맘 변했나 보다."
"안 그래도 건강이 안 좋으시다네요."
"어디가?"
"치매인가 봐요."
"뭐? 무슨…… 그 양반이 어디 그런 병에 걸릴 사람이더냐?"
"그런 병에 걸릴 사람이 따로 있나요?"
"어쩐다니 그 병은 빨리 죽는 병도 아니라는데……."
"옆 사람이 괴로워서 그렇지 본인에게는 괜찮은 병이라잖아요."
"나중에는 요양원으로 가야겠다. 누가 감당을 하겠냐. 돈도 없는 고 서방이……."
"뇌 사진 찍고 연락을 주기로 했어요."
"나도 한번 가 봐야겠다. 조금이라도 정신이 있을 적에……."

"엄마도요? 알았어요. 그럼 갈 때 연락할게요. 식사랑 잘하세요."
"알았다. 근데 된장이랑 고추장은 아직 있냐?"
"네, 지난번에 많이 퍼 주셔서 아직……."

항상 밑반찬들을 챙겨 보내고 좋은 걸로만 먹이려 드는 홍 씨다.

"엄마 옷 하나 사서 부쳤어요. 좀 화려한 색깔로 블라우스……."
"먼젓번에도 사 주었잖냐. 인제 그만 사……."
홍옥영은 옷 고르기가 까다로웠다. 맘에 들지 않으면 아무리 값비싼 것이라 하더라도 입지 않았다. 화려하고 밝은 색상이 어울리는데도 그런 것은 꺼려했다. 보랏빛이 도는 옷을 아주 좋아하여 옷들이 대부분 보라 계열이었다. 전화기를 내려놓고 오늘 읽을거리를 책상 한쪽으로 옮겨 놓았다. 매주 날아오는 시 엽서나 문학잡지 그리고 인쇄물들이 항상 넘쳐나 정리를 한동안 하지 않으면 앉을 곳도 없이 쌓여갔다. 집이나 집필실 모두 책이 가득했다. 날짜별로 원고 청탁서를 펼쳐 놓고 메일로 원고를 보내고 잠시 쉬며 커피를 끓였다. 아침을 먹고 필요한 약을 먹은 후 언제나 한 시간 정도 지난 후에 커피를 마셨다. 약간의 커피에 코코아를 조금 섞고 여기에 뜨거운 우유를 부어 계핏가루를 살짝 뿌려 마시는 인옥만의 커피다. 팝송을 틀어 놓고 분주한 머리를 식혔다. Don Bennechi의 〈Message of Love〉가 흘렀다. 음악을 왜 듣는가 하고 누가 묻는다면 다른 세상으로 여행을 하기 위해서라고 말할 것이다. 현실에 빠진 그 무엇의 감동을 느끼기 위함이라고. 집필실 밖의 텃밭에 나가 잡초를 뽑고 있는데 문자가 왔다. 손을 털고 일어나 휴대 전화기 화면에 뜬 이름을 보니 김진우였다. '내일 마지막 촬영 때 올 수 있니?' 하고 찍혀 있다. '네, 갈게요.' 하고 답장 문자를 보냈다. '내려오면 내가 마중 나갈게.' 하여 '가면서 전화할게요.' 하고 보냈다. 세심하고 자상한 성품은 이렇게 배려를 잊지 않았다. 오후까지 집필실에서 보내고 저녁 무렵에 집으로 돌아와 내일 입고 갈 옷을 골라 놓고 구두도 손질했다.

 선운사 그곳으로 가는 발걸음이 가볍지만은 않았다. 인옥은 강민경에게도 연락을 해 두었다. 윤호준이 그토록 좋아했던 여자였으니 촬영을 지켜보는 것도 의미가 있다고 생각해서였다. 늦여름의 태풍이 지나고 한가로워진 지상이 온몸에 따가운 눈총을 받은 듯 굴곡진 도랑마다 혈맥의 근육들이 바람의 리듬에 맞춰 숨을 고르고 있었다. 붉은 흙 속의 심장 소리가 들리는 듯했다. 햇살은 하루분의 웃음보를 터트리며 나뭇잎 사이로 방긋거리고 번갯불과 천둥소리에 귀를 막고 숨어 있던 매미가 다시 울었다. 마을 입구의 숲속에서 무서운 기세로 격정을 쏟아 낸 태풍은 몇 그루의 잣나무와 많은 편백나무를 뿌리째 뽑아내어 바람구멍을 더 크게 만들었다. 삐라를 뿌려 놓은 듯 여기저기 가득한 사연들을 적은 나뭇잎들이 읽어 주길 기다리고 있었고, 그 위로 부전나비가 팔랑팔랑 작은 날갯짓으로 날아다녔다. 키 큰 익모초가 어느새 꽃을 피우고 이삭여뀌도 불그스름하게 단장하고 있었다. 바위구절초와 쑥부쟁이, 개미취는 오순도순 모여 들국화의 향내를 피우며 발길을 붙들었다. 길옆 한쪽에서는 껑충하게 자란 들깻대가 이리저리 휘어져 휘파람을 불며 고소한 향을 풍겼다. 사람의 입맛을 챙기고 있는 한바탕 가을 밥상을 차려 놓은 산길에서 눈요기를 하며 걷고 있었다. 아픈 생채기들을 지우며 새살이 돋는 현장을 밟으며 인옥은 슬픔의 한편으로 위로의 손길이 닿은 것 같아 편안해짐을 느꼈다. 자연에 내맡겨진 의식 너머에 푸른 호준의 미소가 존재하여 아직도 그를 살아 있는 감각으로 되살아나게 했다. 적어도 이곳에서는 그는 살아 있는 사람이었다. 그의 추억과 삶과 투병과 그리고 사랑이 머물고 있기에.

빵빵……. 자동차의 경적 소리에 뒤를 바라보니 김진우의 아이보리색 승용차가 먼지를 날리며 달려오고 있었다. 옆으로 와 멈추더니 어서 타라며 문을 열어 줬다. 무심결에 보아도 많이 수척해진 얼굴이었다. 무슨 일이 있었던 걸까. 의구심이 들어 눈빛으로 질문을 던졌다. 알아차린 듯 그가 대답했다.

"음, 좋지 않은 일이 있었어."

라고 하더니 땅이 꺼질 듯한 한숨을 내쉬었다.

"무슨……?"
"여동생 영란이가 죽었어. 인옥이에게 연락하려다 그만두었다."
"연락하시지 그랬어요. 그런데 어떻게……?"

너무 놀라서 충격을 받았지만 애써 누르며 작은 소리로 물었다.

"자살로……. 우울증이 있었어. 아마 제 남편이 바람을 피웠나 봐."
"아무리 그래도 그렇지. 그냥 이혼하고 혼자 살지 죽기는 왜 죽어요?"

"어차피 함께 살지 못할 지경이었어. 우울증의 가장 큰 원인은 손위 시누이가 돈을 빌려 가서 동생네 사정이 어려운데도 갚지를 않아 속을 많이 끓였거든."

그런 사정이라면 인옥은 충분히 이해할 수 있었다. 동생 인선이를 잃게 된 것도 부친이 빌려준 이 돈 때문이었다. 누군가 말했다. 돈의 위력을 알려면 돈을 빌려주면 알게 된다고. 적에게 돈을 빌려주면 적을 이기는 것이고, 친구에게 돈을 빌려주면 친구를 잃게 된다고. 돈 앞에 그 누가 태연할 수 있을 것인가. 더구나 그들이 어려울 때 믿고 친인척에게 빌려준 돈을 받지 못했을 경우는 빌려준 사람의 인생관마저 뒤바꾸어 버린다. 세상엔 믿을 것 하나 없다고 배신감에 마음의 문을 닫아 버리게 한다.

"그 마음 알 것 같네요. 어려운 살림에 그 돈을 모으려고 영란이가 고생을 엄청나게 했다고 들었는데……."
"그래, 그랬지. 장사하면서 잠도 제대로 못 자고 수년 동안 휴일도 없이 일만 했으니까."
"정말 나쁘네요. 고생한다고 위로는 못 해 주나마 그렇게 고생해서 모은 돈을 갈취해 가요? 어휴, 정말 내가 다 화가 치밀어 오르네."

결혼해서 처음부터 시집살이를 시킨 시누이였다고 한다. 갓 시집온 새댁에게 자기가 시댁에서 못 살고 나오면 받아 주겠냐고 따져 묻고, 어린 인옥의 아들이자 자신의 조카인 준영의 머리를 깎는 삯까지 비싸니 싸니 간섭을 했다고 한다. 결혼 초에 목천댁이 몸이 아팠을 때도 문병을 와서는, 두 달여를 간병과 아기를 돌보느라 지친 영란에게 왜 첫새벽부터 일어나 밥을 하지 않았느냐고 싸가지 없는 말을 했다고 김진우는 열을 올렸다. 지도 자식이고 딸인데 누구는 배 아파서 난 거 아니고 주워 왔냐고, 지가 아침밥을 좀 안쳐 놓은 게 그렇게 잘못된 일이냐고 화가 치밀어 오르는 듯 내뱉었다. 그 집 큰 시숙도 그래. 자기는 아들이 셋씩이나 있으면서 이제 막 첫아들을 낳은 영란이에게 자기가 아들이 없으면 이 아들을 자기에게 줘야 한다는 말을 했단다. 그리고 둘째 시숙도 마누라는 또 얻으면 마누라라는 말도 했다는데, 무슨 돼먹지 못한 심보로 마음 여린 사람의 심정을 괴롭혀, 괴롭히긴. 하더니 한참 말을 참았다. 그리고 화장을 해서 바다에 뿌렸다고 했다.

"내 동생만 불쌍하지……."

내뱉듯이 한마디 하고는 숨을 삼키듯 조용히 입을 다물었다.

천천히 차를 움직이며 가슴 시린 대화를 하다 보니 어느새 촬영 장소에 다다랐다. 저만치에 조용히 서 있는 체격 좋은 여자가 아마도 강민경인 듯싶었다. 은은한 갈색 계열의 체크무늬 남방셔츠에 청바지를 입고 그 위에 핑크빛이 도는 얇은 뜨개 카디건을 걸친 여자가 이쪽을 바라보며 야생화 한 송이를 들고 향기를 맡고 있었다. 날렵한 몸매의 호준 군이 저렇게 튼실한 여자를 좋아했었구나 하고 그의 취향이 느껴졌다. 차에서 내리니 그녀가 다가왔다.

"안녕하세요? 서인옥 작가님이시죠?"

"네, 맞아요. 내가 전화를 드렸던 사람이에요. 강민경 씨?"

그녀가 고개를 끄덕이며 대답을 대신했다. 발랄한 젊음이 느껴지는 얼굴과 균형 잡힌 통통한 몸매가 선해 보였다.

"사진보다 훨씬 아름다우시네요. 서 작가님 책갈피에서 사진을 보았습니다."
"고맙군요. 그쪽도 만만치 않은데……."

눈웃음을 띄우며 강민경의 동태를 살펴보았다.

"연락해 주셔서 감사합니다. 호준 씨에게 말씀…… 들었습니다."

죄인인 듯 고개를 떨어뜨리며 잠시 얼굴이 어두워졌다가 다시 밝아졌다. 그녀가 다니는 교회에서 반주를 맡고 있는데 호준 군은 성가 대원이었다고 한다. 긴 세월은 아니지만 매주 만나며 정이 들었고, 허물없는 대화를 하며 교회 안에서 구세주의 역할을 해 준 강민경이었다. 함께 손잡고 동고동락하는 구세주가 아닌, 낮은 곳에서 바라보아야 하는 십자가의 구세주였다. 단지 그녀의 존재만으로 만족을 하기엔 지상에서의 호준의 시간이 너무 빨리 사라져 갔던 것이다. 비극은 언제나 영원성을 잃어버리는 한계에 도달했을 때 느껴지는 법이다.

준! 천국에서 영원한 눈으로 바라보아요. 그대의 짧은 사랑도 태고의 바람을 몰고 와 화석의 발자국을 영혼에 남길 테니까.

"나중에 따로 드릴 말씀이 있는데요."

강민경은 뭔가 할 말이 있는 듯한 태도로 서인옥의 귀에 대고 속삭이듯 말했다. 좋다고 손을 들어 답하고 촬영 시작을 알리는 소리에 모두 한곳으로 모여들었다. 교회에서 소풍을 나온 장면을 찍고 있었다. 선남선녀들이 왁자하게 소리를 내며 노래와 율동을 하고 다른 한쪽에서는 기타를 치며 요즘 유행하는 대중가요를 부르고 있었다. 캔 맥주를 따는 소리와 서로 권하는 권주가도 흘러나왔다. 맥주는 술이 아니라고 부추기며 흥겨운 분위기가 이루어졌다. 저녁까지 이어지는 이들의 노랫소리가 멀리 퍼져나가 저녁놀 속으로 흡수됐다. 무리에서 이탈하여 멀리서 강민경을 지켜보는 윤호준의 눈동자와 산등성이가 오버랩되며 고적한 기운이 감돌았다. 노래와 인파가 사라지고 점점 오솔해지는 그의 산방에 하얀 커튼이 쳐지고 한 남자와 한 여자의 대화 소리가 들렸다. 들릴 듯 말 듯한 대화 속에서 행복한 호준의 웃음소리가 적적한 절 내부로 침입하여 향초 위에서 춤을 췄다. 부처의 얼굴에 드리운 음영의 그림자가 신비한 표정으로 이들을 향해 메시지를 보냈다. 살고 죽는 모든 것들은 무의미한 것이 없노라고. 누구나 사는 동안 똑같은 무게를 짊어지고 가는 거라고.

이곳에서의 촬영은 여기서 마쳤다. 나머지는 '평화의 문'에서 하기로 되어 있다. 강민경이 휴식 시간의 틈을 타서 곁으로 왔다.

"작가님, 이거 받으세요." 하며 연갈색의 종이봉투를 내밀었다.
"이게 뭔가요?"

인옥은 손을 내밀어 그걸 받았다.

"이런 거 제가 받을 자격이 없는 것 같아요."
"뭔데요. (봉투를 열어 내용물을 살피며) 아, 글이 적힌…….."
"호준 씨가 저에게 보내 준 글인데 제가 간직할 수 없을 것 같아요. 저보다 서 작가님께서 가지고 계신 것이 더 옳은 것 같고 그리고 저 곧 결혼도 하고……."
"그랬군요. 그러지요. 고마워요."

두 사람의 대화가 이어지는 동안 김진우는 담배를 물고 멀리서 이들을 바라보고 있었다. 인옥은 받은 봉투를 소중한 보물인 듯 늘 가지고 다니는 필수품인 들국화 문양의 면 보자기에 싸서 넓은 가방 안에 넣고 어깨에 멨다. 그곳에서의 배역을 맡은 배우들은 드링크제나 음료수를 마시며 화장을 고치고 멀지 않은 평화의 문으로 이동했다. 풀밭으로 둘러싸인 입구를 따라 안쪽으로 들어가니 호준의 사진이 보였다. 인조 꽃과 화환과 사진은 그 안에 있는 사람들이 모여 즐거운 시간을 보내고 있는 것처럼 보이게 했다. 건드리면 딸랑 하는 소리가 들리는 방울도 있었고 어떤 곳은 하모니카도 붙어 있다. 대부분 웃는 표정의 사진이어서 생각보다 분위기가 그리 어둡지 않다. 그런데 호준의 유골이 안치된 곳에서 나이가 좀 들어 보이는 여자가 울고 있었다. 울다가 그치고 다시 울고 언제부터 이곳에 있었는지 입고 있는 검정색 바지가 후줄근하게 되어 있었다. 김진우가 다가가 물었다.

"누구신데 이곳에서 이렇게 울고 계시나요?"

그녀는 흐느끼다가 울음을 잠시 그치며 고개를 들었다.

"내가 호준이 생모랍니다. 호준이가 독일에 왔을 때 같이 밥을 먹었던 김수명 교수가 한국에 강의하러 왔다가 영화를 찍는다는 사실을 알게 되어 내게 말해 주었는데, 왜 우리 호준이가 이런 일을 엄마인 내게 알리지 않았을까 하고 연락을 해 보고서야…… 죽었다는 걸 알았답니다. 흑흑흑……. 어떻게 이런 일이, 우리 호준이가 어떤 자식인데, 아아 이제 내가 어떻게 살아. 미안해서 어떡해……."

또다시 오열하는 호준의 생모인 현아는 거의 실신을 할 지경이었다. 깡마른 얼굴에 눈동자가 퀭하니 들어가고 힘이 없어 주저앉아 울고 또 울 뿐이었다. 김진우와 강민경 그리고 서인옥은 그녀를 붙들고 달랬다. 간단히 그간의 사연들을 인옥에게서 듣고는 고맙다며 두 손을 꼭 잡고 또 울었다. 촬영진들이 그녀에게 양해를 구하고 촬영을 다시 시작했다. 승려 몇 명과 친구 서너 명 그리고 강민경이 유골이 담긴 항아리를 안치하는 장면이었다. 호준의 생모는 이제 울음조차 나오지 않았다. 살아온 날들에 대한 회한과 언니와 형부의 소행이 떠올라 치를 떨며 하염없이 그 장면을 지켜보고 있었다. 가없는 허공도 저리 공허하진 않으리라. 호준의 생모는 너무나 단순하고 선한 성품이어서 누구를 의심할 줄 모르는 것이 죄라면 죄였다. 사진 속에서 웃고 있는 호준의 얼굴을 강민경이 다가와 가만히 쓰다듬으며 입술을 흐리마리하게 움직여 '미안해'라고 했다. 호준을 마을 도서관에서 처음 마주쳤을 때 솔봉이 같은 자신에게 무척이나 호감을 가지고 대해 주었던 기억이 나서 고개를 숙이고 눈을 감았다. 그녀는 천천히 밖으로 나와 아무 말도 없이 사라졌다. 촬영을 마치고 스태프들이 모두 떠나고 김진우와 서인옥과 호준의 생모만이 그 자리에 남았다. 생모 현아가 퉁퉁 부은 눈을 손수건으로 누르며 입을 열었다.

"영화를 제작하는 데 사정이 어렵다는 말을 들었습니다. 외람되지만 모아 놓은 돈이 조금 있는데 투자의 형식으로 드리고 싶네요. 괜찮으시겠어요?"

서인옥이 김진우를 바라봤다.

"고맙습니다. 감독님께 말씀 드려서 연락드리겠습니다. 무리하진 마시고요."

김진우가 한마디 하고는 서인옥을 향해 안도의 표정을 지었다.

"한 달 후, 그러니까 다음 달에 개봉을 하는데 그때 함께 관람하시게요."

서인옥이 현아의 어깨에 팔을 두르며 살포시 안아 줬다.

"우리 호준이와 내 이야기지만 어려운 나라에서 해외로 파견되어 외화를 벌어들인 사람들의 사연과 그들의 수고를 담은 영화이기 때문에 참으로 의미가 있다고 생각합니다. 서인옥 작가님께 거듭 감사드립니다."

현아의 얼굴에서 조금 전의 공허한 표정이 조금씩 가시고 있었다.

"호준 군에게 고맙지요. 다른 사람이 아닌 저를 선택해 주었다는 것이……."
"우리 아들이 자신을 세상에 남겨 나를 위로하고자 한 뜻이 너무나 애절하네요. 그 반대가 되었어야 하는데 거꾸로 되었네요."
"정말 착하고 씩씩한 청년이었어요. 한 번도 불평이나 원망하는 걸 들은 적이 없으니까요."

인옥은 못내 안타까운 심정이 되어 다시 현아의 등을 토닥거렸다.

"그러니까 그렇게 죽어 가면서도 이 엄마에게 숨겼다고요. 이 죄 많은 엄마에게 한 번이라도 투정을 부렸다면 이렇게 내 가슴이 무너지지는 않았을 텐데……."

어딘가에서 호준을 찾듯이 현아는 주변을 두리번거린다.

"한국에서는 어디서 묵으실 건가요?"

서인옥이 묻자 옛날에 한국에 있을 때 병원에서 함께 근무를 하다 같이 독일로 가서 살다가 돌아온 친구가 서울에 있다고 했다. 친구에 대해 이런저런 이야기를 하다가 현아는 따로 볼일이 있다면서 먼저 떠났다. 김진우와 서인옥은 레스토랑을 겸하고 있는 눈꽃 산장으로 갔다. 스태프 중에 셋은 이곳에서 자고 가기로 되어 있었다. 멀리서 보이는 둥근 지붕이 눈 쌓인 돔처럼 보였다. 하얗게 드리워진 지붕 밑으로 작은 창들이 몇 개 붙어 있고 현관문으로 들어가는 커다란 입구에는 등나무와 덩굴손이 양옆으로 뒤덮여 있어 흡사 중세의 성을 연상시켰다. 40대쯤으로 보이는 중년의 남자가 피아노를 치며 조용필의 노래를 부르고 있었다.

〈그 겨울의 찻집〉

바람 속으로 걸어갔어요 이른 아침에 그 찻집
마른 꽃 걸린 창가에 앉아 외로움을 마셔요

　남자의 머리에 두른 감색 터번이 절절한 사연의 노래와 어울려 한층 세련된 모습으로 이곳의 분위기를 압도하고 있었다. 안으로 들어가니 1층과 2층이 모두 올려다보이는 중앙은 나지막한 곳에 넓고 높게 뚫려 있어 피아노 소리가 웅장하게 들렸다. 스파게티와 치즈 냄새가 코끝을 자극했다. 먼저 들어와 식사를 하고 있는 세 명의 스태프는 모두 취해서 얼굴에 벌겋게 홍조가 번져 있었다. 두 사람은 원형 테이블에 앉아 와인과 빵과 안심스테이크를 시켜 놓고 노래를 들으며 오늘의 촬영분에 대한 대화를 나누었다. 마지막 장면에 호준의 생모인 현아의 실제 모습을 삽입한 것이 참 잘되었다는 의견의 일치를 보았다. 의도하지 않은 일이었지만 하늘의 도우심으로 새로운 장면 삽입이 가능했던 것이다. 사실적인 장면은 다큐멘터리의 성격을 띠울 것이나 예술성을 고려해서 사실을 보완하는 낭만적인 요소도 추가했다. 결과는 비극이었지만 현아와 호준의 생부 윤진섭과의 첫날밤은 무척 아름답게 연출을 했고 서인옥과 호준이 산속에서 보낸 장면은 신비한 분위기로 만들었다.

저녁을 먹고 옥외로 나갔다. 스태프 세 사람은 이미 코를 드르렁거리며 꿈속을 여행하고 있을 것이다. 별이 총총한 밤하늘을 올려다보며 김진우는 한동안 말이 없었다. 후욱 하고 한숨을 내쉬더니 드디어 입을 열었다.

"이 영화를 찍으며 느낀 점이 많다. 사람은 미우나 고우나 우선 살아 있어야 한다는 점이다."

고개를 끄덕이며 듣고 있던 인옥도 한마디 덧붙였다.

"저도 그렇게 생각했어요. 잘못을 되돌릴 시간도 살아 있어야 가능하다는 걸 알았어요."
"오늘 내려오면서 잠시 들렀던 휴게소에서 들었던, 나마스떼! 힌두교의 전통에서 나온 인사말이 얼마나 감동적이고 사람을 소중하게 만드는 말인지 새삼 말의 깊이를 생각하게 한다."
"맞아요. 그 말은 '내 안에 깃든 위대한 영혼이 당신 안에 깃든 위대한 영혼에게 경배드립니다'라는 말이잖아요."
"인옥이는 모르는 게 없구나. 하하……."
"뭘요. 그건 기본이잖아요."
"겸손하긴……. 너랑 있으니 맘이 편하다."
"저 역시 같은 마음이에요."

"춥지 않니? 산속의 밤이라 으슬으슬하구나."

자신의 이집트 전통 문양의 스웨터를 벗어 인옥에게 둘러 줬다. 아니라고 괜찮다고 거절을 하지만 단추까지 잠가 주며 가만있으라고 어깨에 팔을 둘러 껴안았다.

"내가 말이다. 혼자 삭히기 어려워 고민을 하다가 인옥이에게 말하는 거니까 이해해 다오."
"……."
"방을 정리하다가 서랍장 바닥에서 그 사람이 쓴 노트를 발견했다."
"……."
"차 안에 있는데 가지고 올게."

노트를 가지러 가는 그의 힘없는 뒷모습이 너무 슬퍼보였다. 트렁크를 열고 가죽으로 입혀진 노트를 꺼내 왔다. 옆자리에 앉더니 인옥의 무릎 위에 노트를 올려놓았다.

"혼자 읽어 봐."
"……."
"그 사람은 외국으로 갔어. 소식도 모르고……."
"그랬었군요."

인옥은 겨우 이 말만을 하고는 진우의 눈치를 살폈다.

"그 사람은 장인의 혼외 자식이었어……. 나중에 알았는데……. 성장하면서 힘들었겠지."

"……."

"사실 우리 아들 이원이도……."

그가 한참을 잠잠하다가 다시 말을 꺼냈다.

"그리고 이원이 엄마도 작가인데……."

더는 말을 잇지 못하는 김진우의 손을 잡아 제 손에 포개어 기도하듯 가슴에 안아 주었다. 울먹이다가 애써 참으며 진정하는 그가 애처로워 견딜 수 없었다. 김진우의 마음이 너무 아파 보여 아무 말도 할 수 없었다. 점점 깊어지는 밤의 심연이 두려움마저 느끼게 했다. 이따금 우는 산짐승과 들짐승의 기척에 두 사람의 영혼은 배를 타고 무인도의 머나먼 곳으로 항해를 하는 기분이었다. 김진우의 품에 잠시 안겨 위로의 체온을 나누고 각자의 방으로 돌아왔다. 인옥은 방으로 돌아와 화장을 지우고 샤워를 하고 누웠으나 잠이 오지 않았다. 창문에 어리는 나무의 그림자가 허수아비의 형상으로 흔들리고 곤충인지 작은 새인지 한 번씩 창틀을 콕 찍고 달아났다. 어둠 속에서 그런 모습을 지켜보며 한참을 뒤척이다가 일어나 노트를 펼쳤다. 오래된 물건에서 풍기는 퀴퀴한 냄새가 났다. '영혼의 일기'라는 제목으로 써진 글이었다.

청춘의 날들
영혼의 일기 - 청춘의 날들

2002년 10월 5일 토요일

　오늘이 토요일인 줄 아주 까마득히 잊었다.
　전신으로 평화가, 아직은 잠재된 반란이 없는 것은 아니지만 참으로 안정적인 편안함에 젖어 본다. 어제 G시에 다녀온 후의…… 참으로 길고 긴 여정의 슬픔이 아픔이 환희가 뒤죽박죽 부풀 대로 부풀어 더 이상 수용할 수 없던 갈등과 갈망의 날들.
　그 팽팽하고 단단한 성문을 깨부수기 위한 시달림과 가혹함의 극기훈련.
　쓰지 않을 수 없어, 쓸 수밖에 없어 다시 쓰고 있다.
　약속을 어기지는 않는다. 다만 이 공간을 들여다볼 수 있는 사람은 눈을 감고도 볼 수 있는 사람이기에 어디에 써도 들킬 수밖에 없다.
　아무도 보지 않기를 바라면서 쓰는 것이다. 여기는 나만의 공간이다.

......!

　내가 말하고 싶은 것은 나의 두 팔로 당신의 젖어 있는 목을 껴안고 싶다는 것입니다. 내 속의 모든 한들을 사랑이라는 그물로 엮어 그 목에 휘감아 드리고 싶은 것입니다.

　늘 듣던 목소리인데도 어느 날은 햇살 같고 또 어떤 날은 폭풍 같고 내 가슴에 비를 내리고 눈보라를 휘날리게 하는 것입니다. 함께 걷다 다시 올려다본 당신의 얼굴은 항상 충격적이었습니다. 어느 한 곳 빈 틈없는 야무진 바위처럼 그렇게 내 가슴에 들어앉은 당신을 어떻게 미워할 수 있겠습니까. 아시는지요. 그 바위를 들어내려면 내 가슴의 살점이 함께 떨어져 나와 가슴 한가운데가 뻥, 뚫려 버린다는 것을.

　섬뜩할 정도로 두렵게 다가온 당신. 갈수록 태산이라는 격언처럼 그렇게 어긋나고 배반을 해도 한없이 끌려 들어가는 공포의 삼각 지대가 바로 당신이었습니다. 당신은 시(詩)가 되어 나올 수 없는 사람입니다. 소설도 장편과 시리즈가 적격입니다. 참으로 오래전 일입니다. 느닷없이 어디선가 포탄처럼 튀어 날아온, 나를 로봇처럼 움직이게 하는 사람이었습니다. 싫어, 싫어 하면서도 이미 나를 잊게 하던 당신이 긴 세월을 숨어, 내 뒤를 쫓던 바로 그 사람이었습니까.

　내 속 깊은 곳까지 점령하여 살아온 영혼 같은 당신은 나를 밑바닥까지 내려놓아 인간이라는 것, 여자라는 이름에서 모든 거품들을 제거하였습니다. 거세당한 동물같이 모든 기능을 마비시켰습니다. 울래야 울 수 없고 말하려 해도 말할 수 없는 고통을 아시는지요. 정리할 수 없는 뇌파 속은 늘 혼돈과 포기로 점철된 미로와 같았습니다. 미움보다 은혜가 더 크다는 걸 알면서도 치받치는 설움 또한 깊었습니다.

이제 와서 이런 말을 하는 것은 당신 없인 하루도 견디기 힘들었기 때문입니다. 음성 하나 숨소리 하나로 내게 천국과 지옥을 넘나들게 하기 때문입니다. 쾌락과 고통은 같은 종류라지요. 생을 포기할 만큼 힘들었던 세월의 공간을 넘어 당신이 기쁨으로 다가온 것을 어떻게 필설로 다 말할 수 있겠습니까. 구름 걷힌 하늘과 같이 미움 걷어 낸 가슴에 이리도 오롯이 드러낸 당신이라는 사람을…….

오늘은 왜 이렇게 답답하고 울고만 싶은지 모르겠습니다. 나의 욕심이 너무 지나쳐서 그런 것이라면 나도 어쩔 수 없습니다. 그날 내게 지나치듯 하신 말씀들이 자꾸만 되새김되어 불안하고 견디기 힘들어집니다. 그렇다고 당신을 의심하는 것은 아닙니다.

스치는 당신의 옷깃에서 고슬고슬하고 맑은 햇살이 쏟아져 나올 것만 같아, 그 따스한 시선까지 나만이 소유하고 싶은 욕심으로 하는 말입니다. 저는 정말 깜짝 놀랐습니다. 손끝을 넣어 당신의 목 언저리를 쓰다듬었을 때 땀이 촉촉이 배어 있는 걸 알고는 눈물이 나올 것만 같았습니다. 눈처럼 하얀 와이셔츠의 소매 끝에 드러난 단단하고 거무스름하던 손목에 내 손을 얹어 쥐었을 때 또 한 번 놀랐습니다. 한없이 부드럽고 말랑말랑하던 느낌을 잊을 수가 없습니다.

여자인 내 손보다 더 부드러워 그 촉감으로 내 기억 속의 두려움이 사라지는 걸 알았습니다. 그러나 잘 알고 있습니다. 아직은 때가 이르지 않아 당신과 함께할 수 없다는 것을.

여태껏 홀로 살아온 것은 내 의지와는 무관하고 타고난 운명과 팔자라고 대답할 수밖에 없습니다. 당신은 내 인생 마지막 코스에서 만난 사람입니다. 당신과 인연이 된 것은 오래전이지만 모습을 드러내지 않아 늘 혼자만의 생각 속에 머무르고 말았습니다.

제수씨를 찾던 전화기 속의 음성에서 잠깐 고민을 했습니다. 더러 많은 사람들은 결혼을 하지 않았어도 자기보다 나이가 적은 사람의 부인을 그렇게 부르지요.

들을수록 더 간절하고 만날수록 더 보고 싶은 당신을 어찌해야 합니까. 다 뒤집어 흔들고 싶었습니다. 그 옛날 나의 일상을 모두 알고 정확히 출근 시간에 맞추어 사무실에서 기다렸던, 아니 대기했다는 표현이 더 어울리는 듯싶습니다.

첫 대면이었는데도 나는 왜 꼼짝을 못하고 그의 분위기에 휩쓸렸는지……. 업무적인 일로 오라 하고도 인내를 벗어날 만큼의 시간을 끌어 나를 화나게 했는데, 그때도 나는 자리를 박차고 걸어 나올 수가 없었습니다. 정말 이해할 수 없는 일들을 느닷없이 겪었지만 너무 절절했기에 뿌리치고 떠날 용기가 없었던 것입니다.

세상의 모든 여자들을 한갓 떠돌다 사라질 바람처럼 여기시고 그 위에 나를 올려 감싸 주시는 데는 목석같은 나였지만 감동하지 않을 수 없었습니다.

기억합니다. 오랜 세월이 흘렀지만 벗어나려 몸부림할수록 빠져들던 그 끈끈하고 깊은 말씀의 늪을.

당신의 길은 들어가는 문만이 존재하고 나올 수 있는 통로는 없는 미로였습니다. 다시금 만난 지금에 와서도 그걸 알기 때문에 지금도 두렵기만 합니다. 이렇게 자상하고 따듯한데도 아직도 그 기억에 합성되는 필름이 있었나 봅니다. 그런데, 그런데요. 그 두려움이 나를 이토록 당신께로 끌어당기는 힘이 되고 갈증이 된다는 것은 어떻게 설명해야 합니까.

이 순간 당신은 무얼 하시는지요. 어디에 계십니까. 바라보고 있어도 채워지지 않은 그리움. 만져 보아도 닿지 않는 저 먼 나라의 사람이여.

이 시대에 이런 여자가 있고, 이 척박하고 이기주의적인 세상 안에서 이렇게 가슴에 품을 수 있는 사람이 있다는 것은 얼마나 큰 은혜입니까. 의미가 되는 당신이 있어 황량한 벌판의 외로운 들꽃이 저 홀로 아름다울 수 있는 것입니다.

잠시 비워 둔 자리가 왜 이리 허전하고 감당하기 어려운 것입니까. 갓난아이처럼 늘 칭얼거리고 보채는 저를 그래도 밉다고 아니하시는 것은 당신의 반쪽이기 때문이라고 믿습니다. 내가 버릇없고(그런가요?) 철부지에 망아지 같은 줄 아시기에 이만큼 단속을 해 두는 거라고 생각합니다. 앞뒤 분간을 못 하는 저이지만 당신께서 하지 말라시면 아무 것도 못합니다.

자꾸만 시간이 견디기 어려워집니다. 갓 태어난 신생아여서 젖을 자주 먹어야 하기 때문이라고 알아주세요.

곁에 계시다면 당신께서 참으로 피곤하실 것 같은 날입니다. 아무 것도 할 수 없는 날입니다. 아무 데도 가고 싶지 않은 날입니다. 이렇게 집 안에 들어앉아 있고 싶은 날입니다. 당신의 음성만을 기다리며 침묵하고 싶은 날입니다.

해가 저물면 또 다른 당신을 향해 가고만 싶습니다. 결국은 하나인 오선지 위의 멜로디를 찾아 노래하러 가고 싶습니다. 하나만 빠져도 노래가 되지 않는, 건축 설계의 기초가 되는 다섯 개의 줄을 타고 멋진 하모니의 노래가 되고 싶습니다. 흥에 겨워 춤을 추고 뒹굴어도 그대로 천상의 선율이 되는, 그런 화음을 찾아가고만 싶습니다.

2002년 10월 8일 화요일

가슴에 무언가 들어찬 것 같아 숨을 쉴 수가 없습니다. 후유, 한숨으로 넘어가던 마디가 오늘은 그냥 지나쳐 주지를 않습니다. 수십 년을 버텨 온 한숨. 이제 그 시린 습관을 버려야 한다고 생각하지만 혼자 있으면 다시 도져 옵니다. 이미 당신께서 다 들추어낸 지난날의 오점들이 아직은 당신께로 가는 길에 장애가 되는 것 같습니다. 한편으로 왜 내게 그런 기회와 마음을 일게 하셨느냐고 반문 겸 항의, 투정을 하고도 싶지만 그런 날들이 없었다면 이렇게 당신께로부터 오는 작은 소리에 귀 기울이지 않았을 것입니다. 자기를 버려야 영생을 얻는다는 이치에서 버릴 것이 무언지 버려야 할 이유가 무언지 몰랐을지도 모릅니다.

사실 나는 참으로 순종적인 사람이기도 합니다. 누군가 어떠한 것을 주문하면 생각보다 행동이 앞서 따르게 되니 나라는 사람이 과연 무엇인가를 알지 못할 때가 많습니다.

오늘은 담배 한 개비로 가슴속의 구름을 토해 내려 했습니다. 다 태우고 입안에 남은 그 알 수 없는 향으로 인해 조금은 진정이 되는 듯했습니다.

아직은 이해가 어려운 일이지만, 엉킨 실타래가 다 풀린 것은 아니지만 그러나 이것만은 압니다. 당신은 내 사람이라는 것을. 나 또한 당신께 속한 여자라는 것을.

온몸을 압박하던 선입견과 정답이 없는 타인의 시야에서 해방을 하고 허섭스레기 같은 제도와 구속을 벗어나 이제는 자유롭고 싶습니다. 내가 나 아닌 타인으로 살아온 날들이 너무 길었습니다. 살아온 날이 많은지 살아갈 날이 많은지 그건 모릅니다.

속이 쓰려 옵니다. 아마도 호기심으로 피운 내게 맞지 않은 담배 연기 때문인지도 모릅니다. 달구어진 유리처럼 약간의 찬 기운에도 깨질 것만 같은 체질에, 그 유명한 여류 작가가 평생을 피워 온 담배가 내겐 독이 되는 모양입니다. 후유증을 앓지 않고 즐길 수 있다면 담배도 결코 해로운 것만은 아닐 텐데 어떤 이는 피워서 일찍 죽고, 어떤 이는 90여 세까지 넘겨 사는 것을 보면 타고난 체질이 문제인 것 같습니다.

늘 당신 곁에 다가가도 할 말은 뒷전으로 두고 빈말들만 무성하게 늘어놓고 오는 못난이가 바로 나입니다. 원래 말을 하기 싫어하는 성격이어서 이만큼 수다스러워지기까지 굴곡이 많았습니다. 내가 원해서, 시작은 당신께서 하셨지만, 내가 원하는 당신 곁으로 오늘은 한발 들어서야겠습니다. 감당이 어려울까 봐 이 무겁게 진 짐을 풀지 못하고 있는 것입니다.

fa……!

fa……!

fa……!

태고의 혼돈에서 나를 불러내시고 나를 흔들어 주소서.

뉘엿뉘엿 해가 저물어 갑니다. 저물어 가는 한 해처럼 아쉬움이 남습니다. 혼자 생각하고 그리다가 풀잎이 이슬에 젖듯 내 눈시울이 젖어 듭니다. 언제나 보고픈 얼굴입니다. 두 번의 만남 이후 몇 달이 흘러갔는지요. 어쩌면 그리도 무심하실 수 있느냐고 따지고 싶으나 그럴 수 없는 현실입니다. 그리 멀지도 않은 하늘 아래 당신이 계시는데 이리도 얼굴 보여 주시기가 어려웠습니까. 만지고 확인하고 싶습니다. 먼 나라의 사람이 아닌 이 지상에 존재하는 분이라는 걸 느끼고 싶습니다. 지상의 옷을 몸에 걸치고 사는 사람이라고, 세끼 밥을 먹고 인간의 감정을 모두 품을 수 있는 분이라고 알고 싶습니다.

어쩌면 당신은 나의 원을 그리도 속속들이 아시는지요. 한없이 받아주시고 내 마음껏 느낄 수 있도록 어린아이처럼 순하게 대해 주시어 감격하고 말았습니다. 항상 반격만을 당해 온 탓에 누가 내게 순해지면 난 감동하고 만답니다. 나 외에 내게 편한 사람이 있다는 것은 얼마나 무거운 마음의 짐을 덜 수 있는지요. 그런 사람을 만나면 가슴의 쇳덩이가 녹아내리는, 깊은 숨을 쉴 수 있는, 산소를 들이키는 영혼이 느껴지곤 한답니다.

혼선이 되어 제대로 들을 수는 없었지만 내게만 들려주실 수 있는 목소리를 듣고 그 힘으로 견딜 수 있었습니다. 그렇지만 불안함마저 없었던 것은 아닙니다. 마음 같아서는 당장 달려가고 싶었습니다. 단수에서 복수로 넘어가는 목소리. 단순함에 색상이 입혀지는 목소리. 이 지루한 날의 촌각에 태고의 새로운 의미가 숨어 나오는 목소리. 그런 음성이었습니다.

당신의 마음을 100% 믿지 않았다면 아마도 그대로 숨이 멎었을 것입니다. 어디에서 힘을 얻고 어디에 근거하여 긴 시간을 견디고 살 수 있는지 당신의 가슴까지 헤집고 살피려 들었을 것입니다. 몸부림하다 다시 추스르고 평범함으로 돌아가지만 이미 선을 넘은 내 영혼의 날개여.

2002년 10월 9일 수요일

　곱게 가꾸고 단장한 이 모습이 아무런 의미를 발휘하지 못한 날입니다. 힘이 다 빠져나간 듯합니다. 절망 아닌 절망으로 돌아왔습니다. 어젯밤엔 분명 당신에게로 갈 수 있는 길이 보였는데 그 길을 찾아 확신을 가지고 간 오늘 이렇게 서러움 같은 눈물만 닦으며 왔습니다. 알 수 없습니다. 항상 보이는 것이 전부가 아니고 들리는 것이 다는 아니란 걸 체험하고 살아왔지만 너무도 참담히 놀란 가슴을 억누르며 돌아왔습니다. 무려 넉 달이라는 공백을 깨고 당신 곁으로 달려갔는데 존경을 해야 하는지 미워해야 하는지 한마디도 할 수 없는 상황이었습니다. 기도라는 방법도 참으로 오랜 세월이 지나야 그 원하는 것이 이루어진다는 것을 알지만 지금은 두렵기만 합니다. 내 뜻대로 내 방식대로 판단을 하고 싶은데 당신께로 가는 길은 왜 그리도 험난하고 복잡한 것입니까. 그 말씀의 해석은 또 이렇게 난해한 것입니까. 많은 시간을 기다리고 할 수 있는 인내를 다해 기다렸던 내 임이여.

　하늘은 하나인데 신(神)들의 네트워크는 너무 어렵습니다. 여기면 되겠지. 이쯤이면 종점이 보이겠지 했는데 그게 아닙니다. 살아 있는 당신을 만난다는 것, 그 품에 안길 수 있는 길은 아직도 먼 것입니까. 신비한 그곳으로의 여행은 요원한 것입니까.

　이제 알 것 같습니다. 그리 오래지 않아 내가 떠나야 하리라는 것을. 너무도 깊은 진심을 주셨기에 그 대가도 이리 혹독하다는 것을 알고 있습니다. 첫 눈길에서 날 사로잡았던 임이기에 이 마음을 접을 수가 없는 것입니다. 가슴속까지 쏟아부어 주시던 눈부신 광선을 한 몸으로 받고 아이처럼 태평하게 지냈습니다. 어디로, 어떻게 떠나야만 하는지 알게 하소서.

나를 키우고 기르시는 내 임이여. 한번 안아 주시기가 이다지도 어려웠습니까. 당신의 수족 같은 나를, 내 손을 잡아 주시기가 무한히도 어려웠습니까. 사람의 형상으로 산다는 것은 영으로 살아가는 것보다 훨씬 어렵습니다.

영의 세계에서는 문제가 될 수 없는 일도 현실에서는 제약이 참 많습니다.

더 이상 말할 수 없습니다. 온몸의 진액이 다 빠져나간 듯합니다. 한마디면 날 살릴 수 있는데, 그 한 말씀이면 되는데······. 다시 기다립니다. 숙명인 당신의 사랑을 기다리며.

2002년 10월 9일 수요일

오늘 밤은 집에서 근신을 해야겠습니다. 일도 자신을 찾아가며, 곁에 있는 동료의 말대로 무게 있게 처신하면서 남의 눈도 의식하면서 타인이 보는 시각에서 선을 벗어나지 않도록 해 보아야 할 듯합니다. 이래가지고 무슨 일을 추진할 수 있을지 모르겠지만 필요하다면 무슨 일인들 못하겠습니까. 죽은 듯이 살아온 날들이 얼마나 긴 세월이었는지, 땅에 떨어져 주워 담을 수 없을 만큼의 치욕. 그렇군요. 그 치욕이란 단어. 어느 시인의 시구에 면면히 흐르던 그 단어를 내가 사용할 때가 되었군요. 가능하면 숨기고 살면서 나를 속이려 했는데 이 단어 외엔 적절한 말이 없군요. 당신의 영이 그때 그 사람의 몸속으로 들어가서 내게 영향을 발휘한 것인지 천부적으로 내게 끼가 있는 것인지요.
 심성과 능력과 단점과 장점들은 어디로부터 오는 것인지요. 그 말도 안 되는 사람에게 말도 안 되는 고백을 하고, 깊은 상처를 입고 집착을 하게 되었는지, 피할 수 없는 악연이고 필연이었는지요. 내 부족함과 콤플렉스로 인해 빚어진 일이었고 순수의 가식을 견디다 못한 반란이었다고나 할까요.
 인간의 양면성을 철저히 알았고, 종교인이라는, 또한 혈연이라는 족속이 때로는 얼마나 허무한 굴레이고 이기적인 허울인지 똑똑히 느껴야 했던 사건이었습니다. 왜 벗어나지 못할 마(魔)의 늪으로만 치달았는지요.
 누구나 그런지요. 약점을 건드려 자꾸만 생채기를 내야 강해지는 것입니까. 그때 내가 무엇인가에 씌움을 받아 나도 어쩔 수 없이 그 사람에게 전화를 해야 했을 때, 나도 싫었습니다만 내부에서 독촉해 오는 힘을 거부할 수가 없었던 것입니다. 그래야 한다고 충동질하는 힘, 힘, 힘, 힘이었습니다. 눈앞에 펼쳐지던 지난날의 파노라마들. 수시로 전개되던 연극 같은 치욕의 나열.

 그걸 스토킹이라 한다지요?
 원본은 숨기고 조작된 사본만으로 판가름하는 억울한 독단. 그러나 타인들이 그걸 알 리가 있겠습니까. 내가 나도 모르는 사이에 괴이한 일들 속에 휩쓸린 것입니다. 모든 것이 가라앉았을 무렵 들었던 그 표현은 나에게 평화 속으로 들어가면 절대로 안 된다는 무슨 계시 같기도 했습니다.
 누구나 좋다는 사람도 내게는 그렇지 않았습니다. 내게 문제가 많은 사람이라서 그런지요. 설익어 곪을 대로 곪아 터진 사회 안에서 살아갈 줄 몰라서인지요. 잘해 보고 싶었는데, 교과서처럼 살고자 했는데, 따지면 별것도 아닌 것이었는데 말입니다. 그 돈이라는 것, 참으로 무서운 위력을 지니고 있더군요.

그 때문에 모든 일이 일어난다고 해도 과언이 아니니 말입니다. 정신의 일도 물질의 영향권에서 벗어나지 못하잖습니까. 또한 그 위대한 권력이 또 하나 있지 않습니까.

성이라는 권력. 힘이 센 사람이 힘이 약한 사람에게 권력이 되듯, 여자에게 남자는 권력이고, 사랑을 주는 사람은 사랑을 받는 사람에게 권력이 될 수밖에 없다는 것은 사실이지 않습니까.

곁에 있는 담배를 피우고 싶은 욕구를 참을 수 있는 것은 아직 습관이 되지 않은 일이기 때문입니다. 하룻밤으로 만리장성을 쌓는 남녀의 정에 비하면 한 개비로 그쳐도 무방할 듯하여 또 하나의 습관에 젖어 들지 않기로 했습니다.

이제 그 치욕이라는 단어에도 상처를 입히지 않도록 하려 합니다. 왜냐하면 스토킹이라는 말을 내게 전해 준 여자도 그 단어를 만든 사람은 아니기 때문입니다. 그 단어의 주인만을 두려워해야 한다는 것을 잘 압니다.

오늘 실망을 가득 안고 돌아와 지난날들을 곱씹게 되었습니다. 기대와 확신을 가졌던 만큼 하늘이 무너지는 슬픔으로 인해 또 하나의 당신 사랑의 방법을 배웠습니다.

이제 아무 데도 가지 않겠다고 다짐을 하고 왔건만 거역할 수 없는 그 부름이여.

아프도록 목마른 내 사랑이여.

청춘의 날들

2002년 10월 10일 목요일

나의 M 씨!

내가 당신을 얼마나 좋아하는지 아십니까. 지하에서 헤매다 이끼 냄새 풍기는 젖은 옷을 채 갈아입지 못하고 당신을 만났습니다. 도와줄 일이 있을지 모른다며, 내려오면 꼭 전화해 달라는 말씀에 반신반의했었습니다. J 언니하고 같이 내려가면서도 이렇듯 빨리 당신을 신뢰하고 의지하게 될 줄을 몰랐습니다. 첫 만남이니 당연히 먼저 청한 사람이 미리 와서 기다려야 한다고만 생각했습니다. 약속 장소에 도착하여 생전 처음 보는 사람의 인상이나 차림새가 궁금하여 지레짐작으로 당신을 알아맞히려 했습니다. 그러나 곧 그곳에 있는 사람들 속에 당신이 안 계심을 알고 약간 실망을 했지만 전화를 하면 곧 오시겠지 하고 자리에 앉았습니다. 그런데 휴대 전화기를 눌러도 반응이 없었습니다. 긴장과 초조함으로 내려갔기 때문에 배도 많이 고팠지만 화까지 나서 언니한테 먼저 먹자고 했습니다.

누구와 약속을 하고 그 자리까지 가서 먼저 식사를 하겠다고 한 나의 심정을 아시는지요. 결코 그렇게 할 수 있는 내가 아니었는데 그 순간 옛 기억이 떠올라 다 포기하고 돌아가고만 싶었습니다.

당신을 기다리며 창밖을 내다보았습니다. 내가 앉은 정면 앞 저만치 산이 보였습니다. 산의 이름은 몰랐지만 푸르게 안정된 형상으로 솟아올라 있었습니다.

봉우리가 뾰족한 삼각형의 전형적인 산의 모습을 갖춘 산이었습니다. 애꿎은 옥수수 뻥튀기로 허기진 속을 달랬습니다. 뻥튀기는 꽃 모양으로 벌어져 있어 얌전을 부리고 먹을 수 없는 모양새를 하고 있었습니다. 입속이 약한 나는 손으로 뜯어먹어야 했는데 언니는 물을 마셔 가며 나보다 의연했습니다. 나만큼 속이 타지는 않은 여유가 있었는데, 하긴 그곳까지 가게 된 이유가 나였으니 내가 주인공일 수밖에 없었지요. 접시 위의 과일과 팝콘을 다 먹어 치우고 나니 그때 당신께서 나타나시더군요. 어떻게 표현해야 적당한지요. 수만 년을 자연 속에서, 모래와 바람과 흙으로 뭉치고 다져서 빚은 바위라고나 할까요. 아니면…… 솔직히 처음엔 어색했습니다. 나는 처음 보는 사람에게서는 거의 그러한 걸 느낍니다. 그러나 이내 던지는 첫마디의 말씀은 숨겨 두고 눌러두었던 사람을 기억하게 만드는 것이었습니다. 처음 본 당신이지만 나는 당신께 이미 길들여진 여자였습니다. 가자 하면 가고, 오라 하면 올 수밖에 없는, 바람의 혼으로 이끄는 사람이었던 것입니다.

자릿세도 안 내고 장소를 바꿔 식사를 했는데 보글보글 끓는 찌개처럼 다시 끓어오르는 내 속을 진담을 빼며 다스려야 했습니다. 짭짤한 쇠고기 전골은 전날부터 불안해진 위장 때문에 어쩔 수 없이 먹는 시늉만 해야 했습니다.

당신을 만나러 간 것이었는데 그쪽의 불청객으로 하여 혼란스러웠습니다. 내 사업을 성공시켜 보려 갔는데 당신에게 접촉하려다 오히려 당신께 흡수당한 격이었습니다.

나의 M 씨!

내가 무엇을 원하는지 잘 알고 계신 당신. 내 속내를 말하기가 이렇게 진땀이 흐릅니다. 시냇물이 흐르는 초원의 향기가 맴돌고 있는 당신입니다.

2002년 10월 11일 금요일

    가을이다. 진정 다 떨어내고도 흐뭇할 수 있는 가을이다. 안으로 담아 둔 열매가 있어 배고프지 않을 가을이다. 무겁게 안고 살아야 할 짐을 벗어 좋은 계절이다. 저 황량해진 들판이 설국으로 변모할 가을이다. 언제든 떠날 수 있는 이유가 될 수 있는 가을이다. 봄에서 가을 사이로 그 무수했던 출렁임을 잠재울 수 있는 가을이다. 죽은 듯 잠들 수 있는 겨울이 있어 안정을 얻을 수 있는 계절이다. 오늘 다 벗어 버린 전라의 모습으로 서 있다. 그 안간힘과 초조함, 부여잡으려 애썼던 시간을 지우고 (깊은 곳으로 흐르는 뜨거운) 열망을 다스리는 시간이다.
    나를 버리고 나를 찾기 위한 시발점이다. 오랜만에 곁에 있는 사람이 나를 품어 준다.
    다 포기할 수 없는 육신이 그래도 조금은 느꼈는가. 홀로일 것 같은 사람도 제각각 내밀히 통하는 사람 하나쯤은 있다고 하지 않은가. 그런데 왜 나는 어리석게도 없는 것만을 원하는가. 왜 고정 관념에서 벗어나지 못하는가. 슬프다. 이젠 눈물을 흘리지 않을 거라고 다짐한다. 인정해야 할 것들을 애써 아니라고 믿고 싶은 것이다. 스스로 위로하고 싶은 것이다. 어리석게도.
    아무 것도 부족함이 없는 나이다. 많이 아프고 힘들었지만 지금은 다 지나가고 있다.
    오랜 단련의 세월이 끝났다. 마지막 딱지가 아물어 떨어지면 된다. 그러면 흔적 없이 죽을 수 있겠지. 새로 태어나기 위한 죽음이라면, 겨울이 지나야 봄이 오는 거라면 그래야 한다.

햇살이 맑다. 전에 살던 집은 햇빛이 잠깐 머물다 건너갔기 때문에 곶감을 말린다거나 고사리를 삶아 말리거나 할 때 잘 마르지 않고 곰팡이가 슬어 버릴 때가 많았다. 양옆과 앞까지 꽉 막혀 있어 답답한 가슴이 더 막혀 오는 적이 많았다. 워낙 먼지를 싫어하여 창문을 열지 못하는 습관이 내게 있다. 열더라도 주방 쪽 창문을 한곳으로 밀어 놓는 게 전부였다.

주방 쪽으로 난 창을 통해 바라보면 풀들이 자라난 푸른빛의 작은 논이 눈에 보이고 몇 걸음도 안 되는 곳에 사이를 두고 두 교회가 나란히 보인다. 한 번도 이 교회를 보며 위안을 얻은 적은 없지만, 교회라는 이름을 달고 있는 건물이니 바라보기는 한다. 안 볼 수도 없다. 달리 시야를 둘 곳이 없었으니까. 현관문을 나와 테라스에 서면 그래도 시원해지는 기분을 느낀다. 유난히 바람이 많은 지방이라서 겨울에는 해가 비치기 전에 이곳에 나와 여유를 부릴 엄두도 못 낸다. 바람. 바람이다. 바람이었다.

그해(99년도 말쯤)였다. 내 속에 찬바람이 들어온 해가. 생각이 아프다. 기억이 고단하다.

11월. 스산하고 우수수 떨어지는 낙엽처럼 나는 떨어졌다. 모든 끈을 놓고 마냥 그림자를 쫓던 원시의 내가 스스로 만든 위대한 형상을 숭배하며 천국과 지옥을 넘나들었다. 보이지 않는 신(神)의 지시에 따라 그의 로봇이 되었다. 들리지 않은 소리에 귀 기울이며 항상 민감한 대응을 하기 위해 분주했다. 너무 많이 감지되는 업무량으로 지쳐 갔다.

명령대로 수행하지 않으면 그가, 나의 신이 나를 저버릴 것만 같아 늘 초조하고 위태로웠다. 어떤 이는 말할 것이다. 이럴 때는 이렇게, 저런 때는 저렇게 하면 되는 것이라고.

얼마나 한가롭고 여유만만한 말들인가. 당사자도 아니면서, 그 상황을 짐작조차 못하면서, 어떤 일에 답변과 대응책을 말해 줄 수 있는 사람은 그 일에 무관한 경우가 많다. 영의 일을 육의 사람이 알 바 아닌 것이다.

해가 짧은 그 집을 떠나 이곳으로 오니 온종일 해와 놀 수 있어 좋다. 지겹도록 우울했던 날들을 접고 약한 기관지로 늘 캑캑거려야 했던 신경성 기침이 멎으니 안정이 되어 간다. 해마다 재발되던 그 증상은 어디로 간 것일까. 수술 후의 가습기 후유증.

이곳 아파트는 세 개의 동으로 되어 있다. 가운데에 자리한 이곳은 슈퍼마켓이 가까워서 좋다. 새벽에도 한밤중에도 부담 없이 나갈 수 있는 거리이다. 더구나 그 사람, 그분, 그 양반이 사는 곳. 그가 살고 계시니 너무 좋다. 우리 아저씨. 나는 항상 남자는 모두 아저씨로 불러 왔다. 얼마나 편안하고 친근한 이름인가. 우리 아저씨가 참 좋다. 아저씨! 다치지 않도록 조용히, 놀라지 않도록 가만가만 바라보시는 눈. 선한 눈. 편안한 내 시야.

상한 내가 꺾이지 않도록 숨을 죽이고 지켜보신다. 내가 그렇게 흔들어 대고 동업을 부탁해도 초지일관이다. 그러나 나는 안다. 내가 감지한 텔레파시는 지극히 정상이라는 것을. 그 아저씨와 있으면 시간 개념이 없어진다. 아무리 어려워도 함께 일할 수 있을 것 같다. 한 평의 땅이라도 가슴 시원히 뚫릴 것 같다. 지구 끝이 안 보이는 면적이라도 비좁을 만큼 가득한 평화를 얻을 것 같다. 그러나 아저씨에게 많은 것을 바라면 안 된다. 거리가 먼 것도 아니고 오지 말라는 것도 아니지만 갈 수 없다. 그냥 그러는 것이다. 조금씩 넓혀 갈 내 영역이니까.

꼭 한 번 그를 안아 보고 싶다. 아직은 내가 여자가 덜되었는지 거리를 느낄 수 없지만 그를 남자로 보게 될 때 그리하고 싶다. 그가 나를 여자로 보게 될 때를 기다린다.

어서 빨리 자라야지. 그 아저씨와 결혼하고 싶으니까.

2002년 10월 12일 화요일

모든 것이 휘청거린다. 안간힘을 쓰며 지키려했던 그 무엇이 한순간에 사라져 간 느낌이다. 믿고 따랐던 보이지 않는 그림자가 그대로 허상이 되어 버린 허무감. 세상에서 사람에게 기쁨을 주는 것들이 형체가 있는 것이던가. 사랑이 그렇고 기쁨이 행복이 눈에 보이는 것인가. 유독 나만이 이렇게 절실히 느끼며 사는 것일까. 작은 것에도 눈물 겨워하고 어려워하며 애써 살았는데 아무도 모른다. 나를 주제하신 분만이 아시리라. 유난히 뜨거운 가슴을 가졌던 게 죄인 것이다. 너무 일찍 부서진 환상이 원죄이리라. 내 의견을 감추고 살 수밖에 없는 성격 또한 문제였다. 사람은 어떻게 살다 어떻게 가야 잘 산 것일까. 무덤 속처럼 태어난 그대로 가지고 가야 하는 것일까. 아니면 많은 일들 속에 세상의 색깔을 덧입고 가야 하는 것일까.

어릴 적부터 정말 힘들었던 부분을 말하라고 한다면, 어디에 기준을 두고 살아야 하는가였다. 배움을, 착함을, 믿음을, 사랑을, 진실을…….

말을 하고 산다는 것은 세상에서 가장 어려운 일이었다. 도대체 무슨 말을 하고 무슨 생각을 하며 살아야 하는지, 왜 그 많은 것들을 알아야 세상 속에 섞일 수 있는 것인지 그래서 한 사람으로 인정받을 수 있는 건지 어려운 부분이었다.

 끝없이 재잘거릴 수 있는 사람은 무슨 복이 있어 그럴 수 있는지 그 속을 이해할 수 없었다. 한 잔의 포도주와 한 끼분의 감기약이 잠이라도 재워 줄 수 있으리라 생각했다. 잠이라도 자서 잊고 싶은 것들이 내게는 있었다. 잊어버리고 싶었던 흔적들을 애써 감추고 살았는데 그것들을 들쑤셔 재방송한 사람들. 채널을 끄고, 다시 켜고 싶지 않은 내 상흔들을 적나라하게 펼쳐 보여 주었다. 다 알고 있는 사실일지라도 그렇게 해야만 내가 오래오래 부패하지 않고 지탱될 것이기 때문이다.

 내가 누구인가? 나는 무엇인가? 왜 나여야만 하는가?

 자꾸 흔들린다. 온몸이 흔들려 온다. 술기운과 약 기운이 퍼졌나 보다.

 그때가 언제였던가. 정확히 기억은 못하지만 10대 후반이나 20대 전반쯤으로 기억한다. 왜 사는지 이유를 모르겠고, 사는 의미를 잃었던 때가. 영혼이 아파 견딜 수 없을 만큼의 시련을 겪고 난 후의 후유증이었다. 인생의 독주 한 병을 반병으로 줄여 마시고 싶은 아픔들이었다. 죽는 연습이라도 해야 했던 것이다.

 온 세상이 조용했고 창으로 비쳐 드는 햇살이 그날은 유난히도 부드러웠다. 마비되어 가는 의식을 붙들고 신체를 움직여 보려 했는데 그대로 흐느적일 뿐이었다. 영혼은 안식에 젖어 드는 듯했고 개구리에게 장난삼아 돌을 던진 사람의 혀는 굳어져 있었다.

그곳이 어디였을까. 차가운 물로 내장과 온몸을 씻어 냈는데도 저 깊은 의식까지는 지워 내지 못했다. 끝없는 우울. 말을 잃은 아이. 바람에 휘날리는 깃발 같은 오른팔의 허공이 가없던 그곳.

내가 존재하지 않은 나였다. 나는 다만 빈껍데기일 뿐이고 누군가 항상 내 안에 들어와 살아야만 바로 내가 되는 것이다. 오늘은 이런 내가. 내일은 저런 내가.

어지럽다. 난 늘 아파야 한다고 생각했다. 아프지 않으면 마(魔)가 끼어들어 괴롭힐 것이기 때문에 아픔이 그 자리를 대신하고 있어야 한다고 믿고 살았다. 이렇게 힘든 것이 얼마나 다행인가. 열망을 잠재울 수 있으니까. 그 많은 세속적인 욕망들. 내일은 또 무엇이 내 안에 들어와 들고 일어날 것인가. 누가 나를 이끌고 이끌려 살 것인가. 어차피 난도질한 상처와 부끄러움이여. 그을음 없이 잘라 버리고 싶은, 그 순간만은 그것이 전부였을 것인 행위들이여. 안녕.

2002년 10월 13일 일요일

해피 씨! 당신은 생각을 하지 않아야 합니다. 왜냐하면 그 빛깔이 너무 진해 다른 곳으로 향하는 시야를 가로막기 때문입니다. 그런 표현이 있지요. 환장하게 좋다는.

당신은 견딜 수 없는 존재의 기쁨입니다. 만지면 싱그러운 물이 뚝뚝 떨어질 것 같은 사람입니다. 밤새워 일하신 그 고단한 얼굴에도, 입술 가득 피로가 묻었어도 마냥 예쁘기만 한 당신. 당신의 모든 모습이 그저 신비하기만 합니다. 어떻게 저 예쁜 사람이 내 곁에 올 수 있있는지 참 신기하기만 합니다. 뭐라고 말할 수 없지만 내 안에 힘이 솟게 하는 사람. 깨질까 두려워 만질 수 없는 사람. 내 품에 꼭 안아주고 싶은 사람입니다.

신경 줄 하나만 건드려도 온몸으로 감동이 퍼져 나갈 것 같은 사람. 가녀린 모습에 하얀 웃음이 번져 나오면 목화솜 같은 포근함으로 숨이 멈춰 버릴 것 같은 사람. 사람아! 나의 사람아. 미치도록 그리운 사람아.

항상 그 안에 계시지만 눈으로 꼭 확인하고 싶은 당신입니다. 어제 당신께로 갔는데…….

견디다 못해 기다리다 못해 당신의 심정을 건드리고 갔는데 내 뼛속까지 아시는 분이니 변명은 하지 않겠습니다. 스물네 시간 한가할 틈이 없는 분이라는 걸 알지만 그래도 당신께서 살아 있는 사람이라는 것을 확인하고 싶었던 것입니다. 속을 건드려서라도 그리하고 싶었던 것입니다. 으스러지도록 그 팔을 잡고 나와 함께 시간을 보내 주시라고 말하고 싶었던 것입니다. 아직 내 건강이 미약한 점도 있겠고, 그 진실한 사랑을 다 받아들일 만큼 내 영이 갖추어지지 않은 것도 문제이지만 상처로 통증이 배어나는 가슴으로는 어두운 밤하늘을 수놓을 별이 되지 못한다는 것을 아시기에 기다리고 계신다는 것 또한 잘 알고 있습니다.

해피 씨!

그러나 행복합니다. 당신의 부드러운 얼굴을 만났고 티 없이 깨끗한 시선을 받았으니까요. 왜 좋은지 적당한 이유를 댈 수 없는 사랑. 한 점 의혹이 없는 사랑. 다할 수 없는 사랑. 영원히 가실 줄 모르는 사랑입니다. 그저 예쁜 나의 사랑.

일요일 아침 9시.

늘 아침에 눈을 뜨면 확인하는 습관이 있다. 주방 쪽 창문을 열어 우리 아저씨의 차가 어디에 있는가 하고 살피는 것이다. 그 위치를 확인하고는 안심하고 일상의 일에 젖어 드는 것이다. 어제는 어디에 다녀온 것일까. 멀리 주차해 놓은 승용차를 볼 때면 아저씨가 조금 더 멀어진 것 같고 가까이에 놓여 있으면 바로 내 곁에 있다고 느낀다.

오늘 아침 처음으로 아저씨가 멀리 놓여 있는 차를 가까이에 옮겨 주차하시는 걸 보았다. 운전석의 문이 열리기까지 누구일까 조바심이 났는데 아저씨가 내리시는 걸 보고는 너무 기뻐 '아저씨' 하고 부를 뻔했다.

어디 야외로 나가시나 보다. 돗자리를 챙기고 가족들과 함께 동승을 했다. 바로 눈앞에 계시지만 우리 집이 너무 높은 층에 있다. 작은 소리로(내 생각에는 크게 불렀다) 아저씨를 불렀는데 들렸을까? 모기만 한 소리도 알아듣는 아저씨는 분명 들으셨을 것이다. 올려다보려다 멈추시는 아저씨. 나를 기다리셨을까?

천 리 길 밖에서도 들으시는 분이라서 들었다고 믿는다. 출발 전에 운전석의 도어를 조금 열어 주시는 걸 보았다. 길 오른쪽으로 꺾어 나가시는 아저씨의 창문으로 얼른 들어가 앉았다. 함께 가는 옆자리에 내가 앉아 있는 것이다.

또 하나의 나는 종일 집안일을 하고 음식을 만들었다. 시공을 넘나드는 영혼의 깃털 같은 가벼움으로 우리는 함께 살고 있는 것이다. 순면의 편안함이 나를 아저씨께 다가들게 한다. 땀이 흐르면 그대로 아저씨에게 흡수될 것만 같다. 이질감이 전혀 없다.

내 몸 같은 아저씨.

어두워져 간다. 모두가 제자리로 돌아가야 할 시간이다. 나의 별님들도 그러하겠지.

사방 천지에서 빛나는 저 별 속에 나의 별이 있다. 반짝반짝 다이아몬드 같다.

산등성에서 빛나는 별, 들 가운데에서 빛나는 별, 바다 위에서 빛나는 별, 창공에서 빛나는 별.

매연 가득한 서울 하늘에서도 빛이 날까?

I LOVE YOU!

언제부터 시작된 별들의 행진이었나.

오래전부터 계획된 일이겠지. 내가 태어나기 이전부터.

내 발길이 닿는 곳마다 따라다니는 별. 다시 태어난 별. 이 울고 도는 사랑의 별.

계절 따라 바뀌는 별.

지난 한 해는 참 행복했다. 2001년 항구에서 뜨는 별을 보았고……. 모두 그물 안에 엮어 놓은 사랑이다. 절대로 빠져나갈 수는 없다. 내 생각과 말과 행위를 지배하는 분이기에. 지금은 생각만으로 눈물이 나지만 그래도 좋다.

나를 피어나게 한 그분이 내 존재에 의미를 부여했다. 엄청난 사랑.

하늘의 섭리와 내 삶의 이정표가 되는 안내자. 아침 햇살처럼 가슴 안에 빛이 되는 이.

정녕 내가 가야 하는 곳, 그 길을 사랑한다.

나를 사로잡아 주시고 꼭 품어 주시는 당신이 계시어 진정 행복합니다.

행복한 여자입니다.

다시 2002년 10월 13일 일요일

새벽에 누군가 내 안에 불을 지피는 걸 느끼면서 깨어났다. 견딜 수 없는 욕망들.

침대 위에 그대로 뒹굴며 그 느낌들에 온몸을 맡겼다. 쓰다듬는 한 손길과 하나의 부드러움. 하나의 격렬함. 하나의 숨소리. 하나의 주체 못 할 부추김.

내게 전하는 일요일의 전화. 그분께로부터 오는 사명이다. 역사는 밤에 이루어진다는 말대로 사람이 된 기쁨이 흐르는 시간이다. 낮의 시간이 격식의 시간이라면 밤엔 그걸 깨부수는 원시의 시간이다. 겉으로 무장한 신사 숙녀들도 어둠의 이 안락한 편안함이 없다면 무용지물이 된다. 왜, 무엇을 위해 사는지 알맹이 없는 허울만을 추구하다가고 말 것이니까.

내 몸에 전류가 흐르듯 자연스러운 물이 흐른다. 천지사방에서 별들이 밀려오고 무수한 땀이 솟는다. 혼곤함에 젖는다. 미끈거리는 촉감으로 혼돈의 세계로 몰입한다.

한 처음에 무(無)에서 유(有)를 창조하신 하느님도 창조의 기쁨이 있었으리라. 말씀 하나로 다스리고 만드시는 그분의 심장은 얼마나 큰 열정과 사랑으로 숨 쉬고 있을까.

아마 그 안의 온도는 삼천 도? 더 뜨거울지도 몰라. 오천 도쯤으로.

내부에서 일어나는 유순한 욕망 그대로 아무런 의식적 제한 없이 몸을 맡긴다면 가슴의 아픔과 뇌리의 모든 거추장스러운 악몽들이 말끔히 씻길 것이다. 하늘 사랑 안에서.

꿈결인 듯 한바탕의 소나기 같은 감동이 흐르고 한없이 감사한 이 생존에의 환희.

　사랑하는 당신!
　저녁 한 나절이지만 저와 함께해 주시어 감사합니다. 같이 온 그 사람들이 있어도 당신이랑 있으면 아무런 부담이 없습니다. 이렇게 쉬운 것을 그렇게 어렵게 풀어 가며 스무고개를 했군요. 난 참 영리한 아이인가 봐요. 당신 말씀을 잘 이해하는 편이니까요.

　참 좋으신 당신.
　당신의 단단한 등에 기대어 참 편안했습니다. 당신이 안아 주시고 아픈 곳을 만져 주시니 내 고단한 심사가 다 걷히는 것 같았습니다. 당신을 보고만 있어도 얼마나 안심이 되는지요. 항상 헤어짐에 대한 두려움을 안고 살아서인지 죽는 날까지, 아니 사후에도 영원히 함께 있고 싶습니다. 당신 품에서 잠들고 싶습니다.
　그날 아저씨랑 같이 갔으면 더 좋았을 것인데, 큰형님이랑도 함께했으면 좋았을 것인데……. 혼자 맛있는 것을 다 먹어서인지 배탈이 났는데 아저씨가 배를 만져 주시어 멈추었습니다.
　나의 당신!
　무척이나 좋으신 내 당신.

2002년 10월 16일 수요일

　예쁜 그대!

어제는 시화전 행사를 했습니다. 내가 이곳으로 온 지 얼마 되지 않아 낯선 사람이 더 많지만 당신을 가슴에 품고 쓴 시에 그림을 그리고 액자를 만들어 공개를 하였으니 참 좋았습니다. 다른 사람이면 몰라도 당신은 그걸 아시지요.

내가 얼마나 당신을 그리워하고 보고 싶어 했는지, 솜사탕 같은 얼굴에 햇살 같은 웃음이 번지는 걸 볼 때면 세상 무엇도 부럽지 않고 행복할 수 있다는 것을. 표현을 하면 의미가 퇴색할까 봐 숨겨 두고 싶은 마음이지만 어떻게 넘쳐 나는 걸 막을 도리가 없습니다. 낭송까지 하도록 했는데 눈물이 나는 걸 참느라 애썼습니다.

참으로 많이 힘이 들었습니다. 항상 대답 없는 메아리로 흐르는 시간이 아쉬웠습니다. 그러나 이젠 그 의미를 알겠고 얼마나 큰 사랑 안에서 나를 지켜 주시는지 느끼고 있습니다. 헌 부대에 담으면 감당 못할 사랑을 오롯이 받아 안을 수 있도록 새 부대로 만들어 주기 위함이라는 것을 알았습니다. 새 부대가 되기 위하여 이리도 봄부터 울어야 했나 봅니다. 그리도 아파야 했나 봅니다. 봇물 터지듯 하면 안 되는 그지없이 크고 황홀한 사랑.

가지 많은 나무 바람 잘 날 없다는 속담보다 한 자식을 위한 부모의 애틋한 심정을 헤아릴 것 같습니다.

단순히 돌고 돌아가는 시간 같지만 얼마나 큰 신비가 숨어 있는지요. 내 사랑 그대여(항상 고마워).

오늘 그 하얀 건물 속 6층까지 올라갔습니다. 합창 연습에 여념이 없는 사람들 속에서 행여 당신의 모습은 없나 하고 사방을 두리번거렸습니다. 어디선가 불쑥 나타나 주실 것만 같아 기대를 했습니다. 그래도 당신이 타고 다니시는 승용차를 확인한 것만으로도 큰 수확인 거지요. 당신과 관계된 모든 것들은 내게 큰 의미가 있고 볼 수 있는 것만으로도 아! 이 세상에 존재하시는 분이구나 하고 안도의 심정을 느끼게 되니까요.

어떻게 설명해 낼 수 없는 일들이었습니다. 만남과 느낌과 진실.

그럴 수밖에 없는 사연들…….

지금은 몸이 많이 아픕니다. 아마 감기인 듯싶습니다. 연중행사이니 아플 때가 되긴 되었지요. 찬 기운이 등골에 오싹하고 찬물을 끼얹듯 싸늘함이 스치면 의례히 감기가 오는 신호이지요. 적당히 아프고 적당히 건강하고 적당히 살고 적당히 즐기고 적당히 사랑(?)도 맞나요? 그런데 이 중에서 적당하게 안 되는 것은 사랑이라는 생각이네요.

잣대를 어디에 놓고 바라보느냐에 따라 다르겠지만 그 적당하다는 말이 참으로 괘씸한 말도 되는 것 같네요. 아쉽더라도 채워지면 그 순간만큼은 부유한 법이니까요.

아주 많이 배고팠어도 수북한 한 그릇의 밥에 배가 불러 허덕일 수 있으니까요. 모든 것 중에 사람만큼 아쉬운 게 있을까요.

보고 싶고, 그립고, 만지고 싶고, 안기고 싶고, 안고 싶은, 사람과의 정에서 오는 충만함만큼 큰 것이 있을까요. 그런, 사람과 하나가 되어 오롯한 대화를 나눌 수 있는 영육과의 합일점은 하느님과 나와의 일대일 관계와 같은 거겠지요.

거부감 없이 받아들일 수 있는 사람이 있다는 건 얼마나 큰 행운인가요. 또 내가 누군가에게 그런 사람이 될 수 있다는 건 얼마나 내 존재에 가치를 부여할 수 있는 일인지요.

요즘 많이 깨닫게 됩니다. 이 세상에 부정적인 단어는 하나도 없다는 걸요. 부정적이라는 이 말도 한자의 뜻을 반대로 긍정적으로 붙여 생각해 보면 참으로 눈물 날 만큼 고마운 말인지도 모릅니다. 굳이 나를 아프게 할 단어는 이렇게 긍정적으로 돌려서 생각하기로 했답니다. 세상 안에 왜 그리도 많은 말들이 생겨났는지 궁금했는데 뒤집고, 순서를 바꾸어 해석하고, 외국어도 국어화해서 풀어 보면 참 재미있고 모두가 하나라는 믿음이 가지요.

모든 건 말에서 시작되어 말로 끝나는 것이라고 느껴집니다. 그래서 혀에 자물쇠를 채워 두라는 성경 말씀도 있지요.

창밖엔 바람이 찬데 안에 있는 나는 행복합니다.

오늘은 긴 머리를 자르니 행복하고, 그 짧아진 머리가 어울려 행복하고, 그 모습을 주신 부모님께 감사하고, 내일은 그 머리가 길어 날 것이기 때문에 행복합니다.

아! 어수선했던 날들이여. 짧아진 머리처럼 당신께로 한 걸음 더 가까이 다가설 수 있기를…….

2002년 10월 18일 금요일

눈이 내릴 것 같은 날씨다. 회색빛 바람이 불고 한낮인데도 어둑하다. 가을이 깊어 간다.

가을!

가을이란 단어는 기분이 좋을 때는 풍성하지만 우울할 땐 가슴에 통증이 인다.

그냥 아무렇지 않게 말할 수 없는 단어이다. 가을이란 어감 자체가 우울하다. 내 나이 좀 더 어렸을 적에도 마루 위에 올라앉은 가을 햇살을 보면 떠남과 쓸쓸함을 느끼곤 했다. 왜 늘 혼자라는 느낌에 사로잡혀 있었을까. 지겹도록 고독했던 어린 날이었고 젊은 날이었다. 알 수 없는 두려움과 원인 모를 우울.

참으로 오랜 세월을 그 그늘에 드리워 있었다. 또한 혼자서도 부족함을 모르던 아이였다. 세상을 벗어나 삼차원의 세계 속에 살기도 했다. 끝없는 상념과 생각에 잠겨 살았다. 앉은 자리가 곧 영원으로 이어지는 길인 양 변화를 두려워했다. 움직임을 싫어했다.

그러나 나를 이끄시는 손길에 따라 많은 이동을 하며 살았고, 많은 일을 했고, 많은 사람들을 사랑하며 살았다. 순수의 극치를 달리며 많이 촌스러웠고…….

내가 산 것이 아니라 보이지 않는 그분이 나를 움직여 살게 했다는 표현이 옳다.

보이지 않은 그분을 현실로 만나고 그렇게 갈망하던 사람을 만져 보고 내 속을 드러낼 수 있었다. 현실인 것을, 꿈같은 현실인 것을 누가 알까. 하늘이 내 안에 있고 내가 하늘을 품고 산다는 것을. 바로 내 앞의 당신이 곧 하늘이 될 수도 있다는 것을 눈물겹도록 깨달았다. 착란이 올 만큼 흔들어 대고 적당한 양념의 괴로움을 주는 거대한 손.

아무리 힘들고 어려워도 포기할 수 없음은 그 맛을 알기 때문이다. 천상으로부터 오는 환희! 내 맘대로 움직여 주시는 하느님을 아는지요. 그 말씀 부스러기 하나에도 황홀할 만큼 영혼이 춤을 춘다는 것을.

내가 원하는 대로 살 수 있다는 것은 얼마나 신나는 일인지요. 설움 아홉을 잠재울 수 있는 기쁨 하나가 이 세상엔 정말로 있다는 것을 믿습니다. 너무 벅찬 그 사랑 속에 스며들고 싶은 열망이 내 안에 가득

합니다. 나의 하늘이여. 내 임이여. 지극히 사랑하는 임이여. 단순하게 오신 나의 핏줄이여.

2002년 10월 24일 목요일

사랑하는 나의 선생님!
아직도 마지막 시험이 남았는지요. 이번의 호된 뒤적임으로 다 끝난 줄 알았습니다. 기말고사는 얼마나 어려운가요. 정말 어렵다고 말씀을 해 주시니 더 걱정이 됩니다. 열심히 배웠는데 최선을 다할 수밖에요. 내 괴로웠던 부분들을, 숨기고 싶은 이야기들을 까발려 파헤치고 두들겨 맞았는데 아직도 더 남은 시험은 무엇인지요. 한 번씩 이런 테스트를 거칠 때마다 죽도록 아팠습니다. 그래도 견뎌 낼 수 있었던 것은 당신 사랑을 믿기 때문입니다. 고통에 앞서 보여 주신 임의 얼굴을 보았기에, 그토록 사랑스럽고 형용하기 어려운 신비스러운 모습을 확인했기에, 내 심장을 꿰뚫는 그 눈빛을 받았기에, 당신의 목소리가 영혼 깊이 들렸기에 견딜 수 있었던 겁니다.
내 사랑 당신이여.
마지막 남은 이 시험에 잘 합격했으면 좋겠습니다. 세상에서 듣고 본 대로가 아닌 당신께서 가르쳐 주신 대로 마지막 답안지를 메우겠습니다. 시험을 치를 때마다 진땀을 빼는데 이번은 또 어떨는지요. 그래도 내가 좋아하는 문학 시험이어서 다행입니다.
당신은 어렵고 두렵고 사랑스러운 사람입니다.

나의 아저씨!

당신이 너무 좋아서 왜 그렇게 좋은지 나도 모르게 좋을 뿐입니다.

내 모든 감성 세포들이 들고 일어나 춤추려 합니다. 이제는 말할 수 없습니다. 안으로 파고드는 회오리 같은 물줄기. 깊숙한 밀실에서 천년의 향기를 머금고 살다 내게로 온 사람. 가장 낮고 평범한 모습의 사람. 나를 편안케 하신이여.

거기 그대로 머물러 내 안으로 들어오세요. 텅 빈 슬픔으로 가득 찼던 황량했던 나의 인생을 안아 주세요.

2002년 10월 27일 일요일

어디로 항해해야 하는지요. 지금 이 시간의 나의 행로에 뒤따라오실 당신은 누구신지요. 모두가 하나이지만 또 다른 당신이라고 알고 있습니다. 어느 누구 한 분, 생각하여 절실하지 않은 사람 없습니다. 그토록 오래된 일이었는데 그가 누구였는지를 이제야 알 듯합니다. 진정으로 간절히 부탁하던 그가 바로 당신이었나요. 참신하게 생긴 젊은이가 꼭 연락해 달라고 했었지요. 내게 연락처를 간절히 물었지요. 그러나 난 안 된다고만 했었지요. 고정 관념을 깨뜨릴 수 있는 내가 못 되었거든요. 60세쯤 되면 건강을 염려해야 할 일이 생긴다고 했었지요. 젊은 사람이 참 별것도 다 본다고 생각하며 겨우 손금을 보여 드렸지요. 그곳이 어디였는지 지금도 기억합니다. 버스를 타려고 기다리고 있었지요. 메인 곳 없이 떠돌던 추운 영혼은 조금만 따스해도 기울어지는 해바라기였습니다. 타인에 대한 거부감 밑에 흐르던 소탈함과 평범함에의 동경. 어쩌면 편안한 이성에 대한 갈망이었다고 말하겠습니다.

　이렇듯 오랜 세월을 휘돌면서도 당신은 왜 이제야 내 앞에 나타나신 것입니까. 만지고 또 바라보면서도 곧 어디론가 사라질 것만 같아 불안합니다. 진정 사람으로 오신 나의 하늘이라고 믿기에 너무 벅찬 당신입니다.

　아직 해석하지 못한 말씀이 있고 이해되지 않았어도 당신은 내 사람이라고 확신합니다. 그렇지 않고서야 이처럼 나를 흔들고 아프게 할 리가 없지 않습니까. 가장 가까운 사람이 가장 힘들게 하는 법이지요. 가깝기 때문에 괴로운 것이라면 그게 사랑이라면 어쩌겠습니까. 그러나 이제는 쉬고 싶습니다. 지쳐 쓰러질 것 같기 때문입니다. 마지막 안간힘을 쓰며 버티고 있습니다. 당신이 보여 주실 참사랑을 고대하며.

2002년 10월 28일 월요일

　새날이 밝았습니다. 어제 저녁 내내 아니, 전날부터 보이지 않은 당신 때문에 힘들었습니다. 도대체 어디에 다녀오신 겁니까. 한밤중에도 오시지 않고 불 꺼진 창 앞에서 외로웠습니다. 이틀 동안 당신의 흔적 없는 세상에서 많이 추웠습니다. 하루라도 모습이 보이지 않으면 이렇게 속이 타는데 어찌 살아야 할지 모르겠습니다.

　부르면 항상 그곳에 계셔야 하는 당신입니다. 손을 내밀면 맞닿을 곳에 계셔야 하는 당신입니다. 날이 밝기도 전에 창문을 통해 당신이 오신 것을 확인하고 얼마나 가슴을 쓸었는지 모릅니다. 어슴푸레한 안개 속에 거뭇한 색조의 매끈한 M.
사랑해!
사랑해!
사랑해!
목이 터지게 불렀습니다.

풀잎 같은 아저씨!
녹차 향을 닮은 나의 아저씨. 그래도 당신이나마 곁에 가까이 있어 참으로 다행입니다. 잠시의 시간이지만 자주 얼굴을 볼 수 있다는 게 큰 행운이지요. 내 칭얼거림과 어린양까지 다 받아 주시고 부끄러운 말도 서슴지 않고 할 수 있게 해 주시니 고마워요.
당신의 손길로 당신의 눈길로 당신의 말씀으로 내 기억의 때를 다 씻어 주셨는지요. 내 영혼의 오점들을 다 거두어 주셨는지요. 이제 당신 품 안으로 들어도 되겠는지요. 잔잔하고 평화로운 초원에서 마구 뛰어놀고 춤추어도 되겠는지요. 그 시냇가에서 헤엄쳐도 되겠는지요. 인도하시는 대로 살아가겠습니다. 깊은 슬픔이 깊은 사랑의 시작이라고, 고통이 곧 기쁨의 시작이라고 하였지요. 얼마나 울어야 나를 버릴 수 있는지 암담했던 세월을 건너 임의 얼굴을 마주 볼 수 있었습니다. 이제는 영원히 함께하고 싶습니다. 먼 곳에 계시더라도 내 마음 안에 꽃불의 등을 밝힐 수 있기를 염원합니다.
오늘 밤에 또 당신을 뵐 수 있게 되기를 청하면서…….

2002년 11월 1일 금요일

    십일월의 첫날입니다. 꼭 3년이 되었네요. 당신의 손목에 잡혀 안정을 취하게 된 그날입니다. 이제 내가 가야 할 길이 정해져 있으니 무슨 걱정을 할 필요가 있겠습니까. 아! 숨이 막혀 옵니다. 어디서도 누구에게서도 찾을 수 없는 기쁨을, 생의 환희에 다다른 문턱에서 회상을 합니다. 눈을 감고도 잡을 수 있는 당신의 냄새. 그 체취가 얼마나 그리웠는지 눈물이 납니다. 온 우주를 떠돌고도 허전했던 것은 당신의 온전한 만나를 먹지 못했기 때문이었습니다. 떨리는 가슴으로 선 없이도 교통이 되는 텔레파시를 보냅니다. 마르지 않는 깊은 샘터를 개방하렵니다. 내 임이 찾아와 물을 마시고 갈증 난 가슴을 적실 수 있도록 사랑의 잔치를 하렵니다. 열린 창구마다 분주한 발걸음으로 흥겨운 노랫가락이 흘러넘치도록 느긋한 평온으로 무장을 하렵니다.

    깊은 산속 단풍 짙은 계곡 사이로 당신의 입김이 부드럽게 번지고 휘어지도록 열린 열매들을 따 먹으며 옛이야기 하렵니다. 손 내밀면 바로 거기가 에덴의 낙원인 보물섬으로 배를 타고 떠나요. 홀로 외롭지 않도록 두 손 포개어 맞잡고 가요.

    오! 아름다운 강산에 뒹굴어도 되겠지요. 오장육부와 관절 마디마디가 시름에서 벗어나 감미롭게 젖어 들 것 같아요. 동산의 주인 되시니 마음껏 먹고 마시고 즐기세요.

    주인 없이 비워 둔 세월 동안 잡초만 무성히 자랐지요. 반질반질 닦아 놓은 질그릇에 모락모락 김이 오르는 밥을 지어 올리겠습니다. 일곱 곡 이상의 잡곡밥이 건강에 더 좋다는데 비싸더라도 혼식을 하겠습니다. 영양가 있는 밥이라면 많은 반찬이 필요 없겠지요. 더구나 임과 함께 먹는 밥이라면 살로 갈 거예요. 혼자 먹는 밥은 재미가 없어요. 맛도 제대로 느끼지 못하고 허기만 겨우 면할 뿐이니까요. 사랑으로 지어 사랑하는 사람들과 함께 먹으면 살살 녹아 절로 넘어가겠지요.

아직 두 손에 쥐어 보지 못한 보물은 언제쯤이나 내 곁으로 와 줄는지요. 우주를 꽉 채울 환상의 빛을 보고 싶어요. 결코 내 힘으론 찾을 수 없는 보통 속의 위대함을.

신이 저질러 놓은 세상에서 옥잠화가 피었습니다.

2002년 11월 4일 월요일

붙박이 사랑 끝없는 사랑 일렁이는 사랑.
나의 사람아!
내가 없는 동안 괜찮았는지요. 어디에나 따라다니는 그림자 같은 임이지만 잠시 어수선한 장소에 섞여 정신을 팔고 왔는데 외롭지 않았는지 모르겠습니다.

세월이 흘렀다고, 외모의 팽팽함이 조금 가셨다고 해서 마음까지 그러지 않은 것은 정말 다행이라는 생각입니다. 영혼까지 시들지 않은 것은 더욱 다행이라는 생각입니다. 외적인 모양에 따라서 내용이 시든다면 이 지상은 태초의 혼돈으로 돌아갈 것입니다. 발전할 이유도 번식할 필요조차도 없을 것입니다. 그런데 말씀으로 창조하신 하느님이 계시니 언어라는 것은 하느님과 함께 존재하여 왔다는 것은 의심할 여지가 없습니다. 그 모든 물리적인 것의 존재 이전에, 이름을 갖기 이전의 언어가 하느님의 의지와 동시에 생겨났다는 것이 신기합니다. 물론 종교적인 차원으로 말하는 것입니다. 사랑이라는 단어나 말이 없었다면 우리는 답답해 죽고 말았을 것입니다. 감정은 있는데 표현할 말이 없었다면 우리는 어떻게 했을까요. 사랑이라는 낱말도 하느님께서 만드셨을까요?

그렇다면 왜 그랬을까요. 당신이 창조를 염두에 두고 만들어 낸 이유도 사랑이라고 배웠습니다. 그 사랑이 아니라면 사람의 창조는 이루어지지 않았겠지요.

사람의 형상을 하느님의 모상대로 만들어 낸 그 엄청난 사실에도 우리는 스스로 만족을 모를 때가 많습니다.

나이가 들수록 더 간절해지고 절실해지는 것이 있다면 그건 바로 사랑이 아닌가 합니다. 젊음이 용솟음칠 때면 그냥 그렇게 시간을 죽이며 살아도 초조하지는 않을 것입니다. 그러나 살아온 날보다 떠나야 할 시간이 더 가깝다면 우리는 태어난 의미를 되돌아보지 않을 수 없을 것입니다. 의무를 다하고 세상을 기준하여 말하는 건전하고 뒤를 돌아보지 않는, 앞만 보고 산 삶을 살고 가더라도 미련 없이 갈 수 있겠습니까. 모두가 그렇다면 말이 별로 필요치 않을 것입니다. 어떤 이론도 진리라는 것도 수학 공식 같은 삶을 사는 사람에겐 그리 중요하지 않을 거라는 생각입니다. 추억도 생겨나지 않을 것이고 에피소드라는 것은 더욱 무용지물이 되겠지요.

오늘 밤 당신을 부르고 이렇게 질문이나 따지듯이 말을 하는 것은, 한참을 그 말로 인한 시달림을 받고 왔기 때문이기도 하지만 왜 세상을 살아가는 데 이다지도 많은 것을 알아야 하고 많은 교육을 받아야만 하는지 힘들기 때문이기도 합니다.

사람 구실을 한다는 것, 여자가 된다는 것이 이렇게 어려운 것인지요. 하긴 내가 나를 생각해도 카오스의 늪과 같다는 생각을 한 적이 있으니 무슨 할 말이 더 있을 수 있겠습니까.

이젠 어떤 이유로도 당신 없이 살아간다는 것은 사는 의미가 없다는 것을 잘 압니다. 이렇듯 확실하게 현실적으로 당신을 보여 주셨는데요. 나더러 어떤 말이나 세속적인 잣대를 들이대며 당신의 오상을 거부하라 하신다면 이대로 숨을 거둘 것입니다.

죽을 만큼 힘에 부쳐도 난 나의 하느님을 손으로 만지고 부비고 하나가 되기를 원할 것입니다. 보지 않고도 아시는 분이니까요. 듣지 않고도 들을 수 있는 분이니까요. 아무런 부족함이 없는 당신인데 내가 느끼도록 허락하셨잖아요. 당신께서 봉합해 주신 상흔이 이렇게 내 몸에 붉게 선 그어 있잖아요.

모든 것을 주재하시는 당신께서 내 초조한 가슴을 쓸어 주시기를……. 깊은 밤, 내 사랑 내 곁에 함께해 주세요.

2002년 11월 ○일 ○요일

오늘은 침묵.

2002년 11월 9일 토요일

언제나 그랬듯이 어제도 예외는 아니었습니다. 기대치가 크면 실망도 크다는 것.

　혼자서 떨리고 흥분하고……. 모처럼 얻은 혼자만의 시간과 확보된 공간을 어떻게 잘 활용하여 기쁨과 평화의 시간이 되도록 할 것인가.

　그래야 한다고 그렇게 수속을 밟아 가며 이끌어야 한다고만 생각했습니다. 이미 응고된 밀랍처럼 단단한 우리들의 결속이 풀어질 리는 없겠지만 항상 그 말의 해석과 암호를 푸는 작업은 어렵습니다. 내가 오래전에 잠시 빠졌던 것들에 대해 사람에 대해 나는 어쩔 수 없었다는 것입니다. 사람은 누구나 이런 과정을 거쳐 가면서 살아야 하는 운명이고 그게 성장이 되는지 퇴보가 되는지는 모르겠지만 머물지 못하는 낙엽 같은 신세가 사람이 아니던가요. 마음을 다잡아 두었다고 해서 그 운명이 비켜 갈까요.

　이미 봉인된 영혼의 상처를 흠집까지 지워 낼 순 없겠지요. 한 번 박은 못은 빼어 내도 못 자국은 남는 법이지요. 이제는 세상의 순수한 것들에 대한 환상을 버려야 할 때가 된 것 같아요. 죄 많은 영혼이 더 순수하다는 건 순수를 더욱 그리워하기 때문이 아닐까요. 내 잘못이 아닌 것들도 원죄만은 어쩔 수 없는 것이지요. 누가 누구를 용서할 자격이나 있는 것인지요. 그 시간 그 시절에는 그것만이 최선이었을 테니까요.

　봄이 겨울에게 따질 수 없고 여름이 가을을 책망할 수 없는 것. 한 세대가 지나야 다음 세대가 오는 이치와 같은 것이지요. 그래서 거듭나야 한다고 했던가요. 그냥 믿는 것도 죄가 되는 것 같아요. 무조건이란 얼마나 희망 없는 말이고 무책임한 말인지요. 무조건이란 말은 짐을 지기 싫은 책임 회피적인 단어라는 것. 사람이 아닌 신의 경우도, 어차피 신도 사람의 형상을 하고 살아가니까 사람이 품을 수 있는 모든 걸 지니고 산다고 할 수 있겠지요. 신이 그대로 신적인 면만을 지녔다면 그것도 재미없는 일이지요. 남녀 불문하고 세상에 태어나 절대적으로 한 사람만을 사랑하고 살다 가는 것이 정해져 있다면 우리는 더 좋은 것들을 모르고 살아가야 합니다. 한 사람이 지닌 역량과 시야와 마음만큼만 알고 느끼고 체험해야 하는 것입니다. 하지만 인간은 오류를 범하는 불완전한 존재입니다.

하느님이 창조를 하시면서 사람을 완전한 무결점의 존재로 만들어 냈다면 과연 모두가 행복했을까요. 감정이나 생각, 기억과 희망까지도 그러했다면 이 지상이 낙원이 되었을까요.

한 사람이 지닌 역량이 내게 전적인 영향을 미친다면, 그것이 10대, 20대, 30대, 40대, 50대, 60대……의 세대를 겪어 가면서도 변함이 없는 것이라면 아! 얼마나 숨 막히게 단순할까요. 한 사람이 먼저 죽어도 한 사람만을 사랑하다 가야 하는 우리 모든 운명인은 또 다른 러브 스토리를 만들어 내지 못하고 시나리오도 드라마도 쓰지 못할 것입니다. 당연히 영화도 만들지 못할 것입니다.

무엇이 최선일까요. 많은 걸 겪어 낸 후의 아름다움과 아무것도 모르는 것의 순수함 중에 어느 것이 더 올바른 것일까요.

신은 우리에게 무엇을 원할까요. 누가 나를 진실로 사랑한다면 기준을 두어야 할 것 같습니다. 아마도 내가 누구를 진실로 사랑한다면에 기준을 두어야 할 것 같습니다.

내가 무엇을 원하는지 사실은 자신도 모를 때가 더 많은 것입니다. 나를 안 시간부터, 아니 내게 운명의 눈길이나 음성을 보내 왔을 때부터는 나 하나여야만 한다고 믿습니다. 이 복잡 다양한 세상에서 그러한 걸 원하는 게 잘못이겠지만 영혼의 심연까지 흔들어 버린 무거운 죄(?)와 책임은 어찌할 것입니까.

숱하게 홍역을 치르고 스스로 자유를 벗어 버린 이중고에서 완전한 믿음이 없다면 모래 위의 집과 같은 허상이 아니고 무엇이겠습니까. 나는 나를 어쩌지 못합니다. 어떤 유능한 미용사는 제 머리도 스스로 커트한다더군요. 열 손가락 깨물어 아프지 않은 손가락은 없습니다. 어떤 어미가 맏아들을 사랑한다고 작은 아들을 사랑하지 않을 수 있겠습니까. 막둥이가 아니라 열두 자식이라도 모두 사랑하고 아프면 함께 아프지 않겠습니까. 하나였을 때 더없이 사랑하다가 또 낳으면 더욱 사랑하고……. 한 자식이라도 잃으면 그 어미는 살 수 없을 것입니다. 평생 한이 되어 무덤까지 그 고통을 갖고 갈 것입니다. 그 시간의 진실한 사랑은 그것만이 최선이고 최대일 것입니다.

사랑하는 사람이여.
머리가 복잡해집니다. 내 얼굴을 보면서도 또 다른 사람을 가슴에 품었는지요. 당신께서도 사람이라는 걸 인정해야 하는데 나는 왜 신적인 존재에만 초점을 맞추고 시야를 좁혀 가는지 모르겠습니다. 인성과 신성을 함께 지녔다는 걸 왜 자꾸만 잊으려 하는지 모르겠습니다. 당신이 두렵습니다. 당신의 뜻을 거스르면 죄 받는다는 것, 알고 있습니다. 당신의 뜻을 거스를 마음은 추호도 없지만 그동안의 고통이 너무나 두렵습니다. 도저히 설명해 낼 수 없는 사람이여. 잠시도 떨어져선 못 살 것 같은 내 사람아. 임으로 하여 내 여성성이 완성되고 싶은 오늘입니다. 눈뜨고 싶은 날입니다.
소란한 마음에 소슬한 가을바람이 불던 어제 저녁.

뒤숭숭함이 가라앉을 시간이 오겠지요. 무조건 들뜨던 가슴에 된서리를 맞았습니다. 바람처럼 흔들어 대는 아름다운 사람은 많고 인연은 시간이 흘러야 찾아오는 법.

눈을 뜨고 산다는 건 은총이고 죄입니다. 원죄입니다. 왜 이제 내게 오셨는지요. 이 작은 내 존재를 어찌 아셨는지요. 왜 나를 택하셨는지요.

울고 싶어도 울 데가 없고 날마다 울고 사는 것이 내 운명입니다. 혼자 죄인이라고 마음 아파 살도록 하시지, 차라리 침묵하실 걸 그랬습니다.

내 마음을 사로잡은 사람아. 당신은 질투의 신입니다. 당신이 주신 영혼까지 질투하는 지독한 사랑입니다.

오늘은 또 내일은 무엇으로 하여 내가 아파야 하는지요. 고통과 사랑을 뒤섞으면 무엇이 되는지요. 고통인지요. 혹은 사랑인지요. 아니면 드높은 사랑이 되는지요.

무엇이 내 앞에 있든지 홀로 들끓는 내 몸 안의 욕망들이 슬퍼집니다. 속으로 울어도 겉으로는 웃어야 하는 당신의 인형입니다. 형상만의 사람은 아닙니다. 나는 내 것이 아닙니다. 아무것도 아닙니다. 당신께서 나를 만드셨으니 당신이 내 모든 것의 주인입니다. 당신의 도구일 뿐입니다. 내 안에, 내 몸 안에 당신의 집을 세워 주소서. 쉬어 갈 고향으로 안내하소서. 숨을 쉬며 죽어 가는 질긴 생명입니다. 임을 알아 행복했습니다. 참으로 행복했습니다.

영원히 사랑하게 하여 주소서. 사랑만을 알게 하소서. 끝 날까지 그 사랑 속에 살게 하소서.

운명의 장난

새벽까지 글을 읽으며 서인옥은 가슴에 풍랑이 일었다. 그리고 그녀를 탓할 수도 미워할 수도 없었다. 이리도 뜨거운 열정의 심연이 있는 여자가 현실에서 어떤 사랑을 갈구했는지 궁금해졌다. 한 지붕 밑에서 한 이불을 덮고 살았어도 두 사람의 마음은 물과 기름처럼 서로 다른 곳을 향하고 있었다는 사실을 알게 됐다. 처음에 두 사람이 어떻게 만나게 되었는지 모르지만 결혼이라는 제도 속에 갇혀 방황했을 암담한 시간을 짐작하고도 남았다. 어젯밤에 김진우가 어렴풋이 한 말을 짐작해 보면 말하지 못할 어떤 문제가 있는 것 같았다. 김진우의 아내 오영애는 정적인 성격의 남편과는 달리 활동적이고 외향적인 편이라고 한다. 겉으로는 내성적인 듯 보이는데 생활면에서는 현실적이고 금전에 대한 욕심도 아주 많다고 했다. 부부 사이는 두 사람만이 알고 그래서 한쪽 말만을 듣고는 모를 일이지만 이런 결과에 이르기까지는 어떤 크나큰 사건이 있었을 거라고 짐작되었다. 인옥이 자신도 원만치 못한 결혼 생활을 하고 있어 누굴 판단하고 싶지는 않았다. 다만 아픈 사람들끼리 위로가 된다면 진정한 위로가 되는 선에서 격려하고 힘을 내도록 배려를 해 주는 것이 긍정적인 일이라 생각되었다.

아직 김진우가 잠들어 있는 방에서는 기척이 없었다. 서인옥은 먼저 일어나 떠날 채비를 서두르고 있었다. 어제 고경석으로부터 전화가 와서 진우에게는 미리 말해 두었다. 잠을 제대로 자지 못해 피로한 눈에 안약을 넣었다. 잠시 쓰리다가 가라앉았다. 창문을 여니 축축한 습기가 밀려들었다. 숲속의 서늘한 공기에 온몸이 움츠러들었다. 어제 저녁에 중세의 성 같았던 산장이 새벽이슬에 젖어 무덤 같은 느낌이 들었다. 늦은 밤에 도착한 하원경 화백의 문자 메시지를 읽었다.

- 그동안 고마웠어요. 뜨거운 예술혼으로 작품을 창작하시길 진정을 다해 응원하오니 힘을 내시고 건강을 유념하세요. 잠시 외국에 나가 있을 예정입니다. -

답장은 못했지만 서인옥도 하원경 화백을 마음으로 응원하고 있었다. 그의 그림은 객관적인 눈으로 보아도 상당한 경지에 이른 재능과 노력의 산물임을 알 수 있었다. 얼마나 혼을 다해 그렸는지 핏물이 떨어지듯 한 필치가 일정하게 화폭에 펼쳐져 있었다. 하원경 화백의 설경의 그림을 보고 싶은 마음이 간절했지만 의견을 전달할 수는 없었다. 언젠가 여유가 생기면 몰래 그분의 전시회에 가서 그림을 사야겠다고 마음먹었다. 인옥은 김진우에게 문자를 남기고 콜택시를 타고 나와 첫차를 타고 친정집으로 갔다. 이른 시간에 도착하여 콩이며 고추, 들깨, 고구마 등의 채소가 심어진 텃밭으로 들어가 뒷문을 열고 마당으로 들어서니 홍 씨가 작은 멍석 위에서 실파와 부추를 다듬으며 〈진도 아리랑〉을 흥얼거리고 있었다.

아리 아리랑 쓰리 쓰리랑 아라리가 났네
아리랑 응응응 아라리가 났네(후렴)

문경 새재는 웬 고갠가
구부야 구부구부가 눈물이로다

약산 동대 진달래꽃은
한 송이만 피어도 모두 따라 피네

나 돌아간다 내가 돌아간다
떨떨거리고 내가 돌아간다[1]

노래가 끝나기를 기다려 엄마 하고 부르며 들어서니 어떻게 이리 빨리 온 거냐고 놀라면서도 반가운 기색이다. 잠시의 미소 뒤에 뭔지 모를 수심이 얼굴에 가득했다. 홍 씨가 노래를 흥얼거릴 때는 내심 편치 않은 일이 생겼음을 알리는 것이고, 기쁜 일이 있으면 그저 아무 말 없이 만면에 웃음만 띄운다. 슬플수록 노랫소리는 더 높아졌다. 말하자면 아리랑은 감정을 조율하는 악기의 역할을 하는 매개물인 것이다. 화장실로 들어가서 손을 씻고 나와 주방을 둘러보고 냉장고도 열어 보았다. 친정에 오면 늘 하는 습관이었다. 먹을거리는 있는지 새로운 뭔가가 생겼는지 분위기가 바뀌었는지 살펴봤다. 식탁 위에 아

---

1) 출처: 나무위키 – 아리랑(진도 아리랑)

몬드가 있어 두어 개 집어 입에 넣으며 빙긋이 열린 작은 방으로 들어가니 막둥이 동생 인철의 짐들이 놓여 있었다. 의아해서 어머니께 여쭈니 모르겠다고 했다. 무슨 일인지 모르겠지만 심상치 않다고 불 꺼진 방처럼 표정이 어두워졌다.

  서인철은 천주교의 사제이다. 서 다니엘 신부로 불리는 서품 7년차의 가톨릭 신부이다. 그런 그의 물건과 짐이 가정집에 놓여 있다는 사실에 너무 놀라 높다랗게 설치한, 전에는 보지 못했던 옷걸이에 걸린 길고 하얀 수단을 보면서 소름이 돋았다. 나머지 것들도 일상복과 예복이었고 두껍고 단단한 탁자 겸 책상이 유배된 섬처럼 방 한쪽에 놓여 있었다. 다니엘은 오늘 아침 이른 시간에 다른 사제들과 함께 와서 짐만 내려놓고 바로 어디론가 가 버렸다고 한다. 알 수 없는 일이었지만 흘러가던 강물이 몸을 뒤척여 물길을 바꾼 역사적인 일과 같은 것이라는 불안한 마음은 어쩔 수가 없었다. 나중에 알아보자고 하며 홍 씨의 손을 붙들고 서울에 갈 준비를 시켰다. 홍옥영은 평소에도 거의 화장을 안 하는 습성이 있어 간단히 기초화장으로 마무리하고 인옥이 내미는 핑크빛 립스틱을 열어 한 듯 만 듯 살짝 입술에 발랐다. 검정색 스판덱스 바지에 세련된 꽃무늬 실크 블라우스를 입고 그 위에 얇은 재킷을 걸쳤다. 가면서 먹을 귤과 달걀 삶은 것은 홍 씨가 미리 챙겨 두었다. 그래도 딸과 동반하여 서울 나들이를 하니 기분이 한결 가벼워지는 홍 씨였다. 기차를 타고 형제들에 관한 이야기와 돌아가신 부친에 대한 이야기 등으로 여행의 안줏거리를 삼아 가니 시간이 가는 줄도 몰랐다. 앞자리와 뒷자리에 앉은 젊은 남녀가 우리의 언성이 높아질 때마다 한 번씩 고개를 돌려 쳐다봤다. 모친과 둘이서

만 여행할 일이 거의 없었던 인옥은 그동안 듣지 못했던 많은 이야기를 들을 수 있었다. 홍 씨의 어린 시절과 부유했던 친정이 기울어지게 된 사연을 알게 되었고 학교에 다닐 때 급장을 했던 이야기와 초등학교 때 여행을 갔던 부여와 그곳 숙소였던 부일 여관에 대한 추억도 들었다. 여행을 가던 날 외할머니께서 한복을 곱게 차려 입혀 주셨는데, 비가 많이 와서 배 안에서 비를 몽땅 맞아 그 옷이 다 젖어 정말 속상했다고 바로 어제의 이야기처럼 말씀하셨다. 대화가 멈추는 사이 이따금 창밖으로 고개를 돌려 붉게 핀 백일홍의 언덕과 보라색 당잔대 그리고 노란 수까치깨 속의 꿀벌 등을 보며 환호의 탄성을 지르는 모친과 함께 풀꽃들과 야생화를 감상하기도 했다. 스쳐 가는 철로 가의 저만큼에 기름나물이 하얗게 부챗살 모양의 꽃을 펼치고 도깨비바늘도 노란 손을 기도하듯 모으고 있어 가을의 정취를 한껏 느끼게 했다. 두메담배풀은 가을을 둘둘 말아 피우듯 촘촘히 꽃술을 채우고 있고 독활은 겨울 눈꽃송이를 닮아 마음을 설레게 했다.

용산역에 도착하여 지하철로 갈아타고 시어머니와 경석, 아들 준영이 기거하는 연립 주택으로 갔다. 학교에서 돌아와 숙제를 하고 있던 준영은 문을 열자마자 외할머니를 부르며 달려 나왔다. 역 부근의 빵집에서 사 가지고 간 케이크를 잘라 접시에 담아 주고 웃으며 선물을 안겨 주니 준영의 침울했던 기분이 밝아졌다. 고경석은 요즘 아파트 경비원으로 일하고 있다고 한다. 젊은 나이이지만 놀면 뭐 하겠냐고, 좋은 자리가 생길 때까지 열심히 다니겠다고 제법 철든 말을 했단다. 시어머니가 치매에 걸려 더는 감정적인 상관을 안 하시니 정신을 차린 것 같았다. 인옥이 결혼 전에 직장을 다녀 모아 놓은 돈으로 그동안 경석의 뒤치다꺼리를 해 주었기 때문에 경석도 이젠 체면 때문이라도 놀면 안 된다는 걸 느끼고 있었다. 목천댁의 얼굴엔 아무런 표정이 없었다. 사람을 보아도 멍한 표정으로 바라만 볼 뿐 말이 없었다. 음식은 무엇이든 잘 먹고 잘 자고 하지만 혼자 둘 수 없는 상태라서 S 노인 요양 병원으로 모시기로 했다. 홍 씨는 오늘 밤만 보내고 언니를 방문한 후 먼저 내려가기로 하고, 인옥은 며칠 동안 요양 병원에서 간병을 하고 가겠다고 했다. 고경석과는 아무런 애정도 없었지만 준영의 친할머니이고 아들과 함께 시간을 보내고 싶어 그리하겠다고 한 것이다. 미운 정도 정이라던가. 시어머니의 상태를 보니 미워할 수만은 없는 인옥의 심정이었다.

홍 씨는 아침을 먹고 서울에 살고 있는 언니네로 가고 인옥은 S 노인 요양 병원으로 갔다. 모처럼 분주한 아침이었다. 아침을 차리고 고경석의 출근과 준영의 등교 준비를 서두르고 홍 씨를 배웅하고 나서 목천댁이 입을 옷가지와 간단한 세면도구와 스킨과 로션 등을 챙겨서 택시를 타고 병원으로 갔다. 그동안 조금씩 진행된 치매 증상으로 인해 말과 기억을 잊은 듯 별로 이야기를 안 하신다. 아들이 사랑하는 인옥에게 혀에 칼자루를 문 것처럼 입만 열면 가슴을 할퀴고 찌르고 빙빙 돌려가며 모진 말을 해 대던 목천댁이었다. 말하자면 영적 살인을 한 것이다. 나중에는 덩달아 남편까지 합세하여 돌이킬 수 없는 고통을 준 이들로 인해 누군가의 결혼식에 참석하면 여자의 삶이 이런 것인가 하고 자신의 신세가 한스러워 솟구치는 오열을 삼키느라 애를 먹었었다. 참으로 편치 않은 성격이었다. 간간이 서울에 올라와 대면했을 때도 결코 마음 편한 말은 하지 않았던 목천댁. 그런 상처를 알고나 있는지 인옥은 목천댁에 대한 기억이 떠올라 한 번 더 시어머니의 얼굴을 살펴보았다. 목천댁에게 있어 며느리의 존재는 아들을 뺏어 간 여자 외엔 아무 것도 아니었다. 영원한 수수께끼라는 고부 관계였던 것이다. 심리적 종기인 트라우마(Trauma)가 깊은 경우 상대에 대한 지독한 미움과 불신도 생긴다. 처음에 서인옥은 친정어머니에게 하듯 시어머니께 하면 될 거라고 믿었다. 그러나 그게 아니었다. 아무리 잘하려 해도 통하지 않는 이유 중 하나가 목천댁의 성장 과정에 있었으니 부모 없이 올케의 눈치를 보며 자란 상처가 남아 타인과의 가족 관계에서 장벽이 되었던 것이다. 예수는 십자가 위에서 자신을 못 박은 사람들을 위해 '주님, 저들은 자신이 하는 일을 모르고 있습니다. 저들을 용서하소서.' 하고 기도했는데 인옥은 아직 그런 기도를 할 수가 없었다.

 목천댁이 머무를 1층 병동은 그래도 상태가 나은 어르신들이었다. 연세가 많아 대개가 80여 세가 넘은 노인들이었고 혼자 힘으로 걸을 수 있는 사람은 그나마 행운이었다. 2층으로 가 보니 모두 중환자였다. 무언가 의료 장비에 의지하여 숨을 쉬고 밥을 먹고, 아예 의식이 없는 사람도 있었다. 링거 줄과 심장 박동기를 매달고 있는 사람 그리고 산소통을 옆에 끼고 누운 남자는 숨을 쉴 때마다 이상한 소리가 나서 보는 이로 하여금 답답함과 공포를 느끼게 했다. 삶의 한계에 다다른 사람의 목숨을 연명해 주고 이어 주는 곳이어서 보호자들도 모두 조용히 앉아 아픈 가족을 지켜보았다. 어린 아기를 동반하고 온 젊은 여자 두엇이 뭐라고 귓속말로 대화를 나누고 있는 모습도 보였다. 생기 있는 소리라고는 들리지 않는 무덤 같은 곳이었다.

 3층으로 올라가니 환자복을 입은 노인들이 둥글게 둘러앉아 오늘의 프로그램에 참석하기 위해 기다리고 있었고 책상 앞에 앉아 뭔가를 기록하고 있는 수녀님도 보였다. 인옥은 가져간 물건들을 작은 서랍장에 정리하고 누워 있는 목천댁의 어깨에 이불을 덮어 주었다. 아침과 저녁을 분간하지 못하고 있어 아침을 저녁이라 하고 저녁을 아침이라고 했다. 눈만 끔벅이며 바라보던 목천댁이 너도 거기 누워 자라고 손짓을 했다. 이곳은 보호자의 보조 침대가 없는 곳이었다. 낮에만 머물고 밤에는 공동 간병사가 관리를 하기 때문에 보호자들은 병실을 나가야 했다. 아마도 여기가 집인 줄 착각을 한 듯했다. 기억이 5분을 넘기지 못하여 수시로 같은 질문을 던지고 서랍 안을 뒤적이며 집 서랍장 속에 든 은반지를 찾기도 했다. 손에 끼거나 쥐고 있는 것들을 금방 어디에 빼 놓고 잃어버리기 일쑤였다. 방금 밥을 드시고도 누가 주어 밥을 먹냐고, 밥 안 먹었다고 하는 말을 수시로 하여 안타까웠다.

  창가에 자리한 옆 침대의 87세 되신 어르신은 깔끔한 성품인 듯했다. 수저도 병원에서 나오는 것을 사용하지 않고 집에서 챙겨 온 것으로 식사를 하셨다. 수건도 병실에 걸린 것은 만져 보지도 않았고 자신의 침대에 걸려 있는 본인의 수건으로만 닦았다. 침대에 오르시다가 주저앉아 고관절이 부서져, 양쪽 고관절을 모두 수술하여 무척 아팠다고 하셨다. 물속에서 잠을 잤다고, 땀이 어찌나 솟아나는지 고관절이 아프면 그렇게 땀이 난다는 걸 이제야 알았다고 하소연 겸 자신의 상태를 알려 주었다. 가운데 침대에 계신 박경순 어르신은 88세이신데 대장암 2기로 수술을 하여 옆구리에 구멍을 내고 항문을 설치하셨다. 수시로 가스가 차서 주머니가 팽창하면 가스를 빼 주어야 했고 터지면 새로 갈아 주어야 했다. 옆에서 지켜보는 인옥의 마음도 너무 아파 그분의 고통이 함께 느껴졌다. 화장실 부근의 92세 되신 진영순 어르신은 척추를 수술했었다고 한다. 서울에 있는 병원에 계시다가 아들이 가까이 사는 이곳으로 옮겨 왔다고 하셨다. 나이 많은 어르신들이었지만 모두가 젊어서는 한 미모 했음직한 얼굴이었다. 2년이 넘도록 이곳 병원에 입원해 계시는 창가의 임영희 할머니는 마음을 붙이고 오래 머무를 각오를 하고 있어 편안해 보였는데 목천댁을 비롯하여 나머지 분들은 언제든 떠날 생각만 하는 것 같아 안쓰러웠다. 직장에 다니고 있는 아들과 며느리가 집에서 돌보아 드릴 수가 없어 이곳에 모셨을 것인데, 어서 빨리 죽지 않는다고, 자식들만 괴롭히는 것이 마음 아프다고 한탄하는 말을 수시로 하여 듣는 이들을 심란하게 하는 진영순 어르신은 그래도 멋쟁이시다. 머리엔 은색 꽃 핀을 꽂고, 옥색 반지에 시계를 차고 입술에 연지도 바르신다. 연을 심은 못처럼, 물들인 새까만 머리에 곱고 흰 피부와 어울리는 입술이 아직도 청춘을 넘보듯 정정하셨다. 옆방의 92세이신 김수향 어르신은 안경도 없이 성경책을 읽으신다. 머리도 뒷부분부터 검은 머리가 올라와 회춘을 하는 것 같아 이곳에서 모두에게 부러움의 찬사를 듣는다. 80대까지는 안경을 쓰셨다는데 구순이 되어 오히려 시력이 좋아졌다고 했다. 그 옛날에 J여고를 나와 8남매를 아주 훌륭하게 키웠다고 한 어르신이 알려 주셨다. 자식들 잘 키운 것이 자랑이 되고 보람이 되는 노년의 삶을 엿보게 된 노인 요양 병원은 나름대로 정도 들고 괜찮은 곳이라 생각되었다. 한번 입원을 시키면 다시는 자식들이 찾아오지 않는 경우도 있지만 그래도 대부분은 수시로 찾아와서 돌보고 간다고 한다. 특히 주말이면 과일과 선물을 사 들고 방문하는 가족들이 많았다. 그런 날이면 떡이나 케이크가 간식으로 나오기도 했다. 서인옥도 떡을 맞춰 전체 환자의 오후의 간식으로 넣어 주어 감사의 표시를 했다. 아침에 병원으로 가서 시간을 보내고 어르신들의 요가나 웃음 치료 등 그날의 프로그램에 목천댁과 함께 참석을 했다. 끼니마다 다양한 밥과 반찬으로 메뉴가 바뀌며 나와 호텔 같은 기분도 들었다. 저녁 식사를 거들어 드리고 틀니를 빼어 이를 닦도록 한 후 집으로 왔다. 경석은 퇴근을 하면 병원에 들러서 어머니를 살펴 드리고 집으로 왔다. 아들 준영은 집으로 오는 것이 너무나 좋다고 날마다 이렇게 엄마가 계시면 좋겠다고 한다. 잠시 안 보는 사이에 얼굴에 치약을 바르고 어떤 날은 린스를 바르기도 하는 목천댁을 두고 떠나기가 마음에 걸렸지만 언제까지나 이렇게 지낼 수는 없는 처지였다. 그래도 배회하는 치매에 걸린 93세의 유연련 할머니보다는 낫다는 생각이 들었다. 그분은 아들도 며느리도 딸도 그 누구도 못 알아보셔서 가족들이 오면 맛있는 음식을 대접해 드리는 것으로 만족해야 했다. 목천댁은 맛있는 걸 보면 얼굴이 펴지고 좋은 기색이 역력했다. 인옥을 동생이라고도 하고 조카라고도 했지만 얼굴은 알아보시니 아직은 다행이 아닌가. 웃음을 아예 잃은 줄로만 알았던 유연련 어르신이 간병사와 더불어 인옥이 박수를 치며 노래하고 춤을 추니 함께 박수를 치며 웃으시는데 그 표정이 천사가 따로 없었다. 너무나 평화롭고 사심 없는 어린아이를 닮은 미소를 본 인옥은 치매에 대한 개념이 바뀌었다. 사랑스러운 어른 아기였다. 치매 환자가 오히려 삶에 대한 만족도가 높다고 하지 않는가.

치매

억압된 내면이 폭발하는

세상을 뒤집는

세상을 내려놓는

세상의 소음에 귀 막는

세상에 대해 눈 감는 증상

세상의 고통을 벗어나는 행동

세상의 잣대를 꺾어 버리는 행위

홀로 갇히는 고독한 노래

무(無)로 돌아가는 시간

인생의 강물에 마지막 돛단배를 띄우고

낙엽으로 떠가는 끝자락의 계절

청춘도 사랑도 돈도 명예도 사망한

물거품이어라

시간마저도 실종하는 소우주 속에

노을의 타는 동공으로 침몰하는

벗어던진 한 꺼풀의 생의 옷자락

주먹은 쥐었으나 무얼 가졌는가.

　서울에 온 지도 벌써 일주일이 되어 갔다. 이제 그만 내려가 할 일을 해야 하는 인옥은 떠나는 날 아침을 정성껏 차렸다. 어제 요양 병원에서 목천댁에게 내려간다고 말을 해 두었는데 언제 오냐고 묻고 또 묻던 목천댁이 마음에 걸렸다. 시간이 되면 다시 올 거라고 했지만 금방 잊어버리고 병원을 나올 때까지 뒤따라 나오며 내일 오냐고 또 물었다. 준영에게 이런저런 부탁을 하고 꼭 끌어안아 주며 엄마가 없더라도 항상 응원하고 있으니 힘내서 공부하고 훌륭한 사람이 되어야 한다고 신신당부를 했다. 본성이 착한 준영은 곧 순응하고 고개를 끄덕였다. 학교에 가는 걸 지켜본 뒤 혀암으로 고생을 하는 큰 이모님 댁으로 문병을 가기 위해 지하철을 탔다. 미리 전화를 하고 가니 출구 쪽에서 이종사촌 오빠가 마중을 나와 기다리고 계셨다. 사촌 오빠의 승용차를 타고 좁은 골목을 올라가 아파트에 들어서니 이모님이 방문을 열어 두고 하얀 마스크를 쓴 채 누워 기다리고 계셨다. 마스크 안에 손수건을 덧대고 흐르는 침을 받아 냈는데 그 모습을 보니 인옥은 왈칵 눈물이 터져 나왔다. 그렇게 아프신데도 표정 하나 흐트러짐 없이 카세트테이프에서 흐르는 성가를 듣고 계신 것이다. 하얀 천사를 본 느낌이었다. 6.25 때 남편을 잃고, 피난을 하다가 어린 둘째 딸의 손을 놓쳐 영영 이산가족이 된 이모님의 가슴에 한도 많을 것인데 모든 것을 초월하신 듯 평온하기 그지없었다. 여자의 몸으로 5남매를 키우며 흘린 눈물은 또 얼마나 많을 것인가. 하지만 원망이나 한숨도 없었고 곁에서 보는 인옥으로 하여금 오히려 위로를 느끼게 했다. 90여 세의 연세로 그리도 총명하고 부드러운 마음을 지닐 수 있는지 슬픔이 많은 인옥은 이모님에게 기대고 싶은 충동을 받았다. 가지고 간 봉투를 이모님의 손에 쥐어 드리고 마트에서 산 사과 한 상자를 올케에게 주었다. 인옥의 방문에 참으로 좋아하시는 이모를 보면서 그동안 일찍 찾아뵙지 못해 죄송하다고 말씀드렸다. 팔과 다리 어깨와 고관절 모두 아프지 않은 곳이 없다고 하시는 이모님을 주물러 드리고 올케가 해 주는 웰빙 밥상을 받고 맛있게 식사를 했다. 창 너머 멀리 산이 보이는, 햇살이 비쳐 드는 거실에 서서 이모와 이야기를 나누다가 이모님께 하직 인사를 드렸다. 다시 볼 수 있을지 의구심이 들었다. 인옥을 데려다주고 다시 출근을 한 이종사촌 오빠에게 간다는 전화를 하고 고속버스를 탔다.

파계

한 주일이 찰나와 같이 지나갔다. 버스를 타고 내려가면서 홍옥영에게 전화를 했다. 엄마네로 갈 것이니 그리 아시라고, 맛있는 쑥개떡이 먹고 싶다고 했다. 봄에 쑥을 캐서 삶아 얼려 놓고 맵쌀에 섞어서 빻아 수시로 쑥개떡이나 송편을 해 주시던 어린 날의 습관으로 인옥은 떡이 먹고 싶으면 엄마에게 연락을 했다. 차창에 스치는 풍경을 보며 수첩에 스케치를 하고 있는데 문자가 도착했다.

- 여기는 프랑스입니다. 생각도 깊어지고 마음은 풍성해지고 뜻은 한국의 가을 하늘만큼 높고 푸르고 욕심 부리며 살고 싶은 가을입니다. 감정은 광에 가득한 곡식을 품은 듯 내 예술혼은 잘 여물어 가는데……. 건강을 기원하며 예술적이고 풍요로운 하루하루 되시길 바랍니다. 잠시 붓대 놓고 휴식 중에…. -

머나먼 외국으로 여행을 떠났기 때문에 이제 문자가 오지 않으리라고 생각했던 인옥은 우선 반가웠다. 아무런 도움이나 챙기는 이익도 없이 줄기차게 보내오는 응원에 대해 감사했다. 혹 예술가로서 감정적인 도움은 될까? 사람은 누군가를 향하는 긍정적인 마음이 있을 때 그의 삶도 메마르지 않고 윤택할 수 있으니 보이지 않게 갈무리해 둔 기쁨 같은 건 분명 있으리라 생각되었다. 사람에겐 자기 자신을 좌절시키는 것이 세 가지가 있는데 그것은 박탈(Deprivation), 지배(Domination), 경시(Depreciation)라고 한다. 마음으로 안아 주고 감싸 주는, 뜨겁게 사랑하는 동안에는 두뇌의 회전도 빨라 예술인에게 있어 천재적인 결과를 낳게 한다는 설도 있다. 사랑은 어떤 사랑이든 무죄라는 어느 시인의 말처럼 사랑이 사람을 망치는 경우란 없다. 잘못된 변형의 사랑만이 옳지 않은 것이다. 성경의 내용에도 사랑에 대한 정의가 나와 있다.

사랑은 오래 참고 사랑은 온유하며 투기하는 자가 되지 아니하며 사랑은 자랑하지 아니하며 교만하지 아니하며
무례히 행치 아니하며 자기의 유익을 구치 아니하며 성내지 아니하며 악한 것을 생각지 아니하며
불의를 기뻐하지 아니하며 진리와 함께 기뻐하고
모든 것을 참으며 모든 것을 믿으며 모든 것을 바라며 모든 것을 견디느니라

아름답고도 힘이 나는 사랑이지만 그 얼마나 어려운, 사랑이라 이름 할 수 있는 사랑인가. 서인옥이 손바닥만 마주치면 응원에서 응수하는 사랑으로 승격될 수도 있는 문자가 오기도 했다. 그러나 소중한 것을 간직하고 싶은 인옥의 마음이 그걸 제어하는 것이었다. 불에 타서 재만 남기기보다는 그 따뜻한 불씨를 오래도록 간직하여 삶에 희

망의 온기를 지피고 싶은 것이다.

　어머니의 집에 도착한 시간은 늦은 저녁이었다. 어둑한 대문을 열고 들어가던 인옥은 다니엘이 와 있는 것을 알아차렸다. 주방 쪽의 희미한 불빛에 어린 다니엘의 개량 한복이 제복의 분위기를 풍기며 움직임이 없는 동상의 모습으로 비쳤다. 느릿느릿 작은 보폭으로 천천히 걸어 주방으로 들어가니 다니엘이 식탁 의자에 앉아 있었다. 맞은편 의자에 심각한 표정으로 아들을 바라보는 홍옥영은 난감하기 이를 데 없는 얼굴이었다. 캔 맥주를 따서 앞에 놓고 마른오징어 한 마리를 구워 잘게 찢어 주는 어머니 앞에서 눈물 콧물을 흘리며 울고 있었다.

　"누나…… 왔어?"

　그는 흠뻑 젖은 가느다란 눈으로 잠깐 고개를 돌려 바라보다가 다시 고개를 숙였다.

　"응, 그런데 언제 왔니?"
　"조금 전에……. 미안해."
　"뭐가?"
　"그렇게 됐어."
　"어떻게?"
　"……."

　창문을 닫은 채로 대화를 하듯 갑자기 아무런 소리도 들리지 않았고 애절한 움직임만 보일 뿐이었다. 속울음을 삼키는 다니엘을 지켜보는 인옥은 가슴이 미어지는 것 같았다. 다니엘은 선천적으로 구순 구개열 상태로 태어났다. 얼굴에서 가장 흔한 선천성 기형의 하나로, 우리나라의 경우 약 650~1,000명당 한 명꼴로 나타나며, 얼굴이 만들어지는 임신 4~7주 사이에 입술(구순) 및 입천장(구개)을 만드는 조직이 적절이 붙지 못하거나 붙었더라도 유지되지 않고 떨어져서 생기는 입술 또는 입천장의 갈림증이다. 대개 그 원인을 알 수 없는 상황에서 여러 가지 요소의 복합 작용으로 생기는 경우가 많으며, 극히 드물게 유전, 임신 초기 약물 복용(항경련제 페니토인 복용)이나 엽산 또는 비타민 C의 결핍, 저산소증, 홍역 등의 질병으로 그 원인이 밝혀지는 경우도 있는데 결국 여러 가지 요인의 종합적인 결과로 생긴다고 한다.

다니엘은 생후 3개월이 되어 첫 수술을 받았고 이후 여러 번 보강 수술을 했는데 성장하면서 이런 요인들이 아무도 모르게 정신적으로 많은 영향을 끼친 듯했다. 별로 말이 없었고 있는 듯 없는 듯 조용하고 참한 성격이었다. 대학을 졸업하고 학원에서 영어와 수학을 가르치다가 스스로 S 수도원으로 들어갔는데 그때까지만 해도 별다른 성격적 문제점은 발견되지 않았다. 수도원에서 생활할 지 3년쯤 지났는데 도저히 적응을 못하겠다고 했었다. 함께 생활하는 동료 도경신이라는 사람이 수시로 태클을 걸고 괴롭혀 이대로는 살 수 없다는 말을 하여 가족들은 그렇게 알고 본인이 하는 대로 지켜만 보았다. 수도사든 수도승이든 사람인 건 마찬가지일 것이니 신의 모습을 요구하면 안 되겠지만, 그래도 천사의 날개 양쪽은 아니더라도 한쪽은 지니고 있으리라 기대하는 것이 우리 평범한 사람들의 심리일 것이다. 그 사람 때문에 못 살겠다는데 누가 말리겠는가. 본인이 모든 걸 감내하고 살아가야 하는 삶의 현장에서 스스로 선택하기를 바랄 뿐이었다. 결국 S 수도원을 나와 본당 신부님과 아는 신부님의 추천으로 다시 G 가톨릭 신학 대학교로 입학을 하게 되었다. 외부로는 이런 내막을 알리지 않았고 교구 사제가 되고 싶은 마음으로 옮긴 것으로 해 두었다. 이런 변화를 겪는 동안 다니엘의 성격도 조금씩 변모되고 있었다. 참을성이 줄어들고 부정적인 말을 하고 대화 중에 그 누가 무슨 말이든 하면 끝까지 딴죽을 걸어 편치 않게 했다. 자꾸만 달라지는 다니엘을 보면서 가족들은 어찌할 바를 몰랐다. 그래도 신학생이니 드러내고 함부로 대하진 않았지만 속으로 참 많이 속상하고 불편했다. 자신의 외모에 대한 열등의식에서 나온 것이려니 하고 이해도 했다가 왜 그런 걸 승화시키지 못하고 저렇듯 뒤틀어진 사고가 되어 갈까 하고 마음만 아플 뿐이었다. 굳이 묻지 않으면 어디서 다친 자국이려니 하고 보일 수도 있는 외모인데도 그게 그렇게도 크나큰 콤플렉스가 되었던 것인가. 당사자가 아니면 짐작만 할 뿐 깊이 느끼지 못할 일이겠으나 신학을 가르치고 교역자를 양성하는 신(神)의 학교에서 신을 공부하는 신분이니 겉으로라도 신적으로 신을 닮아 갔으면 하고 바랐다. 이따금 한 번씩 집으로 올 때마다 신앙적인 중심이 흔들리는(적어도 가족 관계에서는), 그의 비상한 머릿속에서 나오는 복잡한 심리의 계산된 대화를 하려니 함께 있는 것 자체가 괴로움이었다. 점점 세속화가 되어 가는 것 같은 위기의식이 느껴졌다. 이 무렵 자신의 인생에 대한 회의가 찾아들고 있어 갈피를 못 잡고 흔들리고 있었던 것이다. 다니엘이 학원에 근무할 때 서인옥은 동생을 결혼시키려고 중매를 선 적이 있었다. 인옥이 다니던 일본 회사의 직장 동료였던 배형숙에게 유치원 교사인 형순이라는 동생이 있었는데, 대화 중에 자기 동생과 한번 만나 보도록 하면 어떻겠냐고 하여 주선을 했었다. 머뭇거리는 동생을 설득하여 배형순과 만나도록 했는데 피차 서로 호감이 가지 않는 눈치였다. 그녀는 좀 통통했고 쌍꺼풀이 없는 동그란 눈에 피부가 좀 까무잡잡했으며 얼굴에 약간의 여드름이 나 있었다. 언니인 배형숙은 키가 적당히 크고 눈매가 선하고 평범했으며 성실하여 직장에서 모두에게 칭찬을 받는 모범생이었다. 그쪽에서 확실한 말은 하지 않았지만 역시 선천적인 문제로 문제가 된 것을 인옥은 알아차릴 수 있었다. 하지만 나중에 다니엘이 서인옥에게 했던 말을 들으면 어떤 여자와 선을 보아도 역시 그의 마음에도 들지 않을 일이었다. 입술 부위의 수술 자국인 약간의 선천적인 흔적을 빼면 남자다운 건장한 체격에 공부와 봉사로만 수년을 지낸 탓에 지적인 대화나 상처가 되는 누군가의 비밀을 귀담아 들어 주는 배려 등은 체질화가 되어 있었다. 젊은이들과 나이 드신 어르신들이 모두 좋아할 타입으로, 부담 없는 용모에 쉽게 다가설 수 있는 성격 등이 장점이기도 했다. 여러 사람에게 사랑받기도 했지만 거부족도 있었음은 어쩔 수 없는 일이었다.

어렵고 힘든 공부를 하며 7년의 세월을 보낸 후 사제서품식이 거행되던 날이었다. 각 성당의 수많은 신자들이 전세 버스와 본당의 승합차와 전용 버스를 타고 축하를 하기 위해 서품식장으로 몰려들었다. 서인옥의 가족들도 많은 사연을 물리치고 서품을 받는 다니엘이 다행스럽고 뿌듯하였다. 나날이 점차로 좋아지기를 기도하면서 활짝 웃으며 의식에 임하는, 서품식장에서 보여 주는 이전의 갈등과 영적인 카오스를 벗어나 코스모스로 진입하는 그의 밝은 모습에 믿음직스럽기까지 했다. 여느 때와 달리 무척 진지하고 환한 그의 표정을 보면서 마음에 예수님에 대한 진정한 사랑이 찾아들고 있구나 하는 안도의 눈물이 솟았다.

사제가 되어 보낸 서품 후의 7년.

- 세상의 눈길이 닿는 곳에 입혀진 한 꺼풀의 포장을 벗겨 내면 얼마나 추한 몰골들이 숨어 있을까.

달콤할수록 몸에 해롭고 거짓일수록 환상적으로 달콤하다. 돌을 던져라. 그대에게 아무런 죄가 없다면. -

그날 그녀를 보았다.

서품식을 준비하기 위해 본당 사목회장의 차를 타고 J 성당 안으로 진입할 때 갸름한 얼굴에 유난히 날씬하고 키가 큰 젊은 수녀 한 사람이 몇몇 신자들과 꽃바구니를 들고 성당 안으로 들어서는 모습이 눈에 띄었다. 수도자들에게서 풍기는 조용함과 그보다 조금 더 가라앉은 표정의 그녀를 보는 순간, 어디서 보았지? 하는 생각이 먼저 본능처럼 스쳤다. 어디서… 어디서… 어디? 하고 짧은 생각의 끝에 이어지는 그녀와 닮았다는 느낌이 왔다. 바로 그녀?

서인철이 대학을 졸업하고 직장을 구하기 위해 서울에 올라갔을 때의 일이었다. 청담동 친구 집에 머물면서 6개월 동안을 서울에서 보낸 일이 있었다. 집이었다기보다는 가게였다고 말하는 게 옳겠다. 부친이 빵 가게를 운영하는 한동혁이라는 친구인데 제법 큰 평수의 가게여서 수시로 아르바이트생을 구하곤 했기 때문에 한동혁은 이곳에서 지내면서 직장을 구하면 어떻겠냐고 하며 서인철에게 상경을 권유했다. 지방에서는 아주 명성이 높았던 N 고등학교 때부터 절친하게 지낸 친구로, 어머니를 고2 때 사고로 잃고 마음의 갈피를 잡지 못하고 있을 때 서인철은 그에게 많은 도움과 정신적 지주가 되어 주었다. 대학교 1학년을 마치고 함께 입대하여 같은 부대에서 군대 생활을 한 허물없는 사이이기도 했다. 어머니의 사고로 받은 보험금과 다니던 직장을 그만두고 받은 퇴직금 등을 합쳐 부친이 서울에 올라와 작은 빵집을 차렸는데 자리가 좋아 장사가 아주 잘되었다. 점점 가게를 확장하여 지금의 멋진 가게가 되었는데, 부친 한형민은 결혼을 하지 않고 혼자 지내고 있었다. 젊어서 만나 함께 고생한 조강지처인 아내를 잊지 못하고 그녀의 목숨 대신으로 받은 돈을 성실하게 관리하여 가게를 번창시켜 아이들에게 에너지를 쏟아부었다. 친구인 동혁이 밑으로 여동생이 한 명 있었는데 한선아(사라 스캐나)였다. 학원에 다니고 피아노를 배우러 다녀 자주 볼 수는 없었지만 Y 성당으로 주일 미사에 몇 번 한동혁과 동반하여 간 일이 있었다. 어머니를 잃었던 때가 선아가 중학교 2학년이었으니 어린 마음에 상실감이 너무 커 우울증이 생겼다. 늘 조용하여 말이 없었고 그림을 아주 잘 그렸던 기억이 난다. 한동혁의 집에 가면 선아가 그린 그림들이 벽에 붙어 있었는데, 대회에서 상을 받은 것은 메달과 함께 상장을 모친 김한숙 여사가 액자에 담아 걸어 두었다. 전국 피아노 대회에서 상을 받은 트로피도 여러 개 있었다. 사춘기의 호르몬 변화만으로도 방황 정도까지는 아니더라도 의식이 흔들릴 나이인데 극진히 사랑해 주던 어머니를 여의었으니 그 심정을 어떻게 말로 다할 수 있었겠는가. 서인철이 S 수도원에 들어갈 무렵 친구 한동혁은 이탈리아로 유학을 떠났고 자연스레 선아와도 만날 일이 없어졌다. 지금까지 소식도 모르고 살아왔는데 기이하게도 서품식 날에 그녀를 만난 것이었다. 식이 진행되는 내내 다니엘은 그녀가 눈앞에 어른거렸다. 과연 그녀였을까.

서품식이 모두 끝나고 각 사제와 부제의 발령지를 불러 주었다. 다니엘은 H 성당으로 부임되었다. 관계자와 지인들이 축하의 꽃다발을 전하고 기념사진을 찍었다. 가족들이 모여 사진을 찍을 차례가 되었는데 아까의 젊은 수녀가 꽃다발을 들고 웃으며 다가오고 있었다.

"다니엘 신부님, 아니 인철 오빠!"
"······?"
"한선아, 사라 스캐나예요."
"너······ 안 그래도 아까······."
"H 성당으로 발령 났지요? 저 그 본당에 있어요."
"그래? 참 인연도 묘하구나."
"누군가 부임된다는 건 알았지만······ 저도 놀랐어요."
"난 네가 수녀가 된 줄도 모르고 있었다."
"네에······. 그러셨을 거예요."
"어쨌든 반갑다."

인옥의 가족들은 꽃바구니를 들고 등장한 한선아 수녀가 반가우면서도 별스러운 인연도 다 있다면서 함께 사진을 찍자고 말했다. 주저하는 사라 스캐나의 손을 잡아끌어 사진을 찍으며 꼭 가족사진 같다고 서인옥이 한마디 했다. 볼수록 단아하고 물결 없는 호수처럼 잔잔한 분위기의 여자였다. 천성인지 예나 지금이나 똑같다는 생각을 하던 다니엘은 그의 부친과, 친구이자 그녀의 오빠인 한동혁의 소식을 물었다. 부친은 건강상의 문제로 가게를 내놓고 쉬고 계시고, 친구 동혁은 미국 교포와 결혼을 하여 미국에서 살고 있다고 했다. 세월이 급행열차를 타고 떠나간 느낌이었다. 늦은 나이에 결혼을 한 서인옥은 아들 준영이 삶의 모든 의미였기에 세월이 가건 오건 그다지 괘념치 않고 살고 있었다. 마음 안에 위로와 설레는 기쁨을 보너스로 얹어 주는 김진우도 같은 하늘 아래 살고 있어 허무의 폭우가 내리는 날엔 잔디가 되어 꿀꺽꿀꺽 들이켜 흔적을 지워 주었다. 흙탕물까지도 깨끗이 들이마시는 하늘바라기의 푸른 융단. 시간을 넘어선 인연의 그가 이 순간 생각이 났다.

그 후 인옥의 가족들의 기억에서 사제 다니엘은 공적인 존재로 그리고 사라 스캐나는 수도자로 남아 세속적이고 사적인 문제에서는 잊힌 사람들이었다. 출신 본당에서 첫 미사를 하고 각자 소임을 맡은 곳을 향해 떠나갔다.

한 해가 지나고 다시 깐깐오월과 미끈유월도 지나가고 어정칠월과 건들팔월을 넘어 가을바람이 선들선들 불었다. 이따금 쉬는 날에 어머니를 뵈러 집으로 오던 다니엘의 태도가 조금 변했다고 느끼던 가족들은 말로 표현은 하지 않았지만 어떤 고민이 있는 거라고 생각했다. 차분히 앉아 있지 못하고 자주 골똘히 생각에 잠겨 안절부절못하는 다니엘을 걱정했다. 운명이 어떻게 주어지는 것인지는 모르지만, 선택인지 이미 정해진 길을 가는 것인지 알 수는 없지만 사제가 되었기에 그 길을 끝까지 가기만을 바랐다. 쇼팽의 〈즉흥환상곡〉처럼 즉흥적으로 살아도 그토록 아름다운 하모니를 만들어 낼 수 있다면 순간의 생각대로 살아도 되리라. 하지만 사람의 모든 말과 행동에는 책임과 의무가 따르니 그 무거운 굴레의 원인을 아무런 대책도 없이 저지를 수 있겠는가. 유학을 갔던 한선아는 오래 머물지 않고 곧 돌아왔다고 한다. 그 고질병이 된 우울증이 도져서 의미를 상실하고 한국으로 와서 치료를 받은 후 수녀원으로 입회를 했다고 한다. 한선아의 부친이 빵 가게에서 오래 일을 하던 박춘희라는 여자와 결혼을 했는데 얼마 지나지 않아 그 여자가 목을 매어 자살을 했다고 한다. 확실한 이유는 모르지만 부친과 결혼을 하기 전에 생겼던 금전 문제가 복잡해지자 그 일로 한형민과 몇 번 다투었는데 견디지 못한 것으로 짐작되었다. 이런 일이 생기자 동혁의 아버지 한형민은 충격 속에서 갈등을 겪다가 건강이 악화되었던 것이다. 상처가 망처라는 말이 그대로 들어맞는 상황이 펼쳐진 것이다. 마음이 독하지 못한 한 씨는 재혼한 것을 크게 후회했다. 경제적 여유도 생기고 자식들도 다 커서 이제 부모의 손길도 그다지 필요치 않아 여자와 더불어 오순도순 사람 사는 것처럼 살고자 했는데 그것마저도 한 씨에게는 과욕이었던 것일까. 사람 사는 일이 참 별것인 것 같아도 평범한 것 속에 행복이 있는 것이다. 잠시의 변화 속에서 신나는 기분을 느끼고 멋진 일이 될 수도 있겠으나 어차피 그 신나는 일도 시간이 지나고 적응이 되어 일상사가 되면 색다르지 않고 예사로운 것이 되고 만다. 그래서 사람은 늘 자신의 영적인 새로움을 위하여 독서를 하고 여행도 하고 하지 않았던 일을 시도하기도 하는 것이다. 새로운 사람을 만나고 자신에게 부족한 공부를 하고 많은 생각과 묵상을 하며 사는 것이다. 머무르면 진부해지고 무료해지는 정신세계. 한 씨는 어떤 크나큰 행복을 바랐던 것은 아니었다. 일상에서 잔잔한 즐거움을 누리고 유익하고 아름다운 본성의 꽃을 피우며 참된 자아를 찾고 싶었던 것이다. 그러나 타인에게는 평범한 일이 자신에게는 특별한 것이 되어 버린 한형민이다.

  서품식을 치룬 후 다니엘 신부는 부임한 H 성당으로 짐을 옮겨 놓고 사제로서 미사를 봉헌했다. 주임 사제의 일을 나누어 해야 하는 보좌 신부로서 부임한 것이니 매일 분주한 생활을 하면서 맡은 소임을 다했다. 날마다 성무일도를 바치고 새벽 미사를 집전하고 병자 성사도 주고 어린이 미사를 주례하기도 했다. 청년들의 신앙 상담과 봉사 활동을 나가기도 하며 본당에 활기를 불어넣었다. 하루의 일과를 마치고 1층 회의실의 한쪽에 위치한 자신의 거처로 들어올 때면 저만큼에서 사라 스캐나 수녀가 신자들과 대화를 나누고 있는 모습이 보이기도 했다. 그러다 서로 눈이 마주치면 한쪽 눈을 질끈 감으며 다니엘은 눈인사를 건네곤 했다. 어떤 날은 한선아 수녀가 자매님들이 가져온 떡이나 음식, 과일 등을 나누어 들고 오기도 했다. 그렇게 한 달이 지나고 새벽 미사를 마친 월요일. 두 사람은 단 둘이 마주할 기회가 생겼다. 원장 수녀는 어머니의 병환으로 지방에 내려가고 주임 신부도 동기 사제의 초대를 받아 외출을 했다. 넓은 성당 안에 남은 두 사람은 오랜만에 한가한 시간을 가졌다. 다니엘은 보이차를 우려내어 사라 스캐나 수녀가 앉아 있는 탁자에 내려놓으며 말을 꺼냈다.

"한선아, 너무 고맙구나. 하늘이 우리에게 이런 인연을 주신 것 같아 감사하기도 하다."
"그러게요……. 달리 선택할 길이 제겐 없었어요."
"난 선아가 결혼해서 잘 살고 있을 거라 생각했는데……."
"……."

침묵이 이어지고 사라 스캐나 수녀는 둘만이 있는 그 자리가 왠지 뜨거운 양철 지붕 위에 올라앉은 고양이처럼 견디기 힘들었다. 솜씨가 좋아 한선아 수녀의 손길이 닿은 곳이면 그야말로 멋진 작품이 되어 성당 안을 성스럽고 우아하게 만드는 재주가 있어 많은 신자들의 감탄을 자아내기도 하는 그녀이지만, 자신의 일에서만은 항상 낮은 곳에 숨어 사는 숨은 그림이었다. 다니엘보다 먼저 수도자가 되어 살아온 날들이 결코 만족스럽거나 행복하지는 않았다. 항상 윗사람의 명령에 순명해야 하고 신자들과도 보이지 않는 심리적 갈등을 겪어야 했다. 신이 아닌 사람이 사는 곳이니 그 안에서 불편한 일들이 생기는 건 어쩔 수 없는 일이다. 가정생활에서 겪는 어려움과 시집살이가 이곳에도 있는 것이다. 서로 마음이 맞아 순탄한 수도 생활을 할 수 있다면 그것은 행운에 속하는 일이다. 결혼 생활을 해 보지 않은 독신이기 때문에 더 예민하여 어떤 면에서는 상처를 더 받을 수 있고 상처를 더 줄 수도 있다. 평범한 가정생활 속에서 전쟁을 치르며 헤어지기 아니면 도를 닦아야 유지되는 가정에 대한 책임을 느껴 본 사람은 모난 성격이 조금은 둥글어지기도 하고 젊은 날에는 까다롭던 사람도 나이가 들면 느슨해지는 부분이 있다. 늘 홀로 생각하고 자신과 조율해야 하는 독신인 사람은 자기를 극복하는 게 가장 큰 숙제이다. 그만큼 외롭고 특히 몸이 아플 때 혼자 끙끙 앓아야 하는 것이 서럽기도 하다.

성당 뒤편의 잡목 숲에서 바람 소리가 들려왔다. 조금 열어 둔 창틈으로 솔잎 향이 스며 들어와 방 안을 휘감았다. 물기 어린 눈으로 한참을 서로 바라보다가 다니엘은 천천히 다가가 한선아를 껴안았다. 자석이 들러붙듯 젊은 남녀는 오랜 그리움을 벗어던지고 입술을 포개었다. 붉은 낙엽 한 장이 떨어지더니 창틀에 끼어 움직이지 않았다. 달아오른 입술과 입술이 맞닿아 열기가 가득 들어찬 공간에 안개를 뿌린 듯 그들은 아무 것도 보이지 않았다. 두 사람의 첫사랑이자 첫 경험이었다. 기도의 간절한 몸짓처럼 맨몸이 된 이들의 영혼에 시냇물이 흐르고 환희의 폭죽이 터져 천국을 쏘았다. 야생화가 만발한 초원의 아침이 열려 싱그러운 세상의 한가운데서 풀을 뜯었다. 새가 지저귀고 복음의 찬송이 울려 퍼졌다. 그 어떤 것이 이 순간보다 좋을까. 한 남자와 한 여자의 영과 육의 교류. 네가 내가 되고 내가 네가 되는 순간의 감미로운 화산 폭발. 자연인. 그 이상 아무것도 아니었다.

"다니엘……."
"응……?"
"후회해요……?"
"아니……."
"그쪽은……?"

"……."

대답 대신 땀으로 젖은 머리칼을 쓸어 올리며 한선아는 수줍은 눈빛으로 다니엘을 바라보았다. 그리고 볼륨 있는 생머리를 다시 빗어 올려 매무새를 가다듬고 새가 날아가듯 조용히 사라졌다. 두 사람만의 비밀을 간직한 채 아무런 미동도 없는 하루가 지났다. 더욱 가까워진 두 사람은 겉으로는 덤덤한 듯 지냈고 내면으로는 부담스러운 침묵이 이어졌다. 이후 석 달이 못 되어 사라 스캐나는 본원으로 갔다. 처음의 인연부터 재회 후의 첫 만남까지 빛과 그림자로 살아온 다니엘 사제와 사라 스캐나 수녀의 미래가 뿌연 유리창으로 바라보는 석양의 풍경 같았다.

누구에게도 말을 하지 않고 지내던 사라 스캐나는 점점 배가 불러오자 수도원장에게 이 사실을 털어놓았다. 어쩔 수 없이 수도복을 벗어야 했다. 비밀을 지키기 위해 수도원을 나와 홀로 미혼모 시설로 들어갔다. 다니엘에게도 이 사실을 말하지 않았다. 부담을 주고 싶지 않았고 삶의 모든 의미가 되어 준 아이로 인해 우울증도 사라져 아이만을 위해 살아가리라 생각했다. 그러나 고생스럽고 어깨가 무거운 것은 이미 지워진 운명이었다. 여기저기서 도움을 받다가 경제적인 능력이 없어 일을 하기 위해 다시 대학에 들어가 사회복지학 공부를 했다. 아이는 한집에 사는 아주머니에게 맡기고 공부를 하여 졸업을 한 후 노인 종합 복지관에 취직을 했다. 아기 때부터 날마다 떨어져 지내야 하는 아들 은총이는 자라면서 늘 부모의 정에 굶주렸다. 수도자로서 임신을 했으니 정서적으로 불안정했던 점도 있었지만, 조금 성장을 해서는 출근하는 엄마와 떨어지지 않으려 불안해했다. 아이는 매우 영특하고 잘생겨 주변에서 꽃미남으로 불렸는데 아이답지 않게 조용했고 배우지도 않은 그림을 잘 그려 유치원에서 칭찬을 자주 받았다. 한선아는 이런 일에 대해 7년 동안 입을 다물고 살았는데 아이가 커 가면서 아빠가 너무나 필요하다는 사실을 알았다. 더구나 딸이 아닌 아들이다 보니 더욱 절실했다. 힘에 부치고 아빠를 찾는 아들에게 아빠의 존재에 대해 설명을 해 주어야 했다. 자주 아빠에 대한 이야기를 해 주며 아빠에게 좋은 감정을 품도록 했다. 그럴수록 더 아빠를 그리워하는 은총이가 안쓰러워 같이 근무하는 동료인 권미혜 복지사에게 말을 했다. 권미혜도 수녀원에 갔다가 중도에 나온 사람이었는데 이런 사실을 알고는 아빠에게 연락을 해서 알려야 한다고 충고했다. 그러면 파장이 클 것이라 하니 그래도 아이를 위해서 그래야 한다고 자꾸만 설득을 했다. 한선아가 행동으로 옮기지 못하고 있자 손수 다니엘의 교구 사제에게 전화를 하여 이 모든 일을 말했다. 교구 사제는 주교에게 알리고 점차 교구청 소속의 모든 사제가 알게 되었다. 늦은 저녁 주교는 다니엘 신부를 호출했다.

"외부에 이런 사실이 알려지게 되면 어떤 후폭풍이 일어날지 알고 있지요?"

다니엘을 보자마자 거두절미하고 이렇게 말했다.

"……."
"내가 어쩌란 말은 하지 않겠어요."

"사제복을 벗겠습니다."
"……."

주교는 믿고 의지했던 사제 한 사람인 다니엘에게 이런 일이 생기자 낙심하는 표정이 역력했다. 대학교에서의 전문적인 공부와 신학 공부, 수도 생활을 한 전천후의 유능하고 명석한 두뇌의 교회의 일꾼으로서 여러 가지 일을 도맡아 했던 다니엘을 큰 재목감으로 알고 있었는데 할 말이 없었다. 그저 아까울 뿐이었다.

사제로 살았던 7년 동안 다니엘 신부는 전혀 이런 사실을 모르고 지냈다. 다만 사라 스캐나 수녀가 수녀원을 나갔다는 정도만 알고 지냈다. 자꾸 의문이 들었지만 연락을 할 수가 없었다. 연락처도 모르고 전화번호도 알 수 없어 언젠간 알게 되겠지 하고 살았는데 이렇게 갑자기 미래에 대한 준비도 없이 일이 터져 버린 것이다. 마음 한구석에 한선아에 대한 책임감이 없었던 것은 아니나 어린아이가 아닌 성인이기 때문에 어느 한쪽에만 책임을 말할 수는 없었다. 스스로 사제복을 벗겠다고 말했으나 이건 타의에 의한 결정이었던 것이다. 단 한 번의 일로 문제가 이렇게 되리라고는 생각지 못한 다니엘은 이 사실을 믿을 수가 없기도 했다. 사제로서 살아가는 일이 싫었던 것도 아니었기 때문에 충격이 컸다. 그러나 자신의 아이가 생겼다는 말을 듣는 순간 가슴 한쪽이 뭉클해져 눈물이 나고, 아이가 보고 싶기도 하면서 불쌍한 생각이 들었다. 모두의 축복 속에 태어나 기쁨이 되어야 할 아이가 윗사람들에게 미움이나 실망이 된 사실이 못내 안타깝고 괴로워 견딜 수가 없었다.

교구청을 떠나 집으로 돌아와 아는 원장 수녀님께 부탁을 하여 서울에 사는 한선아를 만났다. 수녀복을 벗고 바지와 셔츠 차림의 사복으로 갈아입은 한선아가 아이와 복지관 건물 밖으로 나오는 모습을 지켜보니 옛날 생각이 났다. 어머니를 잃고 우울했던 그녀가 이제 한 아이의 엄마가 되어 의젓해지고 어른스러워져 이전의 조심스럽고 망설임이 가득했던 눈망울이 사라지고 어엿한 총기가 서렸다. 여자는 약해도 엄마는 강하다 하지 않았는가. 아이는 주변을 살피다가 다니엘을 보더니 잽싸게 달려와 아빠를 부르며 안겼다. 수시로 아빠의 존재를 알렸던 덕에 처음 보는 아빠에 대한 거부감은 아예 없었다. 뚫어지게 다니엘을 쳐다보며 목을 껴안고 매달리고 응석을 부렸다. 듣던 대로 훤칠한 용모를 타고났다. 다니엘보다 사라 스캐나를 더 닮았는데 아빠를 많이 그리워했는지 곁에서 떠나지 않고 맴돌았다. 다니엘은 은총이를 꼭 안아 주고 레스토랑에 가서 아이가 좋아하는 치즈돈가스와 해물스파게티를 사 주었다. 맛있게 먹는 모습을 보니 자신이 그동안 얼마나 무심한 사람이었는지를 깨달았다. 그러나 자신에게 아무 연락도 없이 일을 이렇게 만든 그녀에 대해 화가 나기도 했다.

"한선아……. 은총이 엄마, 그동안 혼자 고생 많았네."
"미안해요……."
"이제 와서 그런 말을 한들 무슨 소용이야. 내게도 책임이 있는데……."
"이렇게 하려는 것은 아니었는데 일이 그렇게 되었네요."
"어쨌든 미안하다. 7년이라는 세월이 짧은 것도 아닌데 내가 너무 무심했다."

"놀라셨죠……? 난 끝까지 숨기려고 했는데…….."
"……."

　복지관 가까운 곳에 작은 평수의 한적한 아파트 하나를 얻어 살고 있는 두 모자의 집으로 갔다. 살림살이가 아주 단순했다. 꼭 필요한 것들만 놓고 살아도 좁은 집의 거실에 가시관을 쓴 십자고상이 걸려 있고 루르드 성모상이 그 오른편에 놓여 있었다. 성수병과 성서가 촛대 앞에 가지런하게 자리 잡고 있었고, 작은 식탁 옆에 붙박이 장식대가 있었는데 그 위에 손수 만든 올망졸망한 갖가지 장식품이 진열되어 있었다. 주방의 소형 냉장고엔 장미 무늬의 수를 놓은 덮개가 드리워져 있어 한선아의 취향을 엿볼 수 있었다. 한때는 잘살았던 아버지 밑에서 부족함이 없이 산 그녀였지만 아버지가 병을 얻고, 나중에 만난 여자 때문에 어려워져 이제 기댈 수 없기도 했지만 성격상 도움을 청하지도 않았다. 오빠 한동혁은 미국에서 자리를 잡고 살아 이따금 전화로만 서로의 안부를 주고받는다고 했다. 로스앤젤레스에서 사업을 하는데 일본 음식점을 경영하고 있다고 했다. 부친에게 미국으로 오기를 권유했지만 여행 삼아 한 번 다녀오고는 내 나라가 좋다고, 다 늙어서 무슨 외국에 뼈 묻을 일 있냐며 마다했다고 한다. 다니엘은 거실의 오래된 원목 소파에 앉아 아들을 안고 있고 사라 스캐나는 찻물을 끓이고 있었다. 다니엘에게 커피를 타서 내려놓고 위장이 약한 자신은 호프와 카모마일 레몬밤의 허브차 중에 카모마일을 골라 뜨거운 물을 부었다. 상쾌한 수증기가 퍼지며 공기마저 개운해지는 듯했다. 아빠를 부르는 은총이의 목소리에 전에 없는 촉기가 있었다. 자꾸만 다니엘의 무릎이며 얼굴을 만졌고 손도 잡아 보고 등 쪽으로 가 안마도 했다. 아빠의 존재가 믿어지지 않는지 아니면 또 떠나 버릴 것만 같은지 그도 아니면 이제 영원히 함께 살 것으로 믿었는지 마냥 좋아했다. 발만스러운 데라고는 약에 쓰려고 해도 없는 아이였다. 안심하고 다른 친구들처럼 엄마와 아빠로 구성된 가정에서 살고 싶은 것이 아이의 심정이었을 것이다. 덤터기를 쓰듯 만들어진 가정일지라도 양쪽 부모의 사랑을 받고 자라는 것이 아이에게는 행복일 것이니 다니엘이 나타나 얼마나 든든했겠는가. 사내아이인 경우 더 필요함을 느끼게 되는 것은 당연하다. 아이에게 과일과 손수 만든 과자를 주고 두 사람은 차를 마시며 창밖을 내다보았다. 해가 점점 짧아지고 있었다. 그동안 쌓인 이야기를 밀담처럼 주고받았다. 가슴속 상처까지 환하게 비출 듯 마지막 햇살이 오래도록 창가에 머물렀다. 아람이 벌어진 밤송이가 언덕배기 밑으로 굴러 떨어지고 밤송이 사이로 옥밤 한 톨이 툭 하고 사뿐히 내려앉았다. 마치 엄마의 배 속에서 세상 밖으로 나온 신생아 같다. 비바람과 거친 바늘집을 뚫고 나온 매끈한 몸을 굴려 자리에 앉는 알밤이 그리도 야물 수가 없다. 울긋불긋한 낙엽의 꽃 이불 위에서 나비잠을 자려는지 하늘을 보고 눕는다. 된장잠자리가 그 위를 한 바퀴 맴돌더니 미국쑥부쟁이 꽃무리로 달려가 흰 꽃다발 위에서 향기 목욕을 한다. 그 모습을 보던 두 사람은 서로의 얼굴을 마주보며 마지막 찻물을 마저 마시고 고개를 떨궜다. 아이는 수시로 재잘거리며 아빠와 엄마 사이를 드나들었다. 바람이 숲길을 산책하듯 두 마음이 살랑거렸다. 어떤 이유를 대어도 아이는 엄연한 현실의 존재이고 두 사람의 자식이니 이보다 소중한 일은 없는 것이다. 멀리 이내가 보일 무렵 다니엘이 자리에서 일어섰다. 게임을 하며 놀고 있던 은총이가 장난감 게임기를 내려놓고 아빠에게 달려와 매달리며 질문을 했다.

"아빠, 어디 가세요?"

다니엘은 다시 주저앉아 아들을 보며 말했다.

"응, 아빠 일하러 가야 해. 이제 아빠가 자주 올게. 알았지?"
"네."
"그동안 아빠가 우리 은총이 보러 오지 못해 미안하다."
"엄마가 날마다 아빠 이야기해 주셨어요. 사진도 보여 주시고……."
"그랬구나. 아빠 보고 싶었지?"
"네, 많이 보고 싶었어요. 이만큼……."

두 팔을 벌려 원을 그리며 마음을 표하는 은총이의 얼굴에 안도의 빛이 어렸다. 보이지 않는 아빠가 얼마나 궁금하고 보고 싶었을까. 한선아가 다니엘에게서 은총이를 떼어 놓고 은총이의 어깨에 팔을 둘러 감싸며 말했다.

"아빠랑 다음에 놀이공원 가자."

그동안 함께하지 못했던 일들을 아이에게 해 주고 싶은 마음으로 이렇게 은근히 계획을 말했다.

"그래, 그러자. 그때까지 건강하게 엄마 말씀 잘 듣고 잘 지내야지."

"알겠습니다!"

경례를 하듯 손을 들어 이마에 대고 한껏 언성을 높여 크게 외쳤다. 아직 일자리가 생긴 것도 아니고 어떤 준비가 된 것도 아니었지만 아이에게만은 안정되지 못한 상황을 보여 주고 싶지 않았다. 대단히 멋진 모습은 아니더라도 아들에게는 최고의 아빠가 되고 싶었다. 현실적 자기와 이상적 자기 사이의 괴리감이 커 가능한 자기를 발견하기까지는 시간이 걸리겠지만 그런 건 차츰 생각하기로 했다. 새삼 자신의 분신이 세상에 살아 있다는 것이 꿈만 같았다. 남모르게 가슴앓이를 하며 속사랑으로 속을 태웠지만 그 한 번의 일로 아이가 생겼다는 게 축복 같기도 했다. 그러나 사회에서는 이런 일이 지탄받을 부끄러운 일이었으니 어찌 두 사람의 속인들 편했겠는가. 한 가족 모두가 짊어지고 가야 할 무거운 십자가였다. 믿고 따르던 신자들과 층층시하처럼 매서운 눈총으로 지켜보는 윗분들에게는 고개를 들고 태연할 수 없는 오점이었던 것이다.

인옥은 다음 날 자신의 집필실로 왔다가 다시 친정으로 갔다. 은총이를 데리고 한선아가 온다는 말을 듣고 조카를 보기 위해 먹을거리를 사 들고 가니 모친이 청소를 말끔히 하고 음식을 준비하고 있었다. 충격 속에 아직 받아들일 준비도 안 되었지만 그래도 손주가 온다는데 싫을 수만은 없는 게 우리네 부모였던 것이다. 숨기고 끝까지 살기로 했던 일이 타인에 의해서 드러난 바에 어쩌겠는가. 아이는 분명 이 집안의 자손이니 거부하면 안 되는 거였다. 인옥이 도착하고 잠시 후에 한선아가 집으로 들어섰다. 말똥말똥한 눈으로 마당을 둘러보며 들어서는 은총이가 아주 의젓해 보였다. 그러나 태어나 살아온 과정 때문인지 조심스러운 데가 있어 아이만의 천진난만한 면은 적어 보였다. 밖의 기척을 듣고 막 주방에서 나오는 할머니의 손을 붙들어 자리에 앉으시게 하고 한선아가 먼저 무릎을 굽히고 깊이 머리를 숙여 절을 했다. 그리고 은총이도 큰절로 인사를 올렸다. 다니엘은 묵묵히 서서 아이를 보았다.

"죄송합니다……."

한선아에게서 맨 처음 나온 말이었다. 하긴 무슨 말을 하겠는가. 그저 서로 현실을 받아들이고 순응할 수밖에 도리가 없는 것이다. 홍옥영은 사람들을 만나면 무슨 말을 해야 하는지 그저 난감한 마음이었다. 그러나 손자 은총이만은 사랑스러워 하느님의 기쁜 선물 같기만 했다. 다들 별로 할 말이 없었다. 자연스럽게 아이는 아빠와 놀고 한선아는 인옥이와 대화를 했다. 그동안 아이를 홀로 키우며 힘들었던 이야기, 적지 않은 나이에 출산을 하며 겪었던 고통 그리고 아이의 미래와 성장에 관하여 대화를 나누었다. 인옥은 선배로서 어떻게 아이를 양육해야 하는지, 아이에게 필요한 것은 무엇인지와 영양 섭취에 관한 정보도 주고받았다. 홍옥영도 구구한 말은 하지 않고 아이에게만 말을 걸고 이미 알고 있던 선아의 신상에 관한 건 묻지 않았다. 아들이 어디든 취직해서 함께 조용히 살기만을 바라는 심정이었다. 대문 옆의 은행나무 잎들이 우수수 떨어지는 걸 바라보던 은총이가 마당으로 달려가 은행잎을 주워 하트 모양의 선을 만들었다. 작은 하트가 모여 커다란 하트가 되었다. 무언가를 한참 동안 하더니 할머니의 등을 밀고 나가 보여 드렸다. '할머니 사랑해요' 하고 떨어진 나뭇잎으로 글씨를 만들었다. 글씨를 읽던 홍옥영이 감탄을 하고 감격을 했다. 어린 것이 어쩜 이런 소견을 낼 수 있느냐고 칭찬을 하며 꼭 끌어안고 뽀뽀를 해 주었다. 아이는 처음으로 친가에 오니 기분이 좋아 이리저리 다니며 둘러보고 만족한 얼굴로 어른들 곁에서 동화책을 읽고 장난감 로봇을 조립하고 블록을 맞추고 그림도 그려 보여 주었다. 아이와 함께 온 가족이 식사를 하고 후식을 먹고 있는데 김진우에게서 전화가 왔다. 인옥은 반갑기도 하고 느닷없는 전화에 놀랐다.

"인옥아, 그동안 잘 지냈어?"
"그럼요. 덕분에……. 오빠도 잘 지내셨어요?"
"나야 늘 그렇지. 근데 어디니?"

전화기 속에서 들리는 아이의 목소리를 듣고 김진우가 물었다.

"저, 지금 친정에 왔어요."
"그렇구나. 근데 아이 목소리가 들리는데……."
"다음에 설명해 드릴게요. 그런 일이 있었어요."
"영화가 다 만들어졌어. 다음 달에 개봉을 하는데 며칠 안 남았지. 개봉관에서 함께 영화를 보고 싶은데 그때 올라올 수 있겠니?"
"네, 진우 오빠. 그럴게요."

전화를 끊고 나니 다니엘이 누구냐고 물었다.

파계 217

"왜 그 김 씨네 있잖아. 저 아랫동네에 살던 둘째 아들."
"아, 예전에 서울로 이사 갔던?"
"그래, E 방송국에 근무하는……."
"근데 언제 그렇게 연락하고 지냈대?"
"그렇게 됐어. 우연히……."

인옥은 동생의 궁금증에 대해 설명 같은 건 안 했지만 그 집과는 암묵적으로 서로 간에 호의적인 감정을 품고 지냈던 관계로 굳이 말하지 않아도 이해는 할 수 있을 거라 생각했다.

"뭐라고 연락이 온 거야?"
"내가 시나리오를 써서 주었는데 영화가 다 만들어졌다고, 개봉관에서 함께 영화를 보자고……."
"그랬었구나. 누나, 대단하다."
"뭘……."
"그럼 무슨 내용인데……."
"한 여자와 그 아들의 일생 또는 체험기라고나 할까."
"그럼 논픽션이네."
"응, 거의 실화라고 할 수 있지."
"재밌겠는데……. 나도 한번 볼게. 영화 나오면."
"그래. 괜찮을 거야."

은총이가 밖에 나가 좌우로 헤드뱅잉을 하며 잠자리를 따라다니며 노래를 했다. 바람이 이는 늦은 저녁, 조금 남은 한 줄기의 햇살에 화

단가의 금강아지풀이 꼬리를 흔들며 살랑이고 벌어진 무화과 열매를 쪼던 새 한 마리가 푸드덕 날아갔다. 옆집 지붕 위의 마른 호박잎들이 황금 덩어리처럼 익은 호박을 더는 숨기지 못하고 줄기를 내리며 흩어졌다. 주방의 찬장에 붙은 라디오에서 영화 〈지금, 만나러 갑니다(Be With You)〉의 OST 수록곡 〈시간을 넘어서〉가 흘러나왔다.

인옥은 거실 안에서 아이의 모습을 가만히 응시했다. 어린 아이는 어른이 생각하는 것보다 훨씬 영특하고 예민하고 순수한 면이 있다. 친가가 있다는 것이 마음에 안정이라도 주는지 처음 방문한 집인데도 구김살 없이 잘 어울려 논다. 이따금 들어와 그림을 그리는데 그림만큼은 천부적인 소질이 있다고 인정할 만큼 잘 그렸다.

흐르는 음악의 마지막 부분을 들으며 얼마의 용돈을 은총이에게 쥐어 주고 자고 가라는 동생과 모친의 권유도 뿌리치고 버스를 타고 집으로 향했다. 착잡한 마음과 뿌듯한 기분과 모든 것이 원점으로 돌아갔으면 하는 복잡한 심정으로 깜깜한 창에 어리는 물기를 닦았다. 밖의 풍경보다 자신의 얼굴과 움직임이 더 드러나는 거울 같은 어둠을 보면서 깊이 숨을 들이쉬었다. 며칠 후에 서울로 가서 준영을 만날 생각을 하니 기분이 나아졌다. 시어머니 목천댁이 어떻게 지내고 있을지 궁금하기도 했다. 집에 도착하여 현관문으로 들어서려는데 문자가 왔다.

- 화택의 세상으로 날아온 단풍의 난연한 모습에 취해 오늘도 붓을 들고 기원합니다. 부디 샘솟는 예술의 열정으로 살아가시길……. -

하원경의 문자는 늘 한줄기 소나기와 같았다.

인옥은 인생과 세상 안에 칩처럼 박힌 침침하고 어두운 일면에 천착하여 고민을 하며 살았던 날들이 많았다. 성장하면서 어린 마음에도 올바르지 못한 그러한 무리들을 고칠 수 없다면 몽땅 트럭에 태워 어느 무인도로 보내 버렸으면 하는 생각도 했었다. 그러나 어른이 되어서는 소금이 되어 부패를 막는 선한 양들도 있다고 믿게 되었다. 한 사람 안에 천사와 악마가 존재하는데 어느 부분이 더 주어진 환경에서 그 능력을 발휘하느냐에 따라 착하기도 하고 악하기도 하다는 걸 알게 되었다. 오스트리아의 심리학자이자 정신분석학의 창시자인 프로이드(Freud)에 의하면 인간의 본성 안에는 Libido(생산적인)와 Thanatos(악)의 두 가지 본능이 있다고 한다. 어느 쪽 에너지를 더 많이 건드리느냐에 따라 그 에너지가 밖으로 표출되는 양이 결정된다고 한다. 끝까지 선일 수는 없는 우리는 이성을 조율하며 살아야 한다는 사명 의식이 고개를 들고 일어났다. 남편 고경석에 대해서는 아무리 이성을 다하여 이해를 하려 해도 얼어붙은 마음이 풀리지 않았다. 기분 내키는 대로 순간적인 감정에서 말하는 것이라든가 잘하다가도 힘든 일이나 괴로운 일이 생기면 화산이 폭발하듯 딴사람이 되는 것은 정말 견디기 어려웠다. 그러나 아이만을 생각하며 산다는 건 인생이 너무 가혹하다는 생각이 들었다. 그렇게 사는 것이 아이에게 큰 짐을 지워 주는 일 같기도 했다. 아이가 자라서 자신을 버리고 일생을 바친 어미에게 과연 감사할 것인가도 의문이 되었다. 감사한들 여자로서의 삶은 없는 것이니 그저 엄마였을 뿐이라고. 위대한 엄마.

자신의 인생은 자신의 인생이니 아이에게도 좋고 자신에게도 긍정적인 삶을 영위해야 한다는 결론에 도달하면서 잠에 들었다.

가슴에 남은 줄무늬

꿈을 꾸었다.

무더운 여름날이었다. 아지랑이가 아른거리는 먼 곳에서 누군가 자꾸만 인옥에게 말을 걸어왔다. 얼굴이 보이지 않다가 차츰 목소리와 더불어 가까이 다가왔다. 윤기 나는 구두를 신었다. 그 곁에 아주 잘생긴 사내아이가 있었다. 그는 손을 내밀어 뭔가를 달라고 했다. 뭐냐고 물으니 기름이 떨어져 자동차를 움직일 수가 없다고 했다. 판단을 못하고 멍하니 바라보고 있으니 눈빛으로 보채기 시작했다. 책상 서랍을 뒤져 지폐 몇 장을 그의 손에 쥐어 주었다. 그는 갔다. 다음 날에 또 왔다. 이번에는 슬리퍼를 끌고 왔다. 또 그 사내아이가 있었다. 빚이 많아 빚을 갚는다고 돈을 달라고 했다. 어이가 없었지만 또 얼마를 쥐어 주었다. 인사도 없이 그가 갔다. 아이도 갔다. 그는 마치 부부처럼 굴었다. 당연한 듯 돈을 챙기고 사라졌다. 또 왔다. 이번에는 짚신을 신고 왔다. "당신은 누구세요?" 하고 물으니 대답이 없었다. 아마도 인옥은 속으로만 물은 것 같았다. "누구세요?" 또 물었다. 말이 없었다. 이번에는 웃었다. 외모는 미남형인데 웃는 모양이 원숭이를 닮았다. 아이는 한마디도 하지 않고 주변에 머물다가 함께 사라졌다. 그 다음엔 책을 들고 나타났다. 성경책이었다. 아니 불경책인 듯했다. 앞면은 성경인데 뒷면은 불경이었다. 붉은 책을 받아 첫 장을 펼치니 버트런드 러셀의 《나는 왜 기독교인이 아닌가》라는 제목이 보였다. 그는 신을 믿지 않는 사람인 듯했다. 그 후 날마다 찾아오던 그가 발길을 끊었다. 인옥은 궁금하고 불안했다. 전화를 했다. 그가 받지 않았다. 다시 전화를 했다. 다음 날도 그 다음 날도 전화를 했다. 받지 않았다. 사라진 줄 알았던 그가 군중 속에서 에스컬레이터 같은 곳을 오르고 있었다. 그러더니 한순간 굴러 떨어졌다. 떨어진 곳을 바라보니 돌로 만들어진 십자가가 세워져 있었다. 그 아래에 지폐들이 강물처럼 출렁이며 십자가를 빙빙 돌고 있었다. '주여, 돈보다는 덜 귀하신 주여' 그곳에 모였던 사람들이 속으로 부르짖으며 그 십자가를 떠나갔다.

꿈에서 깨어 나는 기독교인인가? 하고 자문을 했다. 인옥은 교회에 나가고 있지는 않으나 태어났을 때 유아 세례를 받아서인지 늘 신이나 종교에 대해 끊임없는 질문을 했다. 하지만 모든 종교인이나 그 추종자들에 대한 회의도 있었고 신에 대한 막연한 두려움도 있었다. 국문학 공부를 하며 교수로부터 이 책을 읽어 보라는 말을 들었을 때 앞쪽 몇 장을 읽다가 덮어 버렸다. 숙제처럼 남은 기분으로 그 후 다시 책을 잡고 읽으며 종교에 대해 깊이 생각하기도 했다. 가장 힘들었을 때 교회에 나가 보이지 않는 신 앞에 꿇어앉아 기도를 했는데 답답하고 외로운 마음은 가라앉지 않고 떠들썩한 청년들의 연말 송년 잔치의 소음만이 심란한 마음을 더욱 부채질한 기억이 있었다. 러셀의 이 책은 기독교를 신랄하게 분석한 표제 에세이와 영혼불멸에 관한 토론, 종교로 인한 재앙 및 종교적 광신(狂信)에서 오는 위험성 등을 다루어 러셀의 종교 이론에 관한 진실을 보여 주고 있는 책이다. 《런던타임즈》지는 그를 '500년에 한 사람 나올까 말까 한 인물'이라고 극찬했는데 종교를 인정하거나 말거나 사람은 누군가에게 기대고 싶은 나약한 존재임에는 틀림이 없다. 신을 인정하는 것도 부정하는 것도 결과에 있어서 두 경우 다 완전한 해답은 나오지 않는다. 그러나 무신론자는 어떤 상황에 있어 신뢰할 수 없는 결정을 할 수도 있다는 것이 인옥의 지론이다. 말이나 행동에 미치는 보이지 않는 신의 존재를 결코 무시할 수는 없는 것이다. 신은 하나의 양심이라고 생각했던 인옥이다. 살면서 속이고 감추었던 부분들을 죽음에 이르러 양심 선언하는 경우를 보면서, 사후는 아무도 모르기에 마지막을 결백으로 남기고 싶은 인간의 바람을 보여 주는 것이라 여겼다. 살아가는 일이 이토록 힘겨운데 죽어서까지 고행의 길로 들고 싶지 않은 인간의 최후의 욕망이리라. 인옥은 다니엘에 대해 근심이 되었다. 그 나이를 먹도록 신학만을 연구하고 교회 안에서만 살았는데 이제 세상 밖으로 밀려나와 어찌 살아야 하는지 참으로 걱정이었다. 자신을 끝까지 지켜 주지 못한 한선아도 감정적으로 그리 좋은 것만은 아니어서 방황하는 중이라는 걸 알고 있었다. 누가 어쩌라고 말할 수 있는 처지도 아니어서 두 사람이 그저 잘되기만을 바랐다. 심장에 화살을 맞은 듯 수시로 피가 흐르는 기분이었다. 사람이 예술이나 다른 직업에서 자신의 길을 가다가 그 길을 바꾸어 걷는다는 게 그리 흉이 될 것은 아니지만 유독 신앙에 있어서만은 그렇지 않은 것이다. 사후를 책임지는 영적인 일이기 때문일까. 돈과는 무방한 신의 영역이라서 그러할까. 신도 세상 안에서는 재물이 있어야 번창하고 운영될 수 있는데. 가난한 이들에게 밥이라도 주어야 하는 교회는 신의 주거지가 아닌가.

인옥은 며칠 동안 집에서 지냈다. 청탁받은 두 곳에 원고를 보내고 햇살이 비치는 창가에 앉아 뜨개질을 했다. 찬 바람이 불면 언제나 몇 개의 작품을 떠서 선물을 하곤 했는데, 아들 준영이의 머플러와 은총이의 스웨터를 뜨고 있었다. 준영의 머플러를 노란색의 복합사를 써서 변형 고무뜨기를 하여 완성해 놓고 조카 은총이의 스웨터에는 'HAPPY V'를 넣어 떴다. 인옥은 뜨개질을 좋아했다. 마약처럼 중독되어 손에 한번 잡으면 그만하기가 여간 어려운 게 아니었다. 책을 읽을 시간이나 글 쓰는 시간까지도 침범하려 하여 그것에서 벗어나 손을 놓으면 한동안은 허전한 기분을 떨칠 수가 없었다. 은총이의 것은 떠서 택배로 보내기로 했다. 마무리로 단추를 달고 이음새를 숨기고 스팀으로 다림질을 살짝 하여 놓으니 여간 반반한 게 아니다. 만족한 마음으로 꼼꼼히 살피고 포장을 했다. 케빈 컨(Kevin Kern)의 〈Once in the Long Ago〉를 듣다가 마당에 나가 갓을 뽑아 겉절이를 하려고 다듬었다. 매콤한 향이 코끝에 닿으니 입맛이 돋았다. 매년 갓 몇 포기를 그대로 남겨 놓아 씨앗이 절로 퍼져 자라는 갓이라서 야생에 가까웠다. 김치를 너무 좋아해서 김치가 없으면 밥을 먹지 못하는 인옥이다. 무생채나 깍두기, 깻잎김치, 미나리김치, 양배추김치, 양파김치 등 여러 가지 김치를 수시로 담가 먹었다. 물김치를 특히 좋아해서 여름이면 오이나 다른 과일을 넣어 담그기도 하는데 그중에 엄마가 담가 주시는 물김치를 제일 좋아했다.

저녁을 먹고 김진우에게 전화를 했다. 서울에 올라가는 전날이다. 인옥은 일찍 올라가 먼저 시어머니가 입원해 있는 요양원에 들러서, 아들 준영이를 만나고 가겠노라고 일정을 알렸다. 영화관 앞에서 만날 시간까지 정해 놓고 전화를 끊고 나니 누군가 문을 두드리는 소리가 들렸다. 일어나 현관문을 여니 언덕배기 부근의 집에 사는 진영숙이란 여인이다. 진영숙은 몇 년 전부터 서울에서 이사를 와서 살고 있다. 유방암으로 수술을 했는데 남편이 아내가 죽을까 봐 날마다 우는 바람에 급한 마음에 멋지게 집을 지어 오려 했던 것과는 달리 있는 그대로의 집을 조금 손을 보고 이사를 했다고 한다. 날마다 등산하는 일 말고는 아무 것도 하지 않으며 오직 건강만을 챙기며 살고 있다. 집안일을 해 주시는 아주머니를 두고 보살핌을 받으며 먹고 자는 일 외에 모든 신경을 끄고 살았다. 그 덕분인지 몸이 많이 회복되어 지금은 얼굴빛이 밝아지고 많이 활달해졌다. 처음엔 거의 울상을 하고 침울하여 먼발치에서 마주치면 인옥이 먼저 인사를 해도 무감정의 사람처럼 별로 반응이 없었는데 이제는 가끔 들르기도 하고 무언가를 들고 와서 놓고 가기도 했다. 오늘은 밤을 한 봉지 들고 왔다. 두어 되는 됨직했다. 밤알이 굵고 실한 게 참으로 탐스러웠다. 조금 보태서 말하면 어린아이 주먹만 하다고 할 정도로 컸다. 인옥은 이렇게 커다란 밤은 처음 봤다. 서울에서 태어나 서울에서 자란 여인치고는 소탈한 편이었다. 서울의 명문 대학을 나와 그곳에서 직장 생활을 했다는데 지금의 모습에서는 전혀 그런 티가 나지 않았다. 사람이 죽을 만큼 병을 앓으면 높은 줄 모르고 치솟던 수직의 자존심도 수평으로 평정이 되는가 보다. 진영숙과 마주 앉아 담소를 하니 마음이 편안했다. 푸른 도자기 잔에 루이보스티를 담아 뜨거운 물을 부어 건네니 두 손으로 잔을 잡고 손을 데워 가며 마셨다. 눈이 내리거나 단풍이 고울 때면 진영숙의 집 쪽으로 눈을 돌려 그 모습을 감상하곤 했던 인옥은 이따금 들려오던 기타 소리에 대해 물었다. 그녀의 집 뒤에 낮은 야산이 있어 밤나무가 그득한데 그 산에서 나는 소리처럼 들리기도 했다.

"아, 그랬군요……. 그 기타 소리를 들었어요?"

하며 살짝 미소를 띠었다.

"아주 듣기 좋던데요. 항상 맨 처음에 들리던 영화 〈러브 스토리〉의 멜로디랑……."
"다행이네요. 아프면서부터 우울증을 이겨 보려고 혼자 독학을 하고 있어요."
"정말 잘 생각하셨네요."

인옥은 진정으로 칭찬을 하며 응원하는 마음으로 말했다.

"음악을 좋아하세요?"

잠잠히 있던 그녀가 물었다.

"그럼요. 저도 음악이라면 무엇이든 다 좋아해서 어디서 갑자기 악기나 음악 소리가 들리면 심장이 요동을 친답니다."
"그 정도로요? 저도 좋아하긴 하지만 미칠 정도는 아니에요."

 그래도 자신에게 관심을 갖고 인정해 주는 인옥이 고마운 그녀는 인옥을 바라보며 조용히 입을 열었다. 자신의 과거를 그리고 심하게 앓았던 한때의 병에 대해 조심스럽게 말을 했다. 7살 때, 많은 재산을 남기고 진영숙의 부모가 교통사고로 한꺼번에 돌아가셨는데, 그녀의 숙부가 맡아 기르며 가르친 것 외엔 재산을 단 한 푼도 넘겨주지 않는다고 했다. 사고 당시의 보상금도 꽤 되는데 그것마저도 모두 가로채고 나 몰라라 하여 마음의 상처와 불신이 크다고 했다. 성장하면서도 숙모의 눈치를 보며 살았고 심리적으로도 항상 불안했었다고 한다. 등록금이나 필요한 용돈을 받으려면 죄인 같은 심정이 되어 죽기보다 싫었고, 그런 일 때문이었는지 조울증이 생겨 극복하기가 너무 힘들어 자살을 하려는 생각까지도 했었다고 한다. 지금은 살아 있다는 게 꿈만 같고 감사하다고, 하루하루가 기적이라며 물기 어린 눈으로 어둑한 창밖을 보며 말했다.

"그거 아세요? 작가님."
"뭐가요?"

 다짜고짜 묻는 진영숙의 물음에 당황했다.

"정신적인 병에 관한 거……."

"아……. 조금은 알아요. 비 오는 날 울적한 것은 많은 사람들에게서 나타나는……."
"그런 거 말고요. 구체적인 증상 같은 것 말이에요."
"네, 조금 안다고 할 수 있지요."
"전 좀 심각했어요."
"그랬었군요. 힘들었겠어요."
"이젠 그런 상태에서 벗어났으니 말할 수 있는데요……."

한숨을 쉬듯 숨을 고르는 그녀에게서 아픈 과거를 엿볼 수 있었다.

"환청과 환시, 환각 증상 같은 것은 정말 무서워요."
"그럴 거 같아요. 두려움과 마음의 고통이 극에 달하면 나타나는 증상이 아닐까요?"

인옥은 나름대로 생각했던 의견으로 그녀의 다음 말을 이끌었다.

"정말 그랬어요. 믿어야만 하는 사람과 그 사람이 믿을 수 없는 상태였을 때에 오는…… 버려진 심정 그런 거지요."
"기댈 사람 하나 없는 막막한 상황에서 나의 또 다른 자아를 부추기는 소리, 그것이 환청이 아닐까 해요."
"맞아요. 내가 분리되어 따로 노는 상황이라고나 할까요."

그녀가 이렇게 숨기고 싶은 속마음까지 열어 주어 고마웠다. 인옥을 믿을 수 있는 존재라고 여겨 눌러두었던 고통을 풀어내는 것이리라 여겼다. 다시 그녀가 입을 열었다.

"세상 속의 사람들과 구석구석의 모든 게 무서웠어요. 거리에 달리는 차도, 아무 의미 없이 따라오는 그림자도 무서웠고요. 차 앞면과 뒷면에 붙은 번호판도 의미를 가지고 내게 달려드는 것만 같아 두려웠어요."

"……."

"그리고 집 안의 곳곳에서 소리가 들렸어요. 침대 속에서 전화벨 소리가 들리고, 피아노 안에 도청 장치가 있다고 여겨 피아노를 분해했지요."

"……."

"쓰레기를 버리러 나가면 쓰레기통 속에 사람의 머리가 있는 듯 보였어요. 나를 바라보는 모든 사람의 눈이 검은 현미경이라 생각되어 숨도 쉴 수 없었고……."

"……."

"그 자리에 몸이 들러붙어 걸을 수 없었던 적도 있었는데……. 그러니 주변인들이 나를 어찌 생각했겠어요. 휴우……."

"……."

"우리 부모님의 목숨을 담보로 받은 그 돈을 생각하면 지금도 용서가 안 돼요."

"……."

"그래도 제가 용서해야 하나요?"

"……."

"그때 지금의 그이를 만났어요. 가장 비참할 때 내게 손을 내밀어 준 사람이에요."

"고마운 분이군요. 진정으로."

"지금 내가 사람이 된 것도 그 사람 덕분이지요. 아니면 어찌 되었을지……."

"……."

"그이는 내가 병원에 입원해 있을 때 내 주치의였던 사람의 동생이에요."

"……."

"참으로 힘겹고 추웠던 내 어린 시절까지 잊을 만큼 따뜻하게 감싸 주고 불을 지펴 준 사람이 저의 주치의였는데, 우연히 그분의 동생이었던 남편을 병원에서 만나 마음이 서로 통했지요."

"인연이네요. 인연은 늘 가까운 곳에 있다고 하던데……."

"네, 그래요. 저도 그렇게 인연이 맺어지리라고는 생각조차 못했는데……."

"그건 진영숙 씨의 복이네요. 사람이 일생을 통해 마음 맞는 사람을 만나기가 얼마나 어려운데요."

"저도 그렇게 생각해요. 그 사람 안 만났으면…… 생각만 해도 아찔해요."

"진영숙 씨가 착해서 하늘이 보내 준 선물이 아닐까요?"

"제가요? 호호……. 감사해요. 그렇게 믿어 주시니……."

함께 한바탕 웃으며 분위기를 바꾸었다. 잠시 화분의 난을 바라보던 진영숙이 낮은 목소리로 한마디를 더 했다.

"이따금 김진우 씨가 오시던데요. 그분은 제 남편의 고등학교 후배예요."

"아, 그런가요? 저는 몰랐습니다."

"그냥 모른 척해 주세요."

"왜요?"

"김진우 씨의 부인과 저는 중학교 때부터 친구였는데……. 지금은 연락이 안 돼요."

궁금하기 이를 데 없었지만 더는 묻지 않기로 했다.

"모든 것이 다 의미 없고 귀찮고, 사람이 싫었던 병에서 사람을 사랑하게 하는 것은 누군가의 사랑뿐인 거 같아요."

마지막 말을 남기고 진영숙이 돌아갔다. 바깥의 전등을 환하게 밝혀 놓고 그녀를 배웅했다. 그녀의 목에 손수 뜬 오렌지색 머플러를 둘러 준 인옥의 가슴이 먹먹하고 훈훈해졌다.

택배 회사에 근무하는 마을의 장다리 아저씨를 불러 은총이의 뜨개옷을 부치고 서울로 올라온 인옥은 준영을 데리고 요양원에 계신 시어머니를 찾아뵈었다. 잠시지만 반가워하는 표정이 보여 기분이 좋았다. 말씀이 없기는 마찬가지였는데 얼굴은 한결 편안해 보였다. 아마도 이곳이 맞는 듯했다. 정상적인 주변의 어르신들이 여러모로 도움을 주고 먹을 것들도 챙겨 주셨다고 한다. 가져간 떡과 씨 없는 포도와 과일을 할머니들께 나누어 드리고 잘 부탁드린다는 인사말을 남겼다. 혈압을 체크하고 있는 간호사에게도 과일과 떡을 건네고 잘 보살펴 달라고 부탁했다. 따라 나오려는 목천댁을 간호사가 제지하고 달래며 내일 또 온다고 안심을 시켰다. 가볍게 손을 흔들고 아들 준영에게 가져간 머플러를 둘러 주고 구경을 나갔다. 언제나 어디서나 분주하고 북적이는 토요일의 서울의 거리는 활기로 들썩였다. 사람과 건물과 옷 구경을 하며 돌아다니다가 떡볶이도 사 주고 어묵도 함께 먹었다. 걷고 또 걸어 한참을 돌아다니다가 초밥 전문점에 들러 저녁을 먹었는데 아주 맛이 좋았다. 신선하고 다양하여 배가 부르도록 먹어도 더 먹고 싶을 만큼 맛이 있었다. 준영은 호박샐러드와 고구마튀김과 새우튀김을 잘 먹었다. 후식으로 주스와 수정과를 마시고 밖으로 나오니 높은 건물의 그림자가 검은 베일처럼 짙어졌다. 두 뺨에 닿는 차가운 기온에 얼굴이 따가웠다. 머플러를 두른 아들의 어깨를 감싸 안고 쌀쌀한 바람에 택시를 타고 준영을 집으로 바래다주고 약속한 영화관으로 갔다.

이미 도착하여 입구에서 기다리고 있는 김진우를 보니 눈물이 날 만큼 반가웠다. 혼자 어디를 찾아가거나 어떤 교통수단을 이용하든 여행을 할 때 항상 느끼는 건 이 단출한 외로움이었다. 누군가와 동행하거나 우연히 처음 만난 사람과 함께 동무라도 되어 가는 경우가 아니면 이 호젓한 늪에 빠지는 것 같은 기분을 떨칠 수가 없었다. 약간의 여유가 있어 잠시 의자에 앉아 커피를 마시며 한담을 나누었다. 검은 양복에 검은 티셔츠를 받쳐 입은 그의 얼굴이 오늘따라 더 희게 보였다. 백지장처럼 하얀 목에 두른 그레이 색 체크무늬 머플러가 무척이나 고급스러웠다. 언제 보아도 어느 한곳이 곧 무너져 내릴 것만 같은 그의 분위기는 여전했다. 달랠 수 없는 방황의 시간을 보낸 사람이 이제 겨우 발판 하나를 발견하고 애써 숨 고르기를 하며 지상에 뿌리를 내리려 하는, 안타까움이 묻어나는 영혼의 소유자였다. 시간이 되어 안으로 들어가니 광고 화면이 나오다가 시작을 알리는 화면으로 전환되었다.

전면에 미국의 화가 제임스 애벗 맥닐 휘슬러(James Abbott MacNeil Whistler, 1834~1903)의 유화 〈회색과 금색의 야상곡, 첼시에 내린 눈〉이 화면을 가득히 메웠다. 눈이 내린 희부연한 밤 풍경 속을 걸어가는 한 남자의 고독한 뒷모습에 호준의 창백한 얼굴이 겹쳐 나왔다. 저만큼 떨어진 회색의 건물 안에서 흘러나오는 불빛을 따라 걸어가는 그는 호준이 찾으려 했던 영혼의 안식과 구원이었으리라. 홀로 어두운 밤길을 걸어가야 했던 어린 시절과 고뇌하는 청춘의 날들. 그림 속의 그 남자는 어쩌면 성인이 된 호준이 어머니의 따뜻한 품으로의 귀향인, 오해의 아픔을 벗어나 빛을 찾아가는 여정이었다고 말할 수 있지 않을까. 5센티 길이의 머리카락을 지닌 주인의 방에 흩어져 있는 긴 머리카락의 의문 부호처럼 태어남과 사라짐이 그러했던 한 청년의 삶의 배경이 검은빛과 회색으로 도색되었다. 그 생의 정조만을 보여 주는 것이지만 금빛의 찬연한 평화도 짜깁기되어 사랑을 알게 하고, 용서에 이르는 완성의 삶을 이루게 하였다고 자위하면서 영화를 보는 내내 감동과 슬픔의 안도를 느낄 수 있었다. 호준의 생모 현아는 일주일 후에 오기로 했다. 마지막 부분에 강민경이 인옥에게 주었던 호준의 노트 속의 시에서 발췌하여 금색의 상감을 넣어 청자로 만들어 생모인 김현아에게 선물하는 장면으로 마무리했다. 영화 중반 부분에 현아에게 보내는 호준의 편지가 성우의 음성으로 낭송되었는데 어찌나 절절한지 울지 않은 사람이 없었다.

사랑 샤워

달콤한,
캔디를 먹는 귀
온몸이 녹아내려
나 없고
세상 그런 거
빠져나와
피안을 걷네.

청자에 새겨진 호준의 시는 현아의 못다 한 사랑과, 인옥의 안식의 애정과, 호준에 대한 사랑 대신 강민경이 우정으로 위무했던, 그 답례로 남긴 호준의 너그러운 마음을 보여 주는 듯했다. 한 여자의 일생이기도 하고 한 청년의 삶의 기록이기도 한 영화이지만 시대의 아픔과 가난했던 나라의 백성이 겪어 내야 했던 암울한 상흔이기도 했다. 또한 그들의 빛나는 꿈들이 이루어 낸 보석 같은 삶의 충만한 위로이기도 한 영화였다. 누가 이들을 대신하여 생의 전선인 타국에 출항하여 거친 풍랑과 맞서 싸우겠는가. 우뚝 솟은 건물들의 위압적인 태도에도 기죽지 않고, 언어도 통하지 않는 난감한 일상에 적응하여 이제는 세계 속의 한국인으로 자랑스럽게 거듭난 우리의 민족성을 보여 준 것이기에 아프게 손뼉을 쳐서 그들을 환호한다 해도 이견을 달 사람은 없을 것이다.

"사람 몸의 일부는 별이 되겠지요. 다 태우지 못한 혼불로 올라가 어느 성좌에 이르러 똑같은 밝기로 다시 태어나는……."

인옥에게 했던 호준의 말이 자꾸만 기억되어 멀리 하늘을 올려다봤다. 그 누군가의 눈동자처럼 반짝이는 별빛들이 아래를 내려다봤다. 그는 떠난 것이 아니라 본향으로 돌아간 것이다.

진우와 영화를 보고 나와 준영에게로 돌아온 인옥은 한 주일 동안을 아들과 지냈다. 호준의 생모를 기다리는 시간이기도 했고 틈틈이 김진우와 만나 대화를 나누었다. 아이에게 책을 골라 주고 동화를 읽어 주고 간식을 만들어 주며 식사를 마련하기도 했다.

- *"사랑하는 클라라, 제가 당신을 얼마나 사랑하고 있는지 당신을 위해 그 사랑을 얼마나 표현하고 싶은지 당신은 모를 겁니다." 브람스가 스물한 살, 클라라 슈만이 서른다섯 살일 때 두 사람은 처음 만났습니다. 사랑에 대한 어떤 표현도 못하고 있던 브람스는 스승이자 클라라의 남편이었던 로베르트 슈만이 죽은 뒤에야 처음으로 이렇게 클라라에게 편지를 보냈습니다. 그 뒤 40여 년 동안 두 사람은 서로에게 충실한 벗이었고 연인이었습니다. 하지만 결코 육체적인 접촉은 없었습니다. 클라라가 숨을 거두자 브람스는 삶에 대한 의욕을 완전히 잃어버렸고, 11개월 뒤 세상을 떠나 그녀에게 갔습니다. 몸서리치게 사랑하되, 접촉하지 않는 그런 사랑도 아름답습니다.* -

인옥은 서점에 놓인 작은 팸플릿에 실린 이 글을 읽으며 결코 소유하지 않는 사랑이야말로 진정 아름다운 사랑이라고 생각했다. 알맞은 거리에서 온기를 주고 활력을 주고 자신의 존재감을 느끼게 하는 산소와 같은 사랑은 누구에게나 필요한 거라고, 그런 사람 하나쯤 있다면 세상을 살아가기가 훨씬 행복하고 수월할 것이라고 스스로에게 김진우에 대한 감정을 갈무리했다.

"진우 오빠, 내 동생 다니엘이 사제복을 벗었어요."

다음 날 저녁에 만나 식사를 하며 인옥은 운을 떼었다. 말하고 싶지 않았지만 지금 하지 않으면 영영 못 할 것 같아 나중에 알고 서운해할까 봐 말을 하기로 했다.

"……?"

그는 아무 말도 하지 않고 다시 인옥을 바라보며 다음 말을 기다렸다.

"우리도 몰랐어요. 서품식을 하고 사제가 될 무렵 수녀였던 지금의 아이 엄마와 다시 만났는데……. 그렇게 되었어요. 무슨 운명 같아요."
"신앙에 대해서 잘은 모르지만 하느님께 허원한 상태에서 그리되었다는 건 좀 그렇지만 두 사람이 아름다운 사랑을 만들어 간다면 그걸 만회할 수도 있다고 본다."
"그래도 좀 그래요. 누구에게 말하기도 그렇고 칭찬받을 일은 아니잖아요."
"용기가 있다고 말할 수 있을까만…… 내가 알기로 다니엘? 인철이지? 크나큰 장애는 아니지만 자신의 외적인 면에서 좀 더 승화된 내적인 모습을 보여 주려면 여러 가지가 많은 걸림돌이 될 거야. 잘 이겨 내고 원만한 사람으로 살아야 하는데……. 이왕 길을 바꿔 갈 바에야…….”
"그러게요. 근데 그게 그리 쉽지가 않은가 봐요."

항상 동생이 걱정되는 인옥이었다. 안쓰럽고 불쌍한 마음에 가슴이 저린 동생이었다. 심사가 뒤틀려 가슴에 못을 치는 말을 해도, 돌아서면 아프고 시린 것은 어쩔 수 없는 일이었다. 김진우는 그런 인옥의 마음을 헤아릴 수 있었다.

"19세기에 영국 런던에 실존했던 인물인 무시무시한 기형아 엘리펀트 맨의 일생을 다룬 흑백 영화 〈엘리펀트 맨〉은 인간에 대해서 그리고 하느님에게서 생명을 받은 인간이 왜 소중한 대접을 받아야 하는지에 대한 물음에 대해 냉정하고도 치밀하게 철저한 접근을 했는데, 그 영화를 보면 하느님을 알게 되는 것 같아. 신앙이란 이런 거구나 하고 〈엘리펀트 맨〉을 통해 깨닫게 되지."

말을 하는 김진우의 진지한 표정을 보며 인옥이 말을 이었다.

"네, 1890년 27살에 세상을 뜬 존 메릭(John Merrick)이라는 사람의 일생 이야기지요."
"맞아, 그 사람은 '다발성 신경 섬유종증'으로 역사상 가장 외양이 추한 사람이었는데, 사람들이 기이한 동물로 여겨 함부로 대하고 부당한 대우를 받았음에도 불구하고 하느님을 찬양했다지."
"어려운 일이에요."

인옥은 진정 어려운 일이라고 생각했다. 요즘의 세상이 얼마나 외모 지상주의로 흘러가고 있는지 방송 매체를 통해 너무나 잘 알고 있고, 그 시대와 또 다른 고민을 하는 주변의 젊은이들을 많이 만나게 된다.

"가끔 자신의 지독한 고난을 무릅쓰고 일어나 하느님을 찬양하고 간증을 하는 경우를 보게 되는데 이건 정말이지 참신앙이 아니면 안 되는 일이라고 본다."

"그렇게 할 수 있다면 얼마나 좋겠어요. 하지만…… 사람들이 사람을 바라보는 시선을 바꾸지 않고 외적인 면만을 살핀다면 그 속에서 그렇지 못한 사람은 아플 수밖에 없어요."

"시편 23편의 성경 구절을 암송하는 엘리펀트 맨은 영적으로 오롯한 믿음과 확신에 찬 사랑으로 하느님을 찬미할 수 있었을 거야. 그러기까지 얼마나 외롭고 두렵고……."

"진우 오빠, 저도 시편 23편을 참 좋아해요. '여호와는 나의 목자시니 내가 부족함이 없으리로다 그가 나를 푸른 초장에 누이시며 쉴 만한 물 가으로 인도하시는도다 내 영혼을 소생시키시고 자기 이름을 위하여 의의 길로 인도하시는도다 내가 사망의 음침한 골짜기로 다닐지라도 해를 두려워하지 않을 것은 주께서 나와 함께…….' 이 구절을 읽다 보면 마음속의 어둠이 열리고 환한 햇살이 비쳐 드는 것 같아요."

"인옥이도 어쩔 수 없는 어린양이구나."

한바탕 웃더니 인옥의 손을 꼭 잡아 주며 따뜻한 눈길로 바라봤다. 시편 23편은 가난한 이들을 향한 하느님의 자비의 노래이고, 위기에 처한 한 인간의 부르짖음이다. 모든 사람은 하느님으로부터 왔기 때문에 하느님의 자녀이고 사랑받을 가치가 있다는 이 영화의 주제와 맞닿아 있다. 자신에게 생명을 주신 하느님과 그분의 섭리에 감사하며 임종을 하는 존 메릭은 하느님의 풍요한 사랑을 증거한 인물이다. 영화를 통해 신앙을 이야기하면서 두 사람은 자신들이 엘리펀트 맨이 된 것처럼 느껴졌다. 외적인 면으로는 몰라도 아마도 내적으로는 존 메릭의 형상을 닮지 않았을까 하고 한동안 조용히 입을 다물고 앉아 있었다. 수많은 상처와 뒤틀리는 고통으로 인해 마음에 품었던 미움이나 원망을 이젠 내려놓아야 한다고 깨닫지만 그처럼 쉽게 되지는 않는다.

"어서 오세요. 준이 어머니!"

공항으로 마중을 나간 진우와 인옥은 호준의 생모인 현아의 수척해진 모습에 마음이 아팠다. 감기에 걸려 고생을 좀 했다고 했다. 어디 감기뿐이었겠는가. 아들을 잃은 어미가 어느 하루인들 속이 편할 리 없을 것이다. 활달하고 직선적인 면도 있었지만 속으로 감추어 둔 인고를 간직한 자신의 일생에서 그 슬픔을 새기며 평범을 가장한 채 살아가기란 그리 쉽지 않을 것이다. 함께 동반한 볼프강은 그저 조용히 김현아의 곁에 서서 지켜볼 뿐이었다. 단체로 한인 교포들의 고국 관광 겸 성지 순례를 위해 온 길이라 인원이 40여 명이 넘었다. 같이 행동을 하면서 때로 개인적인 일을 보기 위해 혼자 밖으로 나오기도 한다고 했다. 언니 김숙과 죽기 전에 화해를 하기 위해 전화를 걸었지만 돈을 받으러 오려거든 오지도 말라고 하여 다시 마음을 접어야 했다고 한다. 참으로 이해가 안 되는 사람이었다. 제 혈육도 버리고 그렇게 철저히 금전만을 추구하고 남편인 박상선에게만 충실할 수 있는지 도무지 아량을 베풀어 이해하려고 노력해도 전혀 알 수 없는 심리의 여자였다. 죽을 때 다 싸 가지고 갈 요량인지 묻고 싶은 마음이 들 정도였다.

 첫날은 서울에서 궁 여행을 한 후 W 호텔에서 묵고 다음 날 영화를 보기로 했다. 현아가 볼프강에게 의견을 물었다.

 "볼, 당신은 나와 함께하지 않아도 돼요. 일행들과 관광을 하고 저녁에 숙소에서 만나면 어때요?"

 하니 그러겠다고 고개를 끄덕였다. 사실 한국을 여러 번 방문한 터라 이제 오고 싶어 하지 않았는데 한국 가이드가 독일 말을 잘해서 듣는 데 애로가 없으니 따라나선 것이었다. 이번에 온 여행자들은 거의 부부 동반한 사람들이 대부분이었다. 한국 여자와 독일인 남자, 독일인 여자와 한국인 남자, 독일인 부부 그리고 혼자 온 사람은 한국에 와서 가족을 만나기로 한 사람들이었다. 3개월 아니면 6개월을 예정하고 온 사람도 있었고 가족을 데리고 돌아갈 여행자도 있어 다양한 그룹의 사람이 모이니 활기차고 즐거운 분위기가 느껴졌다. 현아만이 보이지 않는 그림자를 안고 그들과 어울리며 애써 밝게 웃어 보이려 했다. 여행 온 그들과 인사를 나누고, 다음 날 호텔로 모시러 가겠다고 현아와 약속을 하고 헤어졌다. 김진우와 헤어져 아들이 머무는 곳으로 돌아온 인옥은 이 시간이 얼마나 소중한지 새삼스럽게 느껴졌다. 숙제를 하다 새근새근 잠든 준영을 안아 이불을 덮어 주고 아침에 먹일 음식을 준비했다. 닭고기를 꺼내어 양파와 감자 당근을 넣어 카레를 만들고, 달걀 다섯 개를 흰자와 노른자로 분리하여 거품을 냈다. 엄마가 만들어 주는 카스텔라를 무척이나 좋아하는 준영을 위해 손수 만들었다. 소란스러움과 고소하고 맛있는 냄새에 잠이 깬 준영은 인옥을 보며 환호를 했다.

"와, 엄마 언제 왔어?"

얼굴에 잠기가 그대로 묻어 있는 채 달려와 인옥에게 안겼다.

"응, 우리 아들 주려고 카스텔라 만들고 있지. 좋아?"

하고 물으니 등 뒤로 가서 다리를 흔들며 대답했다.

"아까 저기 길을 걸어올 때 빵 굽는 냄새가 나서 엄마 생각났는데……."
"그랬구나. 예쁜 내 새끼가 엄마를 닮아 빵 굽는 냄새를 좋아하는구나."

하며 등을 토닥이니 준영의 얼굴에 발그레 웃음꽃이 피었다. 인옥은 빵 굽는 냄새를 맡으면 고향 생각이 났다. 아니 그 냄새가 고향이었다. 어릴 적에 카스텔라 한번 실컷 먹어 보고 싶은 적이 있었다. 갓 시집을 온 숙모가 약속을 해 놓고 한 번도 그 약속을 지키지 않아 기다리다 세월이 흘러 어른이 되었고, 손수 만들어 먹었다. 사 먹을 생각도 했지만 숙모의 약속을 믿었던 탓으로 기다렸던 것인데, 끝내 망각 속으로 사라진 이행되지 않은 약속이 되고만 것이다. 인옥은 길을 걷다가 빵 굽는 냄새가 흘러나오면 행복해지고 편안해져 냄새에도 음악성이 있다고 말한 적 있었다. 민속적인 냄새와 클래식한 냄새, 초원의 냄새와 사막의 냄새. 토속적인 냄새나 이국적인 냄새 그러한 것 말이다. 다 구워진 빵을 우유와 곁들여 준영과 나누어 먹으며 조잘거리는 아이의 목소리를 들으니 자신이 세상에서 제일 복 받은 사람 같았다. 아이의 아빠인 고경석은 오늘 밤도 야근이라 들어오지 못한다고 한다. 아이를 껴안고 자면서 김진우와 본 영화 이야기도 해 주고, 그 삶들에 대해서도 아이가 이해할 수 있을 만큼의 내용으로 설명을 했다. 엄마가 쓴 시나리오라고 말하니 우리 엄마 대단하다며 이불 사이로 엄지손가락을 추켜올리며 자부심을 보였다. 잠든 준영의 얼굴을 지켜보다가 모르는 사이 잠이 들었다. 꿈이 행복했다. 잠을 깨면 사라질 꿈이더라도 오래 머물고 싶은 꿈속의 나라에서 마음껏 자신의 시간을 만끽했다.

  정오가 다 되어 인옥은 진우와 만나 김현아를 찾아갔다. 호텔 입구의 카페에서 기다리고 있는 현아를 보니 어제보다 한층 혈색이 나아 보였다. 볼프강은 잘 다녀오라고 배웅을 하고 일행이 있는 곳으로 올라갔다. 선글라스를 끼고 여러 개의 굵고 가는 곡선으로 겹쳐진 푸른빛의 머플러를 쓴 현아는 세련되어 보였다. 날씬한 몸매와 어울려 이국적인 매력을 풍겼다. 후원자들이 아주 많은 물품들을 선물해 주었다면서 떡도 내놓고 오렌지와 음료도 주었다. 진우의 승용차 안에 그것들을 꺼내 놓는 현아가 남이 아닌 가족과 같다고 느낀 두 사람은 감사하다며 그것들을 한 입씩 떼어 먹으며 여행은 즐거우셨냐고 물었다. 좋았다고, 목소리에 힘을 주어 말하는 현아가 안심이 되고 다행스러웠다. 세 사람은 점심을 먹으며 영화에 대한 이야기를 나누었다. 현아는 너무나 감사할 뿐이라고 두 사람에게 거듭 말하며 그 답례로 오늘 점심을 내겠다고 하여 그러기로 합의했다. 함께 찾아간 음식점은 아구찜을 잘하기로 소문난 집이라서 사람들이 북적거렸다. 고추나 마늘종, 깻잎 같은 밑반찬도 맛깔스러웠고 샐러드도 개운했다. 현아는 고구마튀김을 아주 좋아하여 세 번을 더 주문하여 먹었다. 한국을 떠나서 사니 한국적인 것에 더욱 입맛이 당긴다고 한다. 아구찜에 들어 있는 콩나물이 정말 맛있다고 자꾸만 칭찬을 했다. 그 모습이 왠지 애잔하게 보여 인옥은 김진우를 보며 한쪽 눈을 찡긋했다. 고개를 끄덕이는 진우는 콩나물을 수북이 집어 현아의 접시에 올려놓았다. 현아는 배부르다며 사양하면서도 거듭 집어 입으로 가져갔다.

  점심을 잘 먹고 커피를 마시고 잠시 앉아 쉰 후에 영화관으로 갔다. 진하고 고소한 팝콘 냄새가 코를 찔렀다. 구미를 당기게 하는 이 향 덕분에 많은 사람들이 커다란 팝콘 봉지를 들고 연이어 입속으로 집어넣고 있었다. 이미 배부른 세 사람은 거기엔 관심이 없었다. 영화관 3층으로 오르는 엘리베이터 입구에 붙은 포스터를 가만히 바라보던 현아는 가슴이 먹먹한지 잠시 눈에 물기가 어렸다. 호준 역을 맡은 젊은 배우의 얼굴이 창백하게 웃고 있었다. 다가가 그 얼굴에 손을 얹어 쓰다듬는 현아의 손이 부르르 떨렸다. 주위를 둘러보며 사람들의 표정을 읽던 현아는 이 영화가 관람객들의 사랑을 받고 있음을 직감했다. 관객 수도 제법 많았고 이미 보고 나오는 관람객의 얼굴에서도 촉촉하고 진지한 표정이 느껴졌다. 컴컴한 내부로 들어서며 인옥의 손을 잡는 현아의 손이 뜨거웠다. 고맙다는 인사의 몸짓이었던 것이다. 영화를 보는 동안 숨소리조차 들리지 않는 그녀에게 인옥이 다시 손을 꼭 잡아 주었다. 허허로운 강물 위로 아름다운 음악이 둥둥 떠가고 그 흐름의 끝에서 두 모자는 얼싸안고 울음을 터트렸다. 현실이 아닌 꿈속의 장면이었다.

  영화를 보고 밖으로 나온 그들은 현아를 호텔로 모셔다 드리고 각자의 거처로 돌아갔다. 인옥은 손수 만들어 냉동고에 넣어 두었던 쑥송편을 쪄서 작은 찬합에 담아 왔었는데, 헤어질 때 가방에서 꺼내 현아에게 내미니 감격해 마지않았다. 소중하게 받아 가슴에 안으며 잘 먹겠다고 고맙다고 인사를 하고 또 했다. 호준의 생모는 일행들과 3주 동안의 일정을 보내고 다시 한번 김진우와 인옥을 만나기로 했다. 전국을 순회하면서 성지를 방문하고 그곳에서 미사 참례도 하고 이곳저곳의 관광지를 여행했다. 한 편의 작품으로 남은 아들과 자신의 인연에 대해 생각하면서 지난날들이 너무나 아쉽고 그리운 현아였다. 참아서 되는 일이었다면 끝까지 참아 가정을 지키고 싶었지만, 전 남편이자 호준의 생부인 윤진섭이 그럴 기회를 주지 않고 새 여자와 살림을 차렸기 때문에 어쩔 수 없이 포기를 해야 했다. 잠깐 살았지만 단 한 번도 생활비를 받아 본 적 없는 무책임한 남편이었다. 그러나 지금도 밉지는 않았다. 다만 아들을 생각하면 그런 시간들이 통곡하고 싶을 만큼 가슴이 아팠다. 이런 기억들 때문에 현아는 지금의 남편인 볼프강 외엔 남자들을 별로 좋아하지 않았다. 친척들도 남자 친척은 초대한 적이 없었다. 남자들은 불편하고 만나는 자체가 피곤하다는 생각이 들었다. 스스로 방문하거나 어쩔 수 없이 맞이해야 하는 경우는 그저 의례적인 말 외엔 하지 않았다.

호텔로 돌아와 볼프강과 송편을 나누어 먹고 나머지는 냉장고에 넣었다. 볼프강이 현아보다 더 감동을 하며 고마워했다. 샤워를 하고 단장을 하니 저녁 식사를 할 시간이 다 되었다. 오늘은 한정식을 먹는 날이었다. 낮에 아주 맛있게 먹었던 현아는 저녁 생각이 별로 없었지만 다들 모여서 하는 식사라 참석을 했다. 다양한 메뉴에 풍부한 상차림이 준비되어 있었다. 한우 육회는 야들야들하고 싱싱했고 해물토마토샐러드와 생선가지 요리, 오리로스 편채, 칼칼한 물김치, 매생이죽, 가지튀김 칠리소스도 좋았고 광어회를 유자간장 소스에 생 와사비를 넣어 야채와 먹으니 매우 맛있었다. 잡채와 탕평채 청포묵 해물부침개도 있고 기본 찬으로 새송이 장아찌, 깻잎과 무쌈, 부추와 버섯무침, 묵은지를 헹구어 들깻가루로 맛을 낸 김치도 입맛에 맞았고 생더덕 무침도 괜찮았다. 마블링이 예술인 생갈비와 더불어 양념갈비도 나왔는데 달지도 짜지도 않아 먹기가 부담스럽지 않았다. 조개가 들어간 된장찌개는 언제 먹어도 몸과 마음과 영혼까지 편안케 하는 음식이었다. 후식으로는 비빔냉면을 먹고 복분자 음료를 마셨다. 모든 음식들이 도자기 그릇에 차려져 있어 고급스러웠고 대접받는 기분이 들었다. 저녁에 연극 공연을 보는 시간이 주어져 조금씩 골고루 맛을 보았는데 한국의 음식이 소박하면서도 대단히 화려하고 건강에 도움이 되는 약선(藥膳) 음식이 많다는 생각에 새삼스럽게 자부심을 느꼈다. 볼프강은 한국의 어떤 음식이든지 한국인보다 더 좋아하고 잘 먹었다. 잡채를 대단히 좋아하고 떡들도 잘 먹는데 다만 흰 가래떡만은 맛을 모르겠다고 했다. 조청에 찍어 한 입 넣어 주면 겨우 한 번 먹고는 손사래를 쳤다. 현아는 가래떡이나 납작하게 무늬를 넣어 뺀 흰색 절편이나 쑥절편도 좋아해서 어디든 가서 이 떡만 나오면 제일 먼저 손이 갔다.

공연 시간까지 약간의 시간이 남아 삼삼오오 모여 차를 마시고 담소를 나눴다. 서로 아는 사람들도 있고 처음 만나 알게 된 경우도 있는데 고국 여행 덕분에 모두가 화기애애한 분위기였다. 동행한 독일인들도 다들 좋은 인상을 지닌 사람들로 말은 통하지 않아도 마음으로 통하는 절반은 한국인인 셈이다. 아이들이나 그 외 가족 친지들로 인해 한국과는 인연이 깊은 사람들이니 호의를 가지고 무언의 대화를 했다. 웃는 표정 하나에도 좋은 감정이 묻어나 따뜻함이 느껴졌다. 독일의 전역에서 모여든 사람들로 가이드가 통역을 하면 박장대소를 하며 웃기도 하고 유쾌하게 대화를 하면서 서로의 친밀감을 높여 주었다. 챙이 있는 모자에 노란 셔츠를 입은 작달막한 여자는 연신 현아를 보며 큰소리로 이야기를 하고 있었다. 호의를 느꼈는지 옆자리로 다가가 스마트폰으로 사진도 찍고 자신의 젊은 날의 이야기도 하고 친정집에 대한 추억도 말하며 현아와 볼프강에게 잉꼬부부라고 참 보기에 좋다고 칭찬을 했다. 관람 시간이 되어 모두 연극을 보러 홀 안으로 들어갔다. 부조리극인 사무엘 베케트의 〈고도를 기다리며〉 연극 포스터가 좌우의 벽에 붙어 있었다. 제2차 세계 대전 이후에 등장한 극으로 프랑스를 중심으로 1950년대부터 1960년대 초까지 서유럽을 풍미했던 부조리극, 반연극, 전위(Avantgarde) 드라마라고도 하는, 부조리극의 극치이다. 구원자 '고도'를 기다리는 이 시대의 많은 사람들에게 깊은 사색을 하게 하는 연극이었다. 한국의 연극인들이 펼치는 장면마다 허무함과 허탈감, 의문점과 다함없는 기다림이 끝없이 배회하고 있었다.

사색의 바다

집으로 돌아온 인옥은 집과 집필실을 오가며 청소를 하고 정리 정돈을 했다. 책장의 책들 위에 쌓인 먼지를 털고 화분에 물을 주고 식탁에 덮인 식탁보도 새것으로 갈아 주었다. 시계가 7시 38분에 멈추어 있어 주인 없는 방을 느끼게 했다. 배터리를 교환하고 밖으로 나와 숲으로 들어가니 꽃과 나뭇잎들이 창문을 닫고 고요했다. 나무들의 시간이 멈추어 곳곳에 쌓여 있었다. 살붙이들과 작별을 하고 허리를 펴고 선 감나무 사이로 찬바람이 오갔다. 수북한 잎들 속에 남방씨알붉나비 한 마리가 누워 있었다. 뒷날개에 C(씨) 자 무늬가 있어 그런 이름이 주어졌는데 월동 준비를 하는 것이다. 애벌레는 환경 파괴 식물인 환삼덩굴(율초)을 먹고 자라는데 환삼덩굴은 토끼도 잘 먹고 사람도 먹을 수 있는 흔한 식물이다. 기침을 멎게 하고 위장을 튼튼하게 하고 손발이 저리거나 시력 장애 그리고 고혈압과 아토피 등에도 좋다고 알려져 있어 쌈이나 분말로 만들어 먹기도 한다. 데치면 꺼칠꺼

칠한 느낌이 없어 나물로 먹기도 하는데 인옥은 가끔 환삼덩굴을 한 바구니 뜯어 데쳐서 참기름과 진간장, 마늘과 파를 넣어 무쳐 먹곤 했다. 자연 속에 살면 천지에 먹거리들이 있어 찬을 걱정하지 않아도 됐다. 저만큼 겨울 강변에 잔설 같은 물억새가 하얀 손을 흔들며 철새들에게 안녕을 하고 산수국의 헛꽃도 고개를 떨구고 제 사명을 다한 듯 하얗게 퇴색하여 말라 버렸다. 세상일에 쫓겨 살아온 나그네를 기다리는 물푸레나무는 얼마나 오래 차가운 강물에 종아리를 담그고 있었을까. 우듬지를 주억거리며 강물 속의 여행자들에게 안부를 묻는다. 바람이 몰려갔다 몰려오며 강가에 낙엽송들을 데려다주고 마지막 남은 햇볕의 열기로 불꽃놀이를 하며 빨갛게 타오른다. 볼이 붉은 아기 감 하나가 잔가지에 매달려 그네를 타다가 강물 속으로 잠수하고 조용히 날이 저물었다. 유현한 골짜기의 나무들이 앙상한 손을 뻗어 하늘을 향해 기도를 올리고 아직 목숨이 남아 있는 것들과 단합 대회를 하며 숲의 겨울을 준비한다. 표조(漂鳥)들이 찾아올 날이 멀지 않았다. 흰뺨검둥오리 몇 마리가 물속으로 자맥질을 하고 있다.

겨울의 정취를 온몸으로 느끼며 물가를 서성이다 그이의 집을 바라보니 연기가 피어오르는 게 보였다. 앞 베란다 쪽은 반투명 유리로 되어 있어 내부가 잘 보이지 않았고 뒤 베란다 쪽에는 굴뚝이 하나 서 있었다. 이따금 군불을 때서 뜨끈하게 방을 데워 청국장을 띄우거나 무얼 말리거나 찜질방 대용으로 사용하기도 한다. 구들장이 얼마나 뜨거운지 인옥이 그 방에 한번 들어간 적이 있었는데 한자리에 앉아 있지 못하고 이리저리 옮겨 가며 고구마와 식혜를 먹었었다. 몸이 노곤하고 상태가 안 좋을 때 들어가 지지면 물리 치료실이 따로 없었다.

눈 쌓인 날에 생각나는 정겨운 방이었다. 오늘은 무슨 일로 연기가 오르는지 궁금했다.

인옥은 집필실로 돌아와 저녁을 먹었다. 손수 담근 배추김치와 총각김치 그리고 갓김치와 갈치를 구워 청국장찌개에 담백하게 먹었다. 김치는 조금 담가서 먹고 모자라면 친정어머니에게 가서 얻어 왔다. 요즘 새로 시작한 800매짜리 원고를 쓰기 위해 책상 앞에 앉았다. 음악 파일을 열어 영화 〈Nyfes(新婦들)〉의 수록곡을 틀어 놓고 잠시 묵상을 했다. 항상 글을 쓰기 전에 준비 운동 같은 걸 하는데 대부분 음악을 듣는 경우가 많았다. 음악은 다양하다. 팝송이나 클래식, 세미클래식, 가요, 복음 성가, 제3세계 음악, 뉴에이지 명곡, 팝페라, 재즈, 영화 주제가, 드라마 OST 등 그때의 기분에 따라 선곡을 하여 들었다. 때론 차를 마시기도 하고 생각에 빠져 먼 산을 바라보기도 했다. 〈신부들〉의 주제가는 인옥이 자주 듣는 음악이다. 그리스의 작곡가 겸 프로듀서인 스타마티스 스파노우다키스(Stamatis Spanoudakis)의 은은하고 신비로우며 품격 높은 선율이 가슴 깊은 곳의 감성을 자극하여 몰입하게 했다. 1922년 그리스-튀르키예의 전쟁 이후 소용돌이치는 사회적 상황을 배경으로 한 영화인데, 서신 그리스-튀르키예 교환과 사진 한 장을 들고 남편을 찾아 뉴욕으로 가는, 이 시대의 '다문화 가정'의 여인들과 비슷한 상황에 처한 여인들이 나왔다. 이 영화는 그리스 영화상을 받기도 했는데 700명의 신부들의 생생한 삶과 애환이 펼쳐졌다. 지금의 현실에서 이제는 특별할 것도 없는 일이 되었지만 그 시대의 여인들에게는 엄청난 용기와 결단이 필요한 일이었을 것이다. 5분여쯤 지났을까. 음악을 감상하며

사색의 바다

써 놓았던 원고를 다듬고 있는데 밖에서 발소리가 들렸다. 잠시 후 진영숙의 목소리가 한적한 마당에 울렸다.

"서 작가님, 잠시 들어가도 될까요?"

인옥이 좁은 여닫이문을 열고 내다보니 어떤 여자와 둘이 서 있는 게 보였다. 그 여자는 예쁜 핑크의 긴 코트를 입었는데 머리는 짧은 단발이었고, 안에 받쳐 입은 흰 블라우스가 우아하게 보였다. 날씬한 키에 머릿결이 곱게 찰랑거렸고 그 아래에 살짝 두른 연두색 스카프가 바람에 날리고 있었다.

"어서 들어오세요. 밖은 많이 추울 텐데……."

인옥은 서둘러 난로 속에 장작을 더 집어넣었고 두 여인은 들어와 거실의 통나무 위에 앉았다. 진영숙은 옹이가 박힌 탁자 위에 들고 온 작은 케이크 상자와 떡 한 접시를 내려놓았다.

"오늘이 제 귀빠진 날이거든요."

진영숙이 작은 소리로 웃더니 그 여자의 어깨에 손을 얹으며, 이쪽은 제 친구이자 진우 씨의 처 오영애라고 소개를 했다. 인옥은 조금은 당황해하며 오영애가 내민 손을 잡고 악수를 나누었다.

"처음 뵙겠습니다. 오영애입니다."

"반가워요. 서인옥이라고 해요."

인사를 나눈 후 사과와 바나나 배를 깎아 하얀 코렐 접시에 담고, 펄펄 끓여 우려낸 발효 생강차의 진한 향이 풍기는 잔에 가늘게 채를 썬 대추와 잣을 띄워 쟁반에 받쳐 들고 나왔다.

"이렇게 생각지 않은 손님이 오시니 좀 당황스럽기는 하지만, 반갑네요. 그런데 생일 선물을 준비 못 해서 어떡하죠?"
"아이참, 전번에 머플러 주셨잖아요. 얼마나 따뜻한지 잘 두르고 다녀요."
"몰랐는데, 그렇게 선물이 됐나요? 호호……."

오영애를 곁눈으로 살피던 인옥은 그녀가 은근하면서도 거침이 없고 세련된 스타일이라고 느꼈다.

"생강차가 참 좋네요……. 서인옥 님의 시집 잘 읽었습니다. 공감되는 부분들이 많았고 너무 감동적이었어요."
"읽어 보셨군요. 좋은 감상평 감사합니다. 오영애 씨도 시인이고 작가라고 들었어요."

그녀의 오래된 비밀 노트를 김진우로부터 받아 읽었다는 말은 차마 할 수 없었다. 차와 과일을 먹으며 천천히 진영숙이 말을 꺼냈다.

"이 친구가 한동안 소식이 없더니 며칠 전 갑자기 오겠다고 전화가 왔어요. 죽었는지 살았는지 소식이 뚝 끊겨 얼마나 걱정했는데……."
"미안하다. 내 삶이 그렇게 돼서……."

오영애의 얼굴빛이 어두워졌다. 그러나 금방 다시 그녀만의 생기가 돌았다. 어떤 상황에서도 절망이란 건 안 할 유형의 여자 같았다.

"그래서 빨리 오라고 불러들여서 이렇게 오게 되었어요."

진영숙은 친구의 손에 과일 조각을 포크로 찍어 건네며 어서 먹으라고 권했다.

"진영숙에게서 들었어요. 서인옥 님과 진우 씨가 서로 잘 알고 지내는 사이라고……."

그 말을 듣던 진영숙이 얼른 한마디 했다.

"오영애가 서 작가님에게 할 말이 있다고 해서요. 이렇게……."
"그래요? 궁금한데요. 어떤?"

한참을 앉아 말없이 창밖을 보며 차를 마시던 오영애가 입을 열었다.

"진우 씨…… 지금 건강이 별로 안 좋아요. 제가 이런 말할 자격이 없는 줄은 아는데 제 책임도 있으니……."

무슨 말을 하려는지 자꾸 뜸을 들였다.

"진우 씨, 서인옥 님 많이 좋아합니다. 마음에 위로라도 되었으면 해서……. 좀 챙겨 주시라고……."
"제가 어떻게 챙겨 드리면 되는데요. 너무 오해는 하지 마세요."

그녀가 어떤 생각을 하고 있는지 모르지만 들어보아야 알 것 같았다.

"우리 아들, 김이원……. 내게는 우리 아들이지만 진우 씨 아이 아닙니다."
"……?"

인옥은 조용히 앉아 들었다.

"그이가 서 작가님 만난 후 한국에 온 나와 연락이 되었는데 그런 마음 알려 주더군요."
"……."
"그런 사실 모르고 그이와 결혼했는데, 나중에 알게 되었어요."
"……."
"다 지나간 일이고요. 제 잘못이지요."
"……."
"저는 지금 미국에 살고 있어요. 아이 데려가려고 왔구요. 일부러 이 친구 생일에 맞추어 왔는데……. 서인옥 님과 그런 사실 알게 되었고요."
"우린 그냥 고향 오빠와 동생으로 지내는데……."

사색의 바다 255

"알고 있어요. 하지만 다른 관계라 해도 제가 참견할 일은 아니기에……."
"……."

한참을 놀란 듯 듣고 있던 진영숙이 친구의 얼굴을 보다가 다시 서인옥을 바라보며 말했다.

"저도 이런 일은 몰랐어요. 듣고 보니 모든 상황이 이해가 갑니다. 너…… 그런 말을 왜 이제야 하니."
"하고 싶지 않았어. 무슨 자랑이라고……."
"그럼 너, 그때 그 송민호 씨와……?"
"응, 맞아. 진우 씨 친구인 민호 씨와 그렇게 됐어. 결혼 전에…… 그런데 부모님이 막무가내로 반대를 했고……."
"와, 너 대단하다. 마음에 딴 사람을 두고 어떻게 결혼을 생각할 수가 있니. 그것도 모르는 사람도 아니고 친구 사이에……."
"어쩔 수 없었어. 그 무렵에 우리 집에선 아버지가 쓰러지고 난리가 났었으니까. 그런데 진우 씨가 이혼만은 하지 않겠대. 딸 채원이 때문에…… 그냥 별거로 살자고."
"너나 진우 씨 모두 대단해. 우리 그이 같으면 절대 못 참았을 거야."

둘의 대화를 묵묵히 듣고 있던 인옥은 오영애에게 물었다.

"그런데 진우 씨는 어떻게 건강이 안 좋은가요?"
"말은 안 하는데 무슨 약인가를 복용하고 있는 걸 보았어요. 최근에……."
"그래요……?"

요즘 얼굴색이 유난히 창백하다는 건 느꼈지만 원래 하얀 피부를 지닌 사람이라 차가운 기온에서는 좀 더 그렇게 보이는 거라고만 생각했었다. 진영숙이 다시 물었다.

"영애야, 그럼 송민호 씨는 어떻게 됐니?"
"이 세상에 없어. 심장 마비로 세상을 떴어."

오영애는 그를 무척 사랑했었나 보다. 그 말을 하면서도 눈시울이 붉어져 금방이라도 눈물이 떨어져 내릴 것만 같았다.

"부탁하신 말은 참고할게요. 하지만 저도 자유로운 몸은 아니랍니다. 이렇게 별거는 하고 있지만……."

그녀는 말을 하는 인옥을 가만히 들여다보더니 다시 대꾸를 했다.

"공인된 서류 때문에 사랑하는 건 아니잖아요. 한 사람이 다른 한 사람에게 마음이 가는 건 어쩔 수 없다고 봐요."
"진우 씨가 왜 그렇게 스산하고 마음 시려했는지 알 것 같아요. 항상 무거운 짐 하나를 어깨에 짊어진 사람처럼 하고……."
"미안해요……. 서인옥 님께 이런 말하는 거 이치에 맞지 않지만, 그저 죗값으로 조금이나마 그이에게 도움이 되었으면 해서요."
"그렇군요……."

사색의 바다

어두워진 산기슭에 누군가 올리다 걸린 방패연의 한 종류인 청초연 하나가 바람에 팔락거리고 있었다. 저 높은 산등성을 톺아 가다 지쳐 그대로 누워 버렸나 보다. 그래도 일어나려고 몸부림하는 듯 쉼 없는 진행형의 몸짓으로 자신의 존재를 알리고 있었다. 흔들리는 나뭇가지와 더불어 바람의 율동을 온몸으로 느끼며 호흡하다 그마저도 기능을 다하면 삭아 무너질 것이다.

그이들이 돌아가고 인옥은 멍하니 창밖을 내다보고 있었다. 눈이 내리기 시작했다. 조금씩 내리더니 점점 폭설로 변해 갔다. 그 눈이 청초연을 덮고 헐벗은 나무들에게 옷을 입혔다. 눈꽃이 피었다. 겨울 꽃은 다른 계절의 꽃보다 색다른 느낌이 있다. 눈 꽃숭어리들이 매달린 마른 가지들은 새로운 형국의 낙원을 열어, 보는 사람들로 하여금 명경의 환희를 맛보게 한다. 영원할 듯한 한겨울의 유토피아가 산중에 도래하는 것이다. 언제 그칠지 모를 수백만의 눈송이들이 쏟아지는 횐한 골짜기에 어디선가 날아온 독수리 한 마리가 아주 몽환적이다. 아리잠직한 겨울 팬지가 앉아 있는 직사각형의 나무 화분에도 차곡차곡 하얀 겨울이 담겼다.

행복이란 무엇인가. 행복은 어디서 오는 것인가. 그리고 어떻게 누리고 쟁취하는 것인가. 극작가이자 소설가이고 평론가인 조지 버나드 쇼(George Bernard Shaw)가 말했다. 재물을 스스로 만들지 않는 사람은 쓸 권리가 없듯이 행복도 스스로 만들지 않는 사람에게는 누릴 권리가 없다고 했다. 완약한 김진우의 성품만큼 그의 삶도 그러했으면 좋으련만 한눈팔지 않고 살아가는 그에게 너무 가혹한 삶의 짐이 드리워진 것 같아 인옥은 또 마음이 아팠다. 사랑하는 딸을 위해서 이혼을 하지 않고 자신의 홀가분한 삶을 챙기지 않는 그가 안타깝기도 했다. 인옥이 자신이나 별반 다를 게 없는 삶이 아닌가. 무엇이 진정한 행복이고 어떤 길이 올바른 길인지 살다 보면 아리송해질 때가 참 많았다. 사람의 감정이란 것을 무시한다면 간단한 일이지만, 애매하고 신비하기조차 한 인간의 정서가 얼마나 여러 겹의 옷을 입고 있는가. 이글루 같은 집필실의 적막 속에서 인옥은 사색의 바다에 빠져 잠이 들었다.

이른 새벽에 잠에서 깨어나니 폭설은 잦아들고 마지막 추임새인 양 흰 눈 몇 가닥이 나풀나풀 춤을 추고 있었다. 우련한 산길에 산토끼가 지나갔는지 가는 선이 나 있었다. 잠든 사이에 문자가 왔다. 김현아에게서 온 것이다. 안 그래도 보고 싶었던 차에 얼른 메시지를 읽었다.

- 잘 지내고 있지요. 내일 전주에 오실 수 있는지 궁금해요. -

그동안 즐거운 여행이 되었을까. 현아의 군살 없는 몸매와 갸름하고 날렵한 외모가 떠올랐다. 머리숱이 그리 많지 않아 자주 머리에 신경을 쓰던 생각이 났다.

- 네, 가겠습니다. 여긴 눈이 많이 왔어요. 별일 없으시지요? -

답장을 하고 난로에 다시 불을 지폈다. 장작이 타들어 가는 소리가 타닥거리며 고요를 깨뜨렸다. 거실 중앙에 자리한 황토를 두껍게 발라 만든 난로는 전기도 아끼고 분위기도 살려 주는 인옥의 작품이다. 소박하지만 그 앞에 앉으면 난방과 조명의 이중 역할을 하여 굳이 아파트로 가지 않아도 겨울을 지낼 수 있었다. 다만 아이를 데려오거나 여러 명의 친척의 방문이 있을 땐 대접하기 편리한 아파트 집으로 갔다.

어제 쪄 놓은 단호박을 데워 우유와 꿀과 함께 믹서기로 호박죽을 만들어 나무 숟가락으로 떠먹었다. 개운하고 달착지근한 맛이 따뜻하고 부드러워 과거의 기억이나 세상 모든 것들이 오련해진 듯 이 순간 아무런 생각도 나지 않았다. 저 티 없이 새하얀 눈밭에 빨간 양귀비 한 송이 피어난다면 얼마나 섬뜩하고 고혹적일까, 하는 생각이 갑자기 들었다. 호준이 보았던 독일의 밀밭에 핀 그 양귀비가 떠올라 어른거렸다. 홀로 태어나 홀로 떠난 그가, 그들이, 그것들이 사무치게 그리워지는 시간이었다. 왜 많은 사람들이 그토록 외로워하는 걸까. 군중 속의 고독이란 말은 왜 생긴 것일까. 눈 쌓인 고립된 섬 같은 산속에서 느낄 수 있는 고독한 평화가 그다지 싫지 않은 건 또 무슨 까닭인가. 김진우와도 연락이 되었다고 현아에게서 다시 연락이 왔다.

요리와 심리학에 관련된 책을 읽다가 간단히 화장을 하고 뜨거운 코코아를 한 잔 마시고 나와 버스 정류장으로 향했다. 진영숙의 집 굴뚝에서 연기가 피어올랐다. 어느새 일어나 불을 지피고 있는지 진회색의 연기가 일직선으로 솟아오르고 있었다. 마당에서는 흰 강아지 두 마리가 눈 위를 구르며 장난을 치고 있었다. 그야말로 언덕 위에 하얀 집 풍경이다. 이 마을은 참으로 아름다웠다. 여름이나 겨울이나 봄가을 할 것 없이 계절마다 사람의 마음을 붙드는 묘한 매력이 있었다. 신선하고 오염되지 않은, 마을 안으로 흐르는 작은 물길까지 있어 사람들은 이 물을 식수로 사용하기도 했다. 어디서 흘러나오는 것인지 수원은 알 수 없지만 수질 검사에서도 적합 판정을 받은 1급수의 귀한 대접을 받는 물이다. 발목까지 빠지는 눈을 밟고 걸으니 훨씬 힘들고 운동량이 많아졌다. 머리에 챙이 달린 뜨개 모자를 쓰고 코끝에 찬 기운이 느껴져 울 실로 짠 머플러로 감싸고 중무장을 했다. 장갑을 낀 손에도 냉기가 느껴져 코트 호주머니에 두 손을 집어넣었다. 가죽 부츠에 물기가 닿아 자꾸만 발을 동동 구르며 물방울을 떨어내며 걸었다. 어깨에 멘 가방이 흔들거리며 책의 무게를 느끼게 만들었다. 자투리 시간에 읽을 책을 담아 가방만 열면 항상 만물상인 인옥의 생활 습관을 엿보게 하는 가방이다. 약속한 저녁 시간까지는 아직 여유가 있어 집으로 가서 시간을 보낼 요량으로 천천히 걸었다. 나무에 햇살이 비치니 눈부신 빙화가 피어났다. 투명한 저 아름다움을 어디에 비길 수 있으랴. 추워야만 피어나는 동장군의 꽃. 내부도 외면도 똑같은 화려한 순백의 미의 사절단. 결코 지워 낼 수 없는 환상의 계절 영감이 서린 저 꽃. 내부로 스며드는 그 꽃의 향기를 맡으며 잠시 눈을 지그시 감았다. 가슴이 두근거리며 결혼 전의 자신이 그리워졌다. 홀로 빛나는 별처럼 아득하고 서늘한 기억 하나가 뽀드득 소리를 내며 사뿐히 인옥의 발밑으로 떨어졌다.

언젠가 남편 고경석과 함께 덕유산으로 겨울 산행을 했던 적이 있었다. 처음으로 오른 고산이기에 많이 힘들기는 했지만 대피소에서 1박을 하며 마음이 충만했던 기억이 있다. 일몰과 일출을 가까이에서 지켜보며 자연의 위대함과 경이로움을 만끽했다. 높은 곳에서 바라보는 샛별은 얼마나 초롱한 빛을 내뿜으며 맑은 동양화를 선물했던가. 어머니의 품 같은 산중에서 다른 일행들과 보낸 그 밤은 두고두고 입가에 잔잔한 미소를 매달게 했다. 그 높은 곳에 나도 오를 수 있다는 뿌듯함과 사방이 캄캄한 어둠의 성벽에 갇혀 지상과 단절된 고립감도 추억의 명산으로 남기기에 충분했다. 수많은 종류의 나무들과 특히 주목나무에 쌓인 눈꽃의 아름다움은 이루 말할 수 없는 비경이었다. 한국의 미는 아마도 이런 산속에 숨어 있는 거라고 인옥은 생각했다.

정류장으로 가니 마을 어르신 한 분도 차를 기다리고 있었다. 인옥의 집필실에서 그리 멀지 않은 곳에 사시는 반연순 할머니다. 그 어르신 댁에는 밤나무 세 그루가 나란히 줄지어 있다. 밤은 작지만 단단하고 맛이 좋은 알밤이다. 인옥도 그 밤을 맛본 적 있었다. 밤은 삶지 않고 쪄서 먹어야 맛있다는 할머니의 설명으로 이제까지 삶았던 습관을 버리고 이젠 쪄서 먹는다. 역시 훨씬 맛이 좋았다. 자식들을 훌륭하게 길러 내어 모두가 도회지에서 잘 살고 있는데 아마도 자식들을 방문하려는가 보다고 생각했다. 너덜겅을 걸어 나온 반연순 할머니의 신발도 모두 젖어 있었다. 발등 부분에 털이 부착되어 있어 시린 발을 보호해 주니 괜찮다고, 묻지 않아도 쌓인 눈의 높이에 불편하지 않음을 알려 주었다. 보따리와 커다란 가방 안에 무얼 잔뜩 담았는지 불룩하게 배가 나와 있었다. 시내로 나가는 버스를 같이 탔다. 중간쯤에서 인옥은 내리고 할머니는 터미널까지 가신다고 했다. 내려서 버스를 바라보며 손을 흔드니 어르신도 온화한 시선으로 인옥을 보며 함께 손을 흔들었다. 성품이 따뜻한 사람은 사람을 잘 키워 내는 저력이 있는 거라고 그 할머니를 보면 느끼게 된다.

― 생각이 너그럽고 두터운 사람은 봄바람이 만물을 따뜻하게 기르는 것과 같아서, 모든 것이 이를 만나면 살아난다. 생각이 각박하고 냉혹한 사람은 북풍의 한설이 모든 것을 얼게 함과 같아서, 만물이 이를 만나면 곧 죽게 된다. ―

《채근담》의 저자 홍자성의 말인데 한 치도 틀림이 없는 말이라는 걸 살아가면서 더 깨닫게 된다. 반연순 할머니의 장남은 외과 의사이고 둘째 아들은 검사다. 딸 둘은 교사이고 막내는 약사인데 제약 회사의 연구실에서 근무하고 있다. 그래도 두 노인들은 참으로 겸손하시다. 언제나 텃밭을 잘 가꾸시어 보기가 좋았다. 고추며 생강, 상추, 마늘 등 채소들을 키워 자식들에게 보내고 밤도 따면 잘 갈무리해 두었다가 집에 오는 자식들에게 한 자루씩 들려서 보내곤 하신다. 할아버지께서는 막걸리를 좋아하고 사람 좋기로 소문이 난 양반이다. 귀가 약간 어두우신데 김진우도 이 노인과 술자리에 함께했던 적이 많았다. 김진우를 언필칭 아들이라 말하며 술을 권하고 안주를 집어 주며 매우 좋아하신다. 작은 시골 마을이니 나와 남의 경계가 별로 없어 모두가 한 가족 같았다.

전주로 갔다. L 호텔로 가서 커피숍에서 2층 프런트에 전화를 했다. 곧 관광버스가 도착한다고 알려 주었다. 혼자 앉아 있기가 멋쩍어 밖으로 나와 주차장으로 가니 마침 김진우가 승용차에서 내리고 있었다. 왼손에 쇼핑백 하나가 들려 있다. 역시 조금의 오차도 없이 분명한 사람이었다. 진우를 보며 미소를 짓고 있는 인옥에게 다가와 오른손으로 어깨동무를 하듯 감싸 안고 커피숍으로 와서 마주 앉아 차를 주문했다. 인옥은 허브차를 김진우는 아메리카노 커피를 마셨다. 인옥도 나름대로 최대한 잘 갖추어 입고 왔는데 김진우도 말쑥한 실크 양복에 넥타이를 매고 왔다. 검은색 윗저고리 주머니에 흰 손수건까지 꽂아 예의를 다한 듯한 모습이 보였다. 오늘은 개인이 초대를 한 것이 아닌 나라를 위해 해외에서 수고를 한 독일 교포 가족들을 초대하는 자리로 도지사가 베푸는 만찬이었다.

"언제 도착했어?"

김진우는 항상 행동보다 말이나 질문이 늦은 사람이다.

"방금 왔어요. 오시느라 수고 많았지요?"

그는 함께 있는 것만으로도 참 좋은 사람이었다.

"뭘, 즐거운 마음으로 왔는데……."

눈처럼 새하얀 그의 얼굴에 웃음이 어렸다.

"전 이미 버스가 도착한 줄 알았어요."
"그러게. 여행할 땐 항상 이런 일이 비일비재하잖아. 좀 기다리면 올 거야."

향기로운 커피 향이 두 사람의 마음을 여유롭게 했다. 주인 여자는 몸집이 두툼했다. 밝은 표정으로 이들을 보며 말을 건넸다. 기다리면 곧 올 거라고 진우와 같은 말을 했다. 쟁반에 빵을 담아와 키위주스와 먹는 모습이 영락없는 가정집의 주부와 같았다.

"참, 진우 오빠 건강이 안 좋으세요?"

진우가 걱정스레 묻는 인옥을 살피며 대답했다.

"왜? 그렇게 보여? 걱정할 정도는 아닌데……."

어떻게 알았느냐는 시선으로 약간 놀란 듯한 목소리다.

"그래도 창백하잖아요. 언제나 뽀얀 얼굴이니 분간하기는 어렵지만……."
"괜찮아. 약 먹으면 나아질 거야. 그런 본인이나 잘 관리하셔."

괜찮다는데 더 물을 수는 없었다. 그가 쇼핑백에서 꺼낸 술 한 병이 그의 앞에 놓여 있었다.

"이거 와인인데 현아 씨와 볼프강에게 선물하려고 가져왔어. 나도 어디서 받은 건데……."

현아도 자신의 책과 스카프를 그들 부부에게 선물하려고 준비했다.

"좋아하시겠어요. 제 선물도 마음에 들어 하실까요?"
"그럼, 당연하지. 그 분들은 따뜻한 사람들이잖아."

도착한다는 시간이 지났는데도 관광객을 태운 버스는 오지 않았다. 다시 프런트에 확인을 하니 30여 분이 더 걸릴 거라고 했다. 두 사람은 배가 고파 왔다. 하지만 근사한 만찬을 먹기 위해서는 위를 비워 놓아야 하기 때문에 참았다. 침묵을 깨며 다시 진우가 말했다.

"이 술은 마르께스 데 까사 콘차 시라인데 칠레산이야. 칠레 건국 200주년 기념 건배주로 선정되어 대통령의 와인이라고 불린다나 봐. 프리미엄 와인이지."
"맛이 좋겠네요. 진우 오빠도 마시지 않고 가져왔다는 건 그분들을 생각하는 마음이 크다는 걸 의미하네요."

나직이 혼잣말을 하듯 인옥이 말했다.

"그렇지. 나도 그 마음을 아니까. 특히 현아 씨의 그 애통해하는 모습을 본 후로 더 그런 마음이 들었어."

자신의 죽은 여동생과 부친이 아련한 기억의 울타리를 넘어와 갑자기 목이 메었다. 그러한 것들을 떨구어 내기라도 하려는 것처럼 드디어 버스가 도착했다. 앞에서부터 한 사람씩 내리기 시작하더니 가운데쯤에서 볼프강과 김현아가 내려왔다. 김진우와 인옥이 다가가니 아주 반가운 기색으로 어쩔 줄 몰라 했다. 이렇게 와 주어서 정말 고맙다고 거듭 말했다. 오히려 이쪽이 가족으로 초대를 해 주어 고맙다고 해야 할 일인데 두 분들이 더 고마워했다. 인사를 나눈 후 인옥과 김진우가 선물을 드렸다. 생각지 않은 선물을 받아들고 이런 것들을 어떻게 독일로 다 들고 가느냐는 말로 고마운 마음을 대신했다. 그리고 자신들이 묵고 있는 숙소로 올라가 씻고 다시 만찬회장으로 갈 것이니 먼저 가 있으라고 했다. 볼프강이 인옥에게 가만히 다가와 뭐라고 말을 했는데 알아들을 수가 없었다. 다만 짐작으로 송편을 손수 만들어 주어 고맙다는 인사 같았다. 알아들은 듯 고개를 끄덕이며 네, 하고 대답했다. 그 눈빛이 어찌나 진솔하던지 볼프강의 사람 됨됨이에 감탄을 했다. 대부분의 독일 사람은 허례허식이 없고 인사를 알고 예의를 갖추는 사람들이라는 푸근한 생각에 고개가 절로 끄덕여졌다.

저녁 식사 시간이 되어서인지 많은 사람들로 붐볐다. 만찬회장은 전주에서 유명한 V 정통 중국집이었다. 이번에 여행을 온 독일 교포들은 대부분 나이가 지긋하고 연세가 있어 행동이 부자유스럽기 때문에 여행하는 내내 서두르지 않고 그분들의 행동에 맞추어 이동한다고 현아 씨가 알려 주었다. 싸늘한 기온 때문에 밖에서 기다리기 힘들어 안으로 먼저 들어가니 젊은 여성이 중국 전통 복장을 하고 입구에서 인사를 했다. 고소하고 입맛 당기는 기름 냄새가 진동을 했다. 가뜩이나 배고팠던 두 사람은 앉아 있기가 매우 거북스러웠다. 웨이터들이 들고 가는 음식과 옷에서 해물의 진한 소스 냄새와 육류의 튀김향이 배어났다. 식사를 마치고 나가는 사람들의 신발에서도 맛난 음식 냄새가 나는 듯했다. 모임이 있는 팀들의 명칭이 줄줄이 적혀 있는 게시판을 보니 많은 단체들이 예약했다는 것을 알 수 있었다. 두 사람 모두 이곳은 처음 와 본 정통 중국집이었다. 건물의 화려함이나 안에서 접대하는 직원들의 수를 헤아려 볼 때 무척 큰 규모로 운영되고 있었다. 인옥의 배에서 꼬르륵 소리가 나자 김진우가 물을 한 컵 가져다주었다. 마주 보며 웃다가 둘은 한쪽에 놓인 붉은 소파에 나란히 앉았다. 옆의 진열대 속에 책들이 줄줄이 꽂혀 있어 인옥은 아무거나 한 권 빼어 들었다. 어느 무명 시인의 시집이었다. 테이프도 있고 사진도 들어 있고 그림도 삽화로 그려져 있었다. 전라도 지방의 방언과 토속 음식의 특색이나 민속적인 것, 오래된 건축물을 소재로 하여 쓰인 시들이 대부분이었다. 조금씩 읽다 보니 재미가 있었다. 손님들이 문을 여닫을 때마다 찬 기운이 밀려와 자꾸만 밖을 내다보며 두 번째 버스가 오는지 확인을 했다. 시집을 중간쯤 읽으니 불빛이 밝아지며 여행자들이 도착했다. 모두 2층으로 올라갔다.

　음식이 차려진 테이블이 꽤 정성을 들인 듯 정연하고 깔끔했다. 배고픈 것을 참은 보람이 있었다. 하나둘씩 다른 가족들도 들어와서 자리에 앉아 가이드의 말에 귀를 기울였다. 그는 관공서에서 나오신 분들의 통역을 맡아했다. 그가 한국어와 독일어에 능통하니 아무런 불편함이 없었다. 이곳에 앉아 계신 분들은 모두가 한국의 산업 전사로서 나라를 위해 일하고 수고한 애국자라고 칭송을 했다. 그런 가이드 본인도 마찬가지로 나이가 들도록 산업의 역군으로 일했던 사람이다. 아기를 포대기에 안고 와서 맨 앞에 나가 자신의 손자 자랑을 하는 남자를 향해 모두가 한껏 축하를 하며 기뻐했다. 황진이의 시를 낭송하고 통역에 자유로운 해설까지 곁들이는 안내자 덕분에 수시로 웃음보따리가 터지며 허물없는 분위기가 무르익었다. 한 가지 음식을 먹고 나면 다시 새로운 메뉴의 음식이 나오는 횟수가 몇 번인지, 평생 먹어도 못다 먹고 죽는다는 중국 음식의 가짓수를 헤아릴 겨를이 없었다. 배가 너무 불러와 약간씩 맛만 보는 수준으로 먹어도 나중엔 포만감으로 허덕였다. 볼프강은 현아 씨가 옆에서 음식을 제한시켜 가며, 먹는 것에 관여를 했다. 배가 나와 다이어트를 하는 중인데 한국에만 오면 이렇게 마음껏 먹어 효과가 없다고 한국의 아내처럼 투덜댔다. 그래도 잘 먹는 것이 좋은지 자신이 먹어 보고 맛있으면 볼프강의 접시에 담아 줬다. 인옥은 칠리새우가 먹을 만했다. 쫄깃쫄깃하고 쫀득하여 자꾸만 손이 갔다. 옆에 앉은 김진우에게 음식 접시를 밀어 주며 참 맛있다고 권했다. 포슬포슬한 화취앤이라는 꽃빵(중국 빵)도 인옥이 좋아하는 빵이다. 보드라운 식감의 꽃빵에 잡채를 넣어 먹으면 그 맛이 어울려 먹을 만했다. 술잔을 부딪치며 모두가 건배를 한 후 각자 주위에 앉은 사람들과 대화를 나누고 술을 돌리며 오래도록 만찬을 즐겼다. 오늘 밤이 지나면 여행객들은 서울로 올라간다. 마지막이라서 더욱 애틋한 생각이 들어 김진우는 현아 씨에게 언제든 도움이 필요하면 연락해 주시라고 부탁을 드렸다.

너무나 고마운 사람이라며 고개를 깊이 숙이는 그녀의 눈빛이 흔들렸다. 이 자리에서 울면 안 되기에 차마 울 수 없어 눈물을 삼켰다. 그리고 인옥에게 성지 순례를 하고 오니 마음이 편안하다며 충청남도 보령의 갈매못 성지와 아산의 공세리 성지 성당이 아주 마음에 새겨진 듯 감동적이었다고 말을 돌렸다. 다음에 오면 개인적으로 다시 가 봐야겠다고 했다.

이 공세리 성당은 1890년의 120년 역사를 자랑하는 유서 깊은 성당으로서 충청남도 지정 문화재 144호이면서, 2005년도에 한국 관광 공사가 대한민국을 대표하는 가장 아름다운 성당으로 선정된 성당이기도 하다. 350년이 넘는 국가 보호수도 세 그루나 있고 그에 버금가는 오래된 거목들이 성당의 아름다움을 더해 주고 있으며, 보는 지점마다 또 계절마다 다른 독특한 공세리 성당만의 매력을 지니고 있다.

 인옥도 그 성당에 갔었다고, 대단히 아름다워 그곳에 수도자로서 머물고 싶은 마음이 들 정도였다고 현아에게 자신의 마음을 알렸다. 그곳에 모셔진 순교자들에 관한 이야기, 현재까지 70여 편이 넘는 유명한 영화, 드라마 촬영지였다는 것, 1895년에 이곳에 부임한 에밀 드비즈 신부님이 프랑스에서 배우고 익힌 방법으로 원료를 구입해 고약을 만들어 종기로 고생하는 수많은 사람들에게 무료로 나누어 주다가, 이 비법을 당시 신부님을 도와 일해 주었던 이명래(요한)에게 전수하여 이명래 고약이라는 이름으로 전국에 보급하게 되었다는 이야기도 함께 나누었다. 현아는 아들 호준이를 위해 위령 미사를 봉헌하고 왔다고 한다. 그곳의 박물관을 살펴보고 1,500여 점의 유물도 기도하면서 돌아보고 왔다며 행복한 마음으로 돌아갈 수 있을 것 같다고 했다. 인옥은 바쁜 일정으로 갔었는데 산책을 겸할 수 있는 십자가의 길과 성체 조배실도 둘러보고, 한동안 그곳이 머리에 떠나지 않고 계속 맴돌았다고 했다. 삼삼오오 얼굴을 마주하며 대화하는 중에 여행자 부부 중 독일인에게만 선물을 했다. 전라북도의 관공서에서 보낸 선물이었다. 작은 쇼핑백에 담긴 선물을 받고 볼프강이 입구를 가만히 열어 인옥에게 포장된 내용물을 알려 주었다. 한국의 차라고 했다. 다른 사람들은 모두 양말인데 왜 그럴까 궁금하여 인옥이 다시 가방을 열고 포장지를 뜯어 보니 역시 양말이었다. 함께 웃으며 볼프강의 얼굴에 홍조가 피었다. 가이드가 마지막 인사말을 하고 모두 일어나 밖으로 나왔다. 추운 공기가 한꺼번에 밀려왔다. 옷깃을 올리며 볼프강이 진우와 인옥을 번갈아 껴안으며 감사하다고 말했다. 현아도 두 사람을 안으며 건강하고 행복하길 바란다고 다시 볼 때까지 힘차게 살자고 했다. 우리의 남은 화폭에 이제 고운 그림만 그리자며 단단한 각오를 하듯 구두 소리를 또각또각 내며 걸어가 타고 온 버스에 다시 올랐다. 아쉬워 돌아보며 어두운 창밖으로 두 남녀를 향해 손을 흔들었다.

두 사람은 버스가 떠난 자리에 한동안 서 있었다. 왜 그런지 마음이 자꾸만 시렸다. 한 조각의 달콤한 케이크처럼 그녀와의 추억의 여로가 스치고 지나갔다. 현아의 정체 모를 외로운 눈빛이 인옥에게 스미는 듯 숨을 한 번 깊이 들이쉬고 김진우를 향해 돌아서는데 휴대 전화기가 짧게 진동했다.

- 한국으로 다시 왔습니다. 그동안 고생 많으셨고 감사드립니다. 건강과 행운이 함께하시길 예술혼으로 기원합니다. 짧은 인생 작품에 아름답게 색칠하면서 살아가소서. -

하원경 화백의 또바기 문자가 왔다. 책상 위에 놓인 화가의 그림이 눈앞에 어른거렸다. 화가의 예술혼과 작가의 예술혼이 하나로 얽혀 보석이 되듯 그 순간 끝까지 글을 쓰며 살리라고 각오를 했다. 고마운 사람이었다. 얼굴 없는 천사처럼.

김진우와 인옥은 서로가 보낸 오래된 편지를 읽는 사람들 같았다. 뜨거운 겨울과 서늘한 여름을 나눈 해와 달이었다. 둘은 진우의 아이보리색 승용차 안에 앉아 말을 잊었다. 뭔가 중대한 말이 있을 것 같은 분위기인데 그저 침묵을 지키고 있는 것이다. '어둠의 빛이 반짝일 때'라는 음악이 흘러나왔다. 대화 아닌 노래로 마음을 대신하는 진우.

맨 처음 그대는 달이었지

어둠 속에서 솟아나온 달

그 환한 얼굴

천국의 평화가 내 맘에 임하여

검은 바다에 불의 천둥을 쳤지.

맨 처음 그대는 별이었지

밤하늘을 점령한 꽃

그 휘황한 얼굴

추운 나라에 쏘아 놓은 불화살

봉오리를 터뜨리고 만발한 봄.

후렴: *우리 함께 우리 함께 하는 세상*

눈물은 선물이 되고

아픔과 슬픔은 그대 따뜻한 품이 되었네

보고 지고 보고 지고

한 세상 뜨겁게 살아가리라.

  남녀 가수가 이중창으로 부르는 노래가 애무하듯 두 마음을 감쌌다. 축축한 공기를 가르며 밤거리를 달려 인옥을 집으로 데려다주고 진우는 서울로 올라갔다. 내일의 일정 때문에 머물 수 없다고, 다음에 또 시간을 함께 보낼 기회가 있을 거라는 말을 남기고. 인옥은 가방 안에 담아 온 홍삼 팩을 뜯어 진우에게 마시게 했다.
  늦은 시간에 들어와 잠자리에 든 인옥은 진우가 걱정이 되었다. 가다가 졸리면 휴게실에서 한숨 자면 된다고 했지만 고단했을 그의 건강이 염려되는 건 어쩔 수 없었다. 헤어지면서 나눈 짧은 입맞춤의 감미로운 느낌을 안고 인옥은 시나브로 잠에 빠져들었다.

반짝이는 어둠

미명의 새벽에 전화가 울렸다. 몽롱한 상태로 수화기를 들었다.

"나야, 이른 시간인데……."

탁한 목소리가 심상치 않았다.

"무슨 일 있어요?"
"어머니가 돌아가실 것 같아. 오늘 올라왔으면 하는데……."
"알았어요."

느닷없는 전화에 놀란 인옥은 남은 잠이 달아났다. 마음이 복잡했다. 이렇게 가실 거면서 왜 그렇게 극성을 떨었을까. 자기 아들에게 불행을 주고 스스로에게도 심기 불편한 일인데 조금만 마음을 비우고 살았으면 모두에게 얼마나 좋았을까. 홀가분하게 떠날 수 있을까. 과거와 현재의 목천댁의 얼굴이 교차되어 나타났다. 끔찍한 지옥을 경험한 듯한 인옥의 기억을 누가 지워 낼 수 있을까. 애써 삭이며 좋은 감정을 품으려 했던 인옥이었다. 내내 그렇게 참고 살았는데, 아픈 기억이 꽃등으로 치닫고 내부에서 열기가 솟구쳤다. 떠난들 원점으로 돌려놓을 수 없는 세월이었다. 서둘러 아침을 마치고 첫차를 타고 서울로 올라갔다.

 장례식장 입구에 들어서니 현기증이 났다. 잠도 부족했지만 목천댁에 관계된 일이나 그 친정집 사람들을 보면 심정이 편치가 않았다. 말 한마디도 속 편하게 하지 않는 성격의 사람들이었다. 검은 상복을 입은 사람들이 저승사자처럼 느껴졌다. 저마다의 추억을 말하며 목천댁을 회상했지만 인옥은 그저 시어머니였던 사람을 위해 기도를 했다. 왜 이런 순간에 기도가 나올까. '편안히 가시어 그늘에서 쉬소서.' 세상에 남은 사람의 도리로 하는 기도였다. 살아서 핍진한 세월을 살았으니 죽어서 저승에서라도 그 얼굴에 평화가 깃들기를 바라는 심정이었다. 언제나 목천댁이 마음의 섬에서 빠져나와 삶의 축복을 느껴 보기를 바랐었다.

 사람이 저마다 하는 기도란 무엇인가. 만약에 살인을 한 사람이 죽었을 때 그가 천국에 가기를 기도한다고 하자. 과연 천국으로 갈 수 있을까. 정신병이나 다른 이유에서 그랬다면 참고가 될 것이다. 그러나 수시로 질투에서 나온 말로 상대방에게 언어폭력이나 영혼 살인을 했다면 어떻게 될까. 궁금한 일이다. 특히 그런 조상을 둔 후손들이 그 조상에게 복을 내려 주십사고 제사를 지낸다면 정말 복을 내려 줄 수 있는 능력이 되는 걸까. 살아서도 복으로 가는 길을 차단하고 자녀들을 괴롭히고 물리적인 폭력을 행사하고 자식에게 상처를 남겼는데, 썩어 문드러진 묘지 속의 육체와 그가 살아서도 믿지 않던 영혼의 존재로 복을 줄 수 있느냐는 말이다. 죽으면 다 끝난다고 마음대로 되는대로 살았던 사람의 영혼이 나타나 복을 가져다주겠는가 말이다. 옳지 못하게 살다가 떠난 조상은 후대에 좋은 음덕을 미치지 못한다고 제사에 관한 연구를 한 어느 교수의 글을 읽은 적이 있다. 오히려 '죽은 ○○의 죄를 용서하소서' 하고 드리는 기도가 더 옳지 않을까. 사람이 나이 들수록 선해진다는 것이 얼마나 어려운 일인지, 예수가 죄 없는 사람이 먼저 창녀에게 돌을 던지라 했을 때 나이 든 사람의 순서대로 사라졌다는 사실이 무엇을 의미하는지 알고도 남을 일이다.

  사진 속에서도 목천댁은 웃지 않았다. 힘난한 세월을 살아 낸 여인의 한 같은 분위기가 맴돌아 측은한 마음이 들었다. 인옥이 조화를 심은 화분을 병실 침대 머리맡에 올려놓으니 컵에 물을 담았다가 화분에 물을 주던 목천댁이었다. 집 안에 꽃이라고는 단 한 송이도 심지 않았던 목천댁이었는데 놓인 조화를 생화로 여겨 물을 주는 모습이 너무 신기하고 생소했었다.
  인옥이 목천댁의 사진을 바라보며 생각에 잠겨 있는데 멀리서 인옥의 모친의 서글픈 〈아리랑〉이 들려왔다.

아리랑 아리랑 아라리요 아리랑 고개로 넘어간다.
나를 버리고 가시는 임은 십 리도 못 가서 발병 난다.
십 리도 못 가서 발병이 난다.[2]

 잠시 후 계단 아래층에서 소리가 들리더니 이내 멈추었다. 새벽에 연락을 드리고 먼저 왔는데 그새 뒤따라 올라오신 것이다. 목천댁의 사진 앞으로 다가가더니 사진을 한 번 쓰다듬고는 훅, 하고 흐느끼셨다. 고경석이 부축하여 자리에 앉히고 눈물을 닦아 드렸다. 고경석은 목천댁이 임종하면서 '준영이 어미!' 하고 불렀다고 알려 줬다. 염을 하는 동안 입술을 꼭 다문 채 자신의 몸을 내맡기고 있는 사자에게도 생각이라는 것을 할 수 있는 시간이 주어진다면 마지막으로 무슨 말을 하고 싶어 할까. 갑자기 궁금해졌다. 인옥은 시어머니의 죽음 앞에서도 그 죽음이 실제 같지가 않았다. 자기가 남기고 간 말이나 행동은 사라지지 않을 것이기에, 자신이 접촉한 모든 사람에게는 죽을 수 없는 존재라 여겨졌다. 그 모두가 기억 상실이 되지 않는 바에야 함께 살고 있는 것이다. 투명 인간으로.
 사랑하는 사람, 미워하는 사람, 잊고 싶은 사람, 기억하고 싶은 사람이 공존하면서 세상을 채우고 보이지 않는 영향을 미치는 것이다. 이 대단한 것들의 허무할 수 없는 그림자여.

 장례를 치르는 사흘 동안 줄곧 고경석의 주변을 맴돌았던 여자가 있었다. 누가 소개를 하거나 알려 주지 않았는데도 인옥은 그녀를 짐작할 수 있었다. 아마도 애인쯤으로 설명하면 될까. 아니면 내연녀라

---

2) 출처: 나무위키 - 아리랑

고 하는 게 맞을까. 인옥이 이혼하지 않은 부인이라면 그녀는 결혼하지 않은 처가 맞을까. 그 여자는 목천댁의 화장터까지 따라왔다가 아무도 모르게 사라졌다. 인옥의 모친은 하루를 장례식장에서 보내고 곧바로 내려갔다. 여러 가지로 속상하고 심정이 편치 않아서였을 것이다. 삼우제까지 보고 인옥은 내려오기 위해 고속버스를 탔다. 아들 준영에게 다시 올라와 데려가겠다고 약속을 했다. 고경석은 오해는 하지 말라고 밑도 끝도 없는 말로 위로랍시고 말했다. 오해가 아닌 이해인들 어쩌겠는가. 눈앞에 불을 보듯 뻔한 상황에서도 아니라고 말하는 사람이다. 말로 아니라면 아닌 것이다. 고속버스 안으로 올라서니 뒤편에 좌석이 있었다. 자신이 앉아야 할 자리에 빨간 표지의 책 한 권이 놓여 있었다. 무심코 집어 앞좌석 뒤의 정리 주머니 안에 집어넣었다. 누군가 깜박 잊고 놓고 내린 것 같았다. 지친 몸으로 자리에 앉아 다시 꺼내 제목을 보니 전기가 흐르듯 흘려 쓴 글씨체로 《벼락을 맞았습니다 – 나를 살리신 하느님》이라는 제목의 책이었다.

글로리아 폴로 오르티츠가 쓴 실화였다. 인옥의 심정이 딱 그런 기분이었다. 벼락을 맞은 심정. 정리되지 않은 생각들이 하나둘씩 일어나 인옥을 괴롭혔다. 앞으로 어떻게 할 것인가. 준영이를 어디서 키우는 것이 더 좋을까. 자신이 서울로 올라가 아들을 책임지고 키우는 게 나을까. 그러나 지금의 집필실은 떠나고 싶지 않았다. 글 쓰는 일만이 인옥이 할 수 있는 최선의 일이었다. 가장 좋아하고 잘하는, 밥을 먹고 살 수 있는 생업이기 때문이다. 집필실 또한 인옥이 심사숙고하여 마련한 글 쓰는 장소이자 쉴 수 있는 낙원이었다. 이런저런 생각을 하며 눈을 감고 가는데 전화가 울렸다. 동생 다니엘이었다.

"응……. 나야 왜? 지금 버스 안이야. 내려가고 있어."

항상 다니엘에게서 기쁜 소식이라고는 받아 본 적 없는 것 같은 아프고 불편한 심정으로 전화를 받았다.

"누나, 내일 나 미국으로 떠나. 예전에 알던 지인이 오라고 연락이 왔어."

그 말을 듣는 순간 너무 성급한 결정이 아닌가 하는 생각이 들었다.

"그래? 은총이랑은 어떻게 하고……."
"혼자 갈 거야. 같이 갈 여유도 안 되고……."
"그러겠대? 은총이 엄마가?"
"어쩔 수 없지 뭐. 내 인생을 이렇게 만든 사람인데……. 나를 지켜주지 못했잖아."

인옥은 정말 화가 났다. 버스 안에서 큰소리칠 수는 없었지만 동생이 하는 말이 못내 못마땅했다.

"너, 그러는 거 아니다. 그게 혼자 만든 일이니?"
"만약에 아이가 생기면 끝까지 비밀을 지키고 혼자 감당하고 아이만을 의지해서 산다고 했었어."

하지만 결과는 이렇게 되었다. 준비 없이 세상 밖으로 튕겨져 나온 것이다. 작정하고 스스로 일을 이렇게 만든 것은 아니지만, 자신의 입

밖으로 나온 말이 그대로 머물러 있는 경우란 거의 없다. 사람에게는 말을 하고 싶은 욕구가 있다고 한다. 말을 하고 싶어 변형을 시켜 덧붙이고 보태고, 자꾸만 눈덩이처럼 커지는 게 소문이고 말인 것이다. 혀가 얼마나 무서운 무기인지는 누구나 다 아는 사실이다. 잘 사용하면 봄바람이요. 잘못 사용하면 칼날보다 무서운 상처를 남기는 것이 사람의 혀다. 말로 생긴 상처는 결코 지워 내지 못한다.

"네가 알아서 해라. 더는 내가 말할 필요가 없을 것 같다. 하지만 네가 뿌린 씨는 네가 거두는 게 도리라는 것만은 알고 살았으면 좋겠다."

주위를 살펴보니 다행히 인옥의 좌석 앞뒤로 다른 사람이 없어 목소리를 낮춰 대화할 수 있었다.

"돈 벌어서 부칠 거야. 아이 양육비와 생활비는 책임져야지."
"그래, 그럴 수밖에 없겠구나. 우선 일이 있어야지. 나머지는 그 후의 일이니까……."

만날 시간이 없으니 잘 가라는 말로 송별회를 대신했다. 생각대로 말하는, 지독히도 냉정한 다니엘을 막을 도리는 없었다. 어릴 적부터 인철의 존재가 그다지 도드라지지 않아서인지 성인이 된 이즈음 동생의 모든 언행에 적응이 안 되는 인옥이었다. 기억할 수 있는 에피소드 하나도 없는 다니엘. 그만큼 온순하게 자신의 존재를 드러내지 않고 살아왔음은 인정할 수 있었다. 차라리 멀리 떠나는 것이 모두에게 속이 편한 일인지도 모른다. 그렇게 평생을 살아갈 수 있을지 모르지만 우선은 잠잠해질 것이다.

　남편 고경석도 이혼은 하지 않겠다고 했다. 장례식장에서 그 여자를 보았을 때 인옥은 이혼하자는 말을 했었다. 이혼해서 마음 놓고 편하게 살라고 했다. 무슨 영문인지 고경석은 마음만은 인옥에게 단단히 고착을 시켜 놓고 언제 어디서든 연락을 해 왔다. 인옥을 마지막 보루로 남겨 놓고 나머지는 여행 삼아 살아가는 것일까. 대부분의 사람들은 알게 모르게 서로에게 상처를 주면서 살아간다. 부모와 자식 사이, 부부 사이, 친구나 사랑하는 연인. 거의 모든 인간관계에서 상처를 주고받게 된다. 자신이 의식을 하든 하지 않든 그럴 수밖에 없는 불완전한 존재가 사람인 것이다. 그러나 모든 존재가 다 그런 부정적인 심리에 영향을 받는 것은 아니다. 고슴도치 한 마리에 보통 5,000개의 가시가 있다고 한다. 그런 가시를 몸에 지니고도 서로 사랑하고 새끼를 낳고 어울려 살아간다고 하니, 사랑만 있다면 자신의 수많은 가시를 잘 다스려 상처를 내지 않고 함께 살아가는 방법을 터득하게 되는 것이리라. 지친 심신으로 책을 앞쪽에서부터 몇 장을 읽다가 깜박 잠이 들었다.

　얼마나 시간이 흘렀을까. 문자 메시지가 도착하는 소리에 잠에서 깼다. 깜깜한 안과 밖의 어둠에 적응되지 않은 흐릿한 눈을 비비며 메시지를 읽었다.

　- 사랑 차를 끓였어요. 사랑 차 향기 속에 따뜻하고 편안한 하루의 마무리와 희망찬 내일을 맞이하시길~ -

빨간 하트가 그려진 컵에서 뜨거운 김이 모락모락 올라오는 그림을 사진 찍어 보냈다. 마음이 포근해졌다. 이 살벌한 기분을 잠재워 주는 그는 누구일까. 어떻게 생겼을까 궁금해졌다. 기가 막히게 타이밍을 맞춰 보내오는 그 텔레파시는 어느 고원에서 오는 것일까? 아마도 도를 닦은 사람이 아닐까 하고 상상을 해 봤다. 음식 속에 여러 가지의 양념이 고루 섞여야 고유의 제 맛을 내고 더욱 맛깔스러워지는 것처럼 사람과의 관계도 그런 것 같다.

중간쯤에 하차해 주는 곳이 있어 굳이 터미널까지 가는 수고를 하지 않아도 되었다. 여자 승객 두 사람이 따라 내려 택시를 불러 함께 동승을 하고 소음 하나 들리지 않는 집으로 왔다.

사흘 동안 종일 잠만 잤다. 비까지 내려 어둑한데 커튼을 내리고 허기조차 잊은 채 수면 속으로 빠져들었다. 온몸이 무언가로 두들겨 맞은 듯 뻐근하고 추스르지 못할 정도로 아팠다. 아마도 몸살이 났다 보다. 땀이 흘러 자리를 적셨다. 내의를 갈아입고 다시 누웠는데 계속 흐르는 땀을 감당하기 어려웠다. 침대에서 일어나 내려서면 발뒤꿈치가 아파 걸을 수조차 없었다. 방 안의 책장이나 벽에 기대어 겨우 식탁으로 가서 물을 마시려고 컵을 손에 드니 어찌나 떨리는지 물을 마시기가 힘들었다. 결국 물을 마시지 못하고 다시 자리로 돌아와 끙끙 앓았다. 이 순간 아무것도 기억되지 않았다. 곧 죽을 것만 같았다. 1339(119). 정신을 가다듬고 응급 의료 전화를 눌렀다. 열이 나는 것 같으니 얼음주머니를 양쪽 겨드랑이에 끼워 놓으라고 했다. 그리고 위치가 어디냐고 물었다. 아파트 주소를 알려 주고 휴대 전화기를 내려놓고 나니 그래도 마음이 한결 놓였다. 별 도움은 안 되었지만 암담한 시간에 자신의 몰골에 개의치 않고 걸 수 있는 번호가 있다는 게 다행스러웠다. 밤늦은 시간 누구에게 전화를 한들 당장 달려올 수도 없는데 괜히 부담을 주고 싶지 않았다. 병원에 가는 것도 어느 정도 움직일 수 있을 때나 가능하다.

사나흘을 심하게 앓고 나니 걸을 때마다 휘청거렸다. 택시를 불러 병원으로 가서 링거를 맞고 약을 처방받아 돌아오니 인옥은 자신이 딴 사람이 된 듯했다. 퀭한 눈에 윤기를 잃은 피부와 머리칼과 어떤 상황에서도 잊지 않았던 내부에서 울리는 희망의 목소리를 듣는 일. 죽어 가면서도 기도의 손을 놓지 않으리라는 사랑하는 이들에 대한 스스로의 다짐 등이 통증의 그네를 타는 동안 심해에서 부유물로 떠돌았다. 약을 먹고 누워 곰곰 생각에 잠겼다. 버스 안에 두고 온 책이 기억났다. 그다음 내부 고발자의 목소리가, 모기 소리만 한 음성이 자신의 뇌리를 맴돌았다. 엄마가 말해 주었던 것들이다. 동생 인선이가 사고 나던 날 인옥이 네가 함께 있었다고 원망 겸 질책하던 목소리가 들려왔다. 홍옥영 자신이야 어쩔 수 없는 상황이었지만 어린 딸을 위해 아무것도 해 주지 않은 모두가 원망스러웠던 것이다. 이 말은 내내 인옥의 가슴에 가시가 되어 박혀 있었다. 일부러 잊으려고 할 때 외에는 늘 기억 안에서 되살아나 인선이에 대한 미안함으로 시달려야 했다.

대부분의 사람은 자신이 어떤 경우에 부딪치지 않으면 그 상황을 이해하기 힘든 법이다. 불행은 모두 다른 사람의 일로만 느껴지는 것이다. 그리하여 치명적인 상처에 소금을 뿌리고, 위로하기보다는 오히려 더 비난하여 그 상처를 덧냈다. 홍옥영도 그런 고통을 너무나 많이 겪어 왔다. 누구의 죄도 아닌데 항상 불행 뒤에는 질문과 해답처럼 짜 맞추기식의 책임이 돌려지게 된다.

'미안하다. 인선아! 언니가 지켜 주지 못해서…….'

혼자 중얼거리며 벽에 걸린 낮달맞이꽃 그림을 보았다. 김진우가 직접 찍은 사진을 인옥에게 주어 액자에 넣어 걸어 둔 사진이 눈에 들어온 것이다. '무언의 사랑'이라는 꽃말을 지닌 꽃이다. 분홍색의 그 꽃은 달맞이꽃이나 두메달맞이꽃 또는 하늘달맞이꽃으로 불리기도 한다. 침묵 안에서 보이지 않는 사랑을 주는 남자 김진우. 평범한 듯 별 감정이 없는 듯 보이면서도 뜨거운 마음을 품은 사람. 어떻게 하면 상대방이 편안함을 느끼게 되는지 통달한 사람처럼 느긋하면서도 차분하게 인옥을 향한 걸음을 멈추지 않는 사람이다. 그는 인옥이 지닌 동생에 대한 마음과 사랑을 잘 알고 있었다. 어리디어린 언니가 더 어린 동생을 어떻게 돌보았겠느냐고, 자책하던 인옥을 위로해 주던 사람이다.

겨울 추위는 여전히 깊어만 갔다. 해가 바뀌고 1월이 되었지만 하늘은 눈을 멈추지 않고 쏟아붓듯 하여 천지가 은세계다. 앓아누워 창밖으로 보는 눈은 흰 침대 같았다. 순백의 사면에 안겨 인옥은 점점 몸이 나아졌다. 마음을 내려놓으니 치유의 시간이 온 것이다. 집필실의 풍경이 궁금해졌다. 이런 날이면 항상 집필실에서 보내던 인옥이었다. 내일쯤은 가 봐야지 하며 먹을거리를 찾기 위해 냉장고를 열었다. 갑자기 뜨거운 치즈가 녹아 줄줄 흐르는 피자가 먹고 싶어졌다.

간편하게 식빵피자를 만들었다. 삶아 놓았던 고구마를 깍둑썰기로 썰고 양파와 쓰고 남은 미니 새송이버섯, 소시지 조금하고 피망을 썰어 토마토케첩을 소스로 발라 구웠다. 피자치즈와 일반 치즈 모두를 올리고 전자레인지에 돌리고 있는데 톡톡 문을 두드리는 소리와 초인종이 동시에 울렸다. 문 앞으로 다가가서 한쪽 눈을 지그시 감고 작은 구멍을 통해 내다보았으나 밖이 보이지 않는다.

"인옥이 안에 있니?"

다급한 목소리가 들렸다. 김진우의 목소리였다. 놀라서 문을 열고 쳐다보니 그가 눈을 동그랗게 뜨고 바라봤다.

"왜 전화가 안 되는 거야?"
"네……?"

진우를 안으로 들이고 자신의 휴대 전화기를 살펴보니 배터리가 방전되었다. 아무런 생각도 할 수 없을 만큼 아팠던 탓에 세상과의 유일한 통로인 전화기가 배고픈 줄도 몰랐다.

"얼마나 놀랐는지 아니? 전화는 안 되지, 연락도 없지. 근데 행색이 왜 그 모양이야……. 아팠었구나. 내게라도 연락하지 그랬어."
"아니에요. 이제 다 나았어요. 좀 심하게 아프긴 했지만……."
"이 바보, 혼자 그러면 어떡하니?"
"그냥 혼자 있고 싶었어요. 편하고 좋던데요."

반짝이는 어둠

까르르 웃으며 우유를 따끈히 데워 진우와 마주 앉아 식빵피자를 먹었다. 몸보신하게 나가자는 진우의 청을 뿌리치고 저녁에나 나가서 먹자고 했다. 피자를 먹으며 먹을 만하다고 칭찬을 했다. 고등학교 때 친구인 장은성의 부친이 돌아가셔서 문상차 내려왔다가 전화를 했는데 계속 받지 않아 들렀다고 했다. 일주일 동안 휴가를 받아 내려왔으니 함께 휴양 겸 여행이나 가서 쉬고 오자고 했다. 김진우가 사가지고 온 과일과 모과차를 마시고 잠시 앉아 담소하다가 집필실로 갔다. 소설 원고를 보여 주고 싶어 집필실로 가자고 했는데 눈이 너무 많이 내려 운행이 걱정되었다. 거북이걸음으로 천천히 운전을 했다.

진우의 차에서 내려 집필실 언덕을 바라보니 그야말로 설산이었다. 마당으로 오르는 길의 눈을 진우가 먼저 치우고 인옥을 안으로 들였다. 창가에 쌓인 눈이 또 다른 아름다움을 보여 주었다. 이 눈들이 얼마나 안으로 들고 싶었을까 하는 생각을 하던 인옥은 창가의 눈은 치우지 말고 그냥 두자고 했다. 햇살이 비쳐 드는 창가에 고드름이 줄줄이 매달려 물방울을 떨어뜨렸다. 창 옆의 벤치에 쌓인 눈도 놓아두자고 했다. 마당 끝의 밤나무와 뒷산의 숲에 아직도 분분히 날리는 눈발이 목마른 감성을 적셔 주었다. 진우는 난로에 불을 지폈다. 폐지에 불을 붙여 잔가지를 태우다가 통나무 팬 것을 위에 올렸다. 잠시 연기가 나더니 이내 활활 타올랐다. 장작 타는 소리가 타닥타닥 장단 맞춰 들렸다. 수시로 정리를 하는 인옥의 성품이라 치울 것은 별로 없었다.
 원고를 받아 든 진우는 연갈색 코트를 벗고 난롯가에 앉아 읽었다. 그런 진우의 어깨에 캐러멜색 카디건을 걸쳐 줬다. 카디건은 크림 전쟁 당시 고안된 옷으로, 이를 즐겨 입었던 영국의 카디건 백작(7th

Earl of Cardigan)에서 그 이름이 유래되었는데 다른 옷 위에 입으면 아주 따뜻하여 보온으로 안성맞춤이다. 김진우를 생각하며 뜬 옷인데 오래전에 떴으나 전해 주지 못했다. 상자 안에 담아 보관을 해 오다가 이제야 주인에게 넘겨줬다. 진우는 깜짝 놀라 옷을 살펴보더니 마음에 든다고 무척 고마워했다. 한 번 더 옷을 매만지고 일어나 인옥을 꼭 껴안았다.

"고맙다. 그리고 화가 난다. 우리가 왜 이렇게 늦게 서로의 마음을 열게 되었는지……."

진우의 품에 안겨 있던 인옥이 말했다.

"그래도 다행이죠. 죽기 전에 알았으니……."

진우가 인옥을 안았던 손을 풀더니 자신의 코트 안에서 작은 주머니 하나를 가지고 왔다.

"손, 이리 줘 봐."

하더니 인옥의 손가락에 금으로 된 묵주 반지를 끼워 줬다.

"우리 어머니가 돌아가시기 전에 내게 주셨던 반지야……. 인옥이만이 이걸 받을 자격이 있구나."
"어머니도 성당에 다니셨나요?"

"응, 돌아가시기 3년 전에 안나라는 세례명을 받고 영세하셨지."
"그러셨군요. 몰랐어요."

진우의 가족과 뭔가 더 통하는 게 있는 것 같아 마음이 평온해졌다. 일반 반지와 거의 비슷하여 누가 보면 묵주 반지라고 할 것 같지 않은 줄무늬 모양의 자연스러운 반지를 내려다보며 다시 물었다.

"그런데…… 내가 받아도 되나요?"
"그럼, 넌 내가 첫사랑이잖아. 그 마음 짐작하고 있었어. 사실은……."

인옥은 아무런 말도 하지 못하고 자신의 손가락에 반지를 끼워 준 진우를 그윽한 눈으로 바라보았다.

"건강 잘 챙겨. 사는 날까지 이렇게 헤어지지 말고 서로를 위로하며 살자."

김진우와 서인옥은 뜨거운 입맞춤을 했다. 그러나 더는 선을 넘지 않는다는 두 사람만의 무언의 약속을 지켰다. 김진우가 소설을 읽는 동안 인옥은 그 옆에서 와플 무늬 모자를 뜨며 그 소설의 배경과 주인공들의 성격 등에 대해 설명을 하고 질문도 했다. 장티푸스로 3형제를 모두 잃고 홀로 살아남은 어느 교수의 가정사와 암울한 시대의 상실감을 다룬 소설이었다.

저녁은 읍내로 나가 식사를 했다. 장어구이집에 가서 식사를 하고, 집필실로 돌아와 주변을 산책하며 내일의 여행지에 대한 계획을 짰다. 저편 진영숙의 집 굴뚝에서 연기가 피어올랐다. 아마도 손님이 오셨나 보다. 보이지 않던 승용차 한 대가 마당에 있었다. 인옥은 그 집에 대한 이야기는 일부러 하지 않았다. 진우의 선배이면서 부인인 오영애와도 동창인 진영숙이란 이름을 입에 올릴 적마다 심장이 두근거림을 느꼈다. 모른 척 지내기로 했다. 어쩌면 김진우도 말하고 싶어 하지 않는 것인지도 몰랐다. 잠시 밖에서 서성이다가 안으로 들어가자며 진우의 등을 떠밀었다. 눈치를 살피니 그는 덤덤했다. 어둠이 빨리 찾아드는 산골이라 벌써 땅거미가 내렸다.

집필실 안의 공기는 따듯했다. 인옥은 솔잎차를 끓여 진우와 마주 앉았다. 가시 없는 영혼을 지닌 그가 참 좋았다. 처음부터 그랬을까. 아니면 살면서 다듬어진 성품일까. 이쪽을 무방비 상태로 두어도 급습하는 화살을 쏘는 법이 없었다. 잔잔한 호수 위에 한 잎의 낙엽이 떠다니는 정도의 움직임. 그 안에 잠긴 빙산의 깊이를 헤아릴 수 없는 사람이란 생각이 들었다.

"진우 오빠……."

생각에 잠겨 있던 진우가 고개를 들고 대답했다.

"응? 왜……."
"저나 오빠는 참 오래 산 사람들 같아요."

그가 눈을 동그랗게 뜨면서 살그머니 웃음기를 띠었다.

"무슨 뜻이지? 갑자기……."
"우리는 한적한 마음의 오두막을 짓고 산다는 생각이 들어요."
"그럴지도 모르지. 전쟁터에서 살아남은 자들이 가질 수 있는, 작은 소망 같은 집 그런 거 말이지?"
"네……."

인옥이 작게 소리 내어 웃으며 다가가 진우의 어깨에 기대는 시늉을 했다.

"업어 줄까?"

어깨 넘어 양손으로 인옥의 손을 잡아 업고 일어섰다. 인옥은 그의 등에 얼굴을 묻고 잠든 척 가만히 있었다.

"왜 이렇게 가벼운 거니? 아프지 마라. 부탁이다."
"……."

그녀를 업고 조심스럽게 안을 걸어 다니며 시 한 편을 낭송했다. 그리고 그녀를 의자에 내려놓더니 다시 노래를 불렀다.

〈천개의 바람이 되어〉

인옥은 눈물을 글썽였다. 찬바람이 부는 창밖의 세상과 이들을 점령한 사랑이 별개의 것이 아닌, 바람 속에 위로의 찬가가 울려 퍼지고 있었다.

둘은 아침을 먹고 첫 번째 여행지인 옥천골이라 불리는 순창군의 군립 공원 강천산으로 갔다. 흐르는 물과 공기가 너무나 맑아 가만히 있어도 폐부가 상쾌해지는 느낌이었다. 겨울 산을 찾아오는 사람들이 많았다. 두 사람, 세 사람씩 짝을 지어 오거나 여러 명이 단체로 등산복 차림을 하고 눈이 내려 쌓인 길 위를 걷고 있었다. 수많은 사람의 발길이 닿아 길바닥은 다져지고 옆으로는 눈석임물이 흐르고 있었다. 산속 어디에서 흘러나오는지 병풍폭포가 힘차게 소리를 내며 쏟아지고 있었는데 그 밑으로 너테가 끼어 장관을 이루고 있었다. 그런데 너테의 아랫부분에 옥빛의 얼음이 박혀 있어 그 형상이 얼마나 신비스러운지 감탄의 함성이 여기저기서 터져 나왔다. 지금까지 살아오면서 이들도 이런 광경은 처음 보았다. 김진우는 카메라를 꺼내 그 모습을 담고는 인옥에게 그 앞에 서 보라고 하더니 지나가는 젊은 청년에게 부탁하여 함께 사진을 찍었다.

오른편의 얼음 밑으로 얕게 흐르는 물은 흡사 물고기나 송사리 떼가 지나는 듯이 보였다. 그 모양이 하도 신기하여 한참을 들여다보던 인옥은 자연이 한 편의 영화나 드라마 같다고 말했다. 다시 사람들 틈에 섞여 걸음을 옮겼다. 어느 한 곳도 그냥 지나칠 수가 없어 눈을 이리저리 돌리며 살펴보았다. 하늘을 올려다보다가 폭포가 쏟아지는 바위 아래에 매달린 대형 고드름이 추락하는 소리에 놀라기도 했다.

화살이 쏟아지듯 굵고 긴 고드름들이 한꺼번에 툭툭 떨어져 내렸다. 순창의 지역성에 맞게 작은 다리가 놓인 곳도 고추나 메주 그리고 항아리 등의 모양을 하고 있어 장의 고장임을 실감케 했다. 햇살과 물과 공기가 맑아 맛깔스러운 장이 만들어진다는 걸 짐작하고도 남았다. 서로의 입술에서 뿜어져 나오는 입김을 보며 얼마나 추운 기온인지 알 수 있었다. 추위도 아랑곳하지 않고 계속 찾아드는 사람들을 보며 이제 우리 국민들의 건강에 대한 의식 수준과 생활 수준도 참 많이 좋아졌다는 생각에 든든해졌다. 그 옛날엔 일이 운동이었고 따로 몸을 챙겨 하는 운동은 없었으니 세상이 많이 달라지고 밝아졌다. 한참을 침묵 속에 걷다가 메타세쿼이아 나무가 있는 곳을 지나 강천사라는 절 부근에 다다르자 김진우가 인옥을 보며 말했다.

"인옥아, 아직 몸도 완전하지 않은데 여기까지만 하고 돌아가자."

하며 진우는 근심스러운 듯이 인옥을 살폈다.

"그래도 이렇게 아름다운데 그냥 돌아가기엔 너무 아쉬운데요."

창백한 인옥의 얼굴에 아쉬운 빛이 가득했다.

"다음에 다시 오면 되잖아. 안 그러니?"
"이런 눈 쌓인 겨울에 다시 올 수……."

말은 그렇게 하면서도 걸음을 멈추고 오던 길을 향해 고개를 돌리고 바라봤다. 끊임없이 이어지는 행렬이 보였다.

"그렇게 해요……."

끝까지 가고는 싶었지만 몸이 힘들었던 것도 사실이었다. 앞을 보며 걷던 사람들과의 동행에서 벗어나 마주 보며 오는 사람들과 얼굴을 맞대고 걸으니 조금 불편해졌다. 한참을 걸어 나오다가 둘씩 짝을 이루어 담소하며 올라오는 일행을 만났다. 그중 황금빛의 챙이 있는 둥근 모자를 쓴 한 사람이 놀란 듯 진지하게 인옥을 응시하는 것이 느껴졌다. 진우도 낌새를 알아차릴 수 있었지만 모른 척 스쳐 지나갔다. 인옥도 입을 다물고 조용히 걸었다. 햇살은 따스하여 얼음이 녹아 흘렀지만 볼에 닿는 찬 기운은 여전했다. 인옥은 승용차를 주차해 놓은 곳까지 와서 화장실을 찾았다. 일을 보고 나오는데 문자 메시지가 도착하는 진동음이 들렸다.

- 산행은 즐거우셨습니까? 얼굴이 많이 수척해지셨더군요. 건강 빨리 회복하시고 좋은 글로 만날 수 있도록 부탁드립니다. -

역시 그였나 보다. 잘 살펴보지도 않았는데, 이런 우연도 다 있구나 하고 소름이 돋았다. 한순간 실수할까 봐 주저했던 그의 표정이 기억되었다.

물가를 휘돌아 나와 점심을 어디서 먹을까 하고 마땅한 곳을 찾아

순창의 장터를 돌아다녔다. 몇 바퀴를 돌고 돌다가 주차를 단속하고 있는 젊은 여성에게 물으니 시장 안쪽으로 가면 유명한 순댓국집이 있다고 알려 줬다. 오늘이 아마도 순창의 장날인 듯싶었다. 옛날 과자들이 좌판대에 가득했다. 갈색과 빨갛고 노랗고 하얀 과자들이 향수를 불러일으켰다. 인옥이 다가가 김이 박힌 전병 과자를 사고, 이것저것 골고루 한 개씩 집어 입에 넣으니 과자를 팔던 아저씨가 웃으며 붉게 구멍이 뚫린 매운 맛의 과자를 한 주먹 집어 봉지에 담아 이것도 한번 먹어 보라고 권했다.

"아, 재미있어……."

인옥의 입에서 절로 흘러나오는 말을 듣고 옆에서 할머니 한 분이 따라하셨다.

"재미있어……."

인옥은 정말로 즐거웠다. 어린 시절로 돌아간 기분이었다. 부모님을 따라 시장에 가면 찐빵과 만두를 사 주시던 기억이 났다. 펑 하고 튀밥 튀는 소리와 고소한 냄새가 퍼지는 장터. 없는 것 빼고는 모든 것이 다 있는 시골의 정겨운 장터. 떡과 강아지와 남대문 동대문 시장에서 받아 온 형형색색의 옷가지와 신발들. 그리고 고향을 닮은 얼굴들이 있어 안방 같기도 한 장터이다. 공연히 들뜬 마음으로 국밥집으로 진우와 들어갔다. 입구에서부터 얼마나 밀려드는지 자리를 겨우 찾아 앉았다. 점심 식사 시간이어서 더 분주하기도 했다. 3대에 걸쳐 내려오는 가업으로 정치인 아무개와 주인 할머니가 찍은 사진도 걸려 있었다. 먹고 나가는 사람과 들어오는 사람들로 인산인해를 이루었다.

한 모금의 국물을 떠먹어 보니 역시 맛이 좋았다. 두 사람은 순대가 들어 있는 국밥을 한 그릇씩 다 비우고 일어났다. 커피를 마시고 다시 차를 몰고 드라이브를 하며 경치 좋은 고장을 돌아다니다가 전북 임실군 필봉리에 있는 필봉 굿(농악) 보존회 연수관으로 갔다. 서울의 모 대학에서 버스를 타고 온 젊은 농악인들이 있었는데 그 모습을 보니 우리 농악의 발전이 그리 어둡지만은 않은 것 같아 희망의 싹을 본 듯 기뻤다. 앞뒤로 돌면서 전수관의 여러 모습들을 살펴보았다. 오래된 도구와 농기구들, 항아리와 짚으로 만든 거북이도 있었다. 이런 도구를 사용하여 생활한 선조들과 아버지, 힘들 때나 가족 모임이나 행사 때마다 〈아리랑〉을 입에 달고 사시는 어머니 생각이 났다. 처음 연수관에 들어설 때부터 들려오던 명창의 〈호남가〉의 곡조가 가슴을 울렸다.

함평 천지(咸平天地) 늙은 몸이 광주 고향(光州故鄕)을 보려 하고
제주 어선(濟州漁船)을 빌려 타고 해남(海南)으로 건너갈 제
흥양(興陽)에 돋은 해는 보성(寶城)에 비쳐 있고,
고산(高山)의 아침 안개 영암(靈岩)에 둘러 있다.
태인(泰仁)하신 우리 성군 예악(聖君 禮樂)을 장흥(長興) 하니
삼태육경(三台六卿)은 순천심(順天心)이요.
방백수령(方伯守令)은 진안(鎭安)이라.
고창성(高敞城)에 높이 앉아 나주 풍경(羅州風景) 바라보니

만장운봉(萬丈雲峰)은 높이 솟아 층층(層層)한 익산(益山)이요.
백리 담양(白里潭陽) 흐르는 물은 구비구비 만경(萬頃)인데,
용담(龍潭)의 흐르는 물은 이 아니 진안처(鎭安處)며,
능주(綾州)의 붉은 꽃은 곳곳마다 금산(錦山)인가.
남원(南原)에 봄이 들어 각색화초(各色花草) 무장(茂長)하니
나무 나무 임실(任實)이요. 가지 가지 옥과(玉果)로다.
풍속(風俗)은 화순(和順)이요. 인심(人心)은 함열(咸悅)인데
이초(異草)는 무주(茂朱)하고, 서기(瑞氣)는 영광(靈光)이라.
창평(昌平)한 좋은 시절 무안(務安)을 일 삼으니
사농공상(士農工商)은 낙안(樂安)이요. 부자 형제(父子兄弟)는 동복(同福)이라
강진(康津)의 상가선(商賈船)은 진도(珍島)로 건너갈 제
금구(金溝)의 금(金)을 일어 쌓인 게 김제(金堤)로다.
농사(農事)하는 옥구백성(沃溝百姓) 임피사의(臨陂蓑依) 둘러 입고
정읍(井邑)의 정전법(井田法)은 납세인심(納稅人心) 순창(淳昌)이라.
고부(古阜) 청청(靑靑) 양유읍(楊柳邑)은 광양(光陽) 춘색(春色)이 팔도에 왔네.
곡성(谷城)의 묻힌 선비 구례(求禮)도 하려니와
흥덕(興德)을 일삼으니 부안(扶安) 제가(齊家) 이 아닌가?
호남(湖南)의 굳은 법성(法聖) 전주(全州) 백성(百姓) 거느리고
장성(長城)을 멀리 쌓고 장수(長水)를 돌고 돌아
여산 석(礪山 石)에 칼을 갈아 남평루(南平樓)에 꽂았으니
삼천리(三千里) 좋은 경(景)은 호남(湖南)이 으뜸이라.
거어드렁 거리고 살아 보세.[3]

---

3) 출처: 한국민족문화 대백과사전 - 호남가

세계적인 오페라인 〈호남가〉는 호남 일대의 지명과 풍경을 엮은 단가인데, 4방 8방, 즉 삼라만상을 전부 망라한다는 우주 통합의 신성한 뜻이 담긴 全羅(전라)의 의미를 지닌 웅혼한 멋과 기상의 노래이다. 돌다리 역할을 하는 마당에 놓인 다듬잇돌 위를 노래의 곡조에 따라 걸음을 옮기며 겨울 산장 같은 연수관에 올라서서 한쪽 구석의 방문을 여니 이부자리가 가지런하게 놓여 있었다. 온기는 없으나 정갈한 분위기가 느껴졌다. 순간 인옥과 진우의 눈길이 마주쳤다. 같은 생각과 동감의 교환이었으리라. 불씨만 들어가면 어느 임금과 왕후가 부럽지 않은 잠자리가 될 것 같은 기분이었다.

　"이곳은 편안하고 참 단정한 곳이네요."

　인옥이 한마디 하니 진우가 답했다.

　"그렇구나. 적막하면서도 곳곳에 수많은 이야기가 쌓여 있어."

　두 사람이 종일 침묵을 해도 심심하지 않을 것 같은 상상력의 산실이었다.

　"진우 오빠, 제가 깜박하고 말을 안 했네요."
　"무슨 말?"
　"독일에서 호준이 생모에게서 편지가 왔었어요……."
　"그래? 무슨 내용인데……."
　"그 윤호준의 양아버지이자 현아 씨의 형부인 박상선이라는 사람

말이에요…….”

"…….”

"급성 심근 경색으로 죽었대요. 등산을 하다가…….”

"참 허무하구나. 욕망의 화신이 되어 한 사람의 삶을 망가뜨려 놓더니…….”

"위로의 안부 편지를 보내 드렸는데 답장을 보내 왔더군요.”

연수관에 울려 퍼지던 노래가 한참을 멈추더니 잠시 후에 다시 울렸다. 이번에는 절망적인 상황에 처한 춘향이의 심정과 똑같은, 절망적인 시대의 정서와 어울리지면서 관객들을 열광의 도가니에 빠뜨린 임방울의 출세작이자 불후의 명곡이 된 〈쑥대머리〉가 흘러나왔다. 각 음반사마다 120만 장이라는 경이적인 판매 기록을 세운 〈쑥대머리〉는 한반도는 물론 만주와 일본까지도 불티나게 팔려 나갔다.

쑥대머리 귀신형용
적막옥방(寂寞獄房) 찬 자리에
생각나는 것이 임뿐이라.
보고지고 보고지고
한양낭군 보고지고
……. [4]

춘향이의 비통 처절한 심정을 임방울의 목소리를 통해 듣는 판소리는 국내외의 수많은 청중을 휘어잡아 세계적인 오페라의 반열에 들게 했다. 진우가 조용히 〈쑥대머리〉를 따라 부르니 인옥도 곡조에 맞

---

4) 출처: 나무위키 - 쑥대머리

취 한 손으로 가방을 두드리며 장단을 맞췄다.

바람이 섞인 햇살을 등에 업고 아래로 내려오는데 인옥의 휴대 전화기가 그 장단에 한몫을 더했다. '숨기고 싶은 사랑의 환상'이라는 제목의 유화 그림이 보였다. 그 밑에 아직 미완성인 국제전에 출품 예정인 비구상 예술 작품이라는 글과 함께 2년 7개월째 작업 중이라고 했다. 보랏빛의 환상적인 작품이었다. 숨이 차오르는 걸 꾹 참고 인옥이 말했다.

"독자가 보낸 거예요."
"……."

진우와 차를 타고 가며 인옥이 〈사랑가〉를 불렀다. 자신이 지은 노랫말인 〈사랑가〉는 곡도 스스로 만들어 부르는데 그 곡은 수시로 바뀌었다. 말하자면 가사는 하나에 곡은 여러 개인 셈이다. 창도 되고 판소리도 되고 때로는 랩으로도 흥얼거렸다.

아무도 모르게
- 사랑가 -

사랑아 내 사랑아
고요히 오너라
왼손도 오른손도 모르게
맑고 투명한 눈빛으로

사랑아 내 사랑아
부디 조용히 오너라

하늘도 땅도 모르게
깊고 그윽한 가슴으로

사랑아 내 사랑아
오거든 머물러라
가려거든 그냥 가지마라
내 마음을 흔들어라

오는 사랑 막지 못하고
가는 사랑 붙들지 못해
사랑은 계절만 같아
너와 함께 살고 있다

봄에는 보는 사랑
여름에는 열린 사랑
가을에는 가득한 사랑
겨울에는 마주보는 거울 사랑
주렁주렁 익은 사랑
가슴 뿌듯 배부른 사랑
보기만 해도 뜨거운
활활 타는 불꽃 사랑

사랑 사랑 우리 사랑
이생의 모든 사랑
너와 나의 생명 사랑
목숨보다 깊은 사랑

오너라 오너라 우리 사랑
살살 녹는 내 사랑
빗물에 눈 녹듯

네 사랑에 나 젖는다.
…….

인옥의 노래가 끝나자 진우가 말했다.

"서인옥, 우린 이렇게 살았지만 아이들은 우리보다 나은 삶을 살게 하고 싶구나."
"어떻게요?"
"우리 딸 채원이와 네 아들 준영이가 성인이 되면 결혼시키자."
"저도 그런 생각을 했어요. 저희들이 싫다고만 하지 않으면……."
"그렇게 하자."

계획되었던 여행지인 개암사로 가려던 길을 바꿔 집으로 향했다. 진우의 고모님이 쓰러지셨다는 전갈을 받은 것이다. 진우의 고모님은 89세인데 바람을 피우는 고숙과 젊은 날에 별거를 하고 아이들 4남매를 키우며 평생을 살았다고 한다. 몸 고생은 말할 것도 없었고 마음고생에서 벗어나지 못했지만 아이들만은 남부럽지 않게 훌륭하게 키웠다고 한다. 아이들을 위해 지금까지도 이혼은 하지 않아 서류로는 부부지만 무늬만 부부였던 것이다. 너와 나의 인생은, 삶은 순서대로 질서정연하게 사건과 사랑을 이끌고 오지 않는다. 오히려 설상가상 겹쳐 오는 슬픔과 번뇌의 시간이 흘러 단단한 돌은 남고 나머지는 물거품이 되어 사라져 갔다. 결코 닿을 수 없는, 마주 보는 섬으로 살아가는 사람들은 더 간절한 염원으로 꿈을 꾸고 그림을 그리고 손을 모으며 순간순간을 지탱하는 것이다. 지상에서 아팠던 사람들이 이

승을 떠나 다시 모이면 아마도 행복하리라. 진정한 위로가 무엇인지 알게 되고 세상의 가치관과는 다른 덕을 베풀며 살 것이기 때문이다.

인옥의 집필실에 도착하자 김진우가 힘겹게 말했다.

"나, 지금 네 곁에 있으니 참 행복하다……. 그리고 힘들다."

숨을 몰아쉬며 힘들어하는 그를 부축하여 실내로 들어갔다. 창백한 얼굴은 땀에 젖어 있었고 이마에 흘러내린 몇 올의 머리칼이 그 물기에 젖어 하얀 백지에 한 획의 붓의 필치를 펼친 듯 더욱 선명하게 보였다.

"왜 그러세요? 어디 불편하세요?"
"아니, 잠시 이러다가 괜찮아져. 너무 걱정 마."

인옥은 재빨리 난로에 불을 지피고 열기가 닿는 주변 창문의 커튼을 내렸다. 누워 담요를 덮고 있던 김진우가 물을 찾았다. 주방 쪽으로 가 컵에 물을 따라서 받쳐 들고 오다 인옥은 깜짝 놀랐다. 김진우의 입가와 손에 피가 범벅이 되어 있었다.

"아, 어떻게 해……."

인옥이 놀라 소리쳤다. 그러나 김진우는 너무나 태연한 자세로 앉아 있었다. 물을 들고 옆으로 다가온 인옥에게 말했다.

"나는 숨이 멈추는 순간 숨을 쉴 수 있어. 어떤 경우라도 슬퍼하지 마라. 죽어도 사는 나이니까. 죽어야 사는 나이니까. 죽음이 삶이니까. 내 어머니가 보고 싶다."

그러면 안 된다고 울면서 하얀 손수건으로 피를 닦는 인옥의 손을 잡으며 그가 다시 말했다.

"서인옥을 사랑한다! 영원히……."

김진우는 자신의 손가락을 깨물어 그 하얀 손수건에 피의 수를 놓아 인옥에게 건네주었다. 누가 먼저 호준을 만날지 모르지만 먼저 간 사람을 남은 사람이 호준의 곁으로 이사해 주기로 약속했다. 선하고 온유한 사람과 살고 싶은 건 살아서나 죽어서나 마찬가지이니 모여 살자고 했다.

105년 만의 폭설로 덮인 집필실 산장에 남기고 간 김진우의 여운이 오래도록 맴돌았다. 그를 보내고 혼자 남아 뜨거운 코코아를 마시며 뒤 창문으로 산언덕을 내다보니 그래도 봄은 오고 있었다. 복수초의 꽃망울이 얼음 사이로 올라오고 있는 모습이 보였다. 복수초는 여러 가지 이름으로 불리는데 눈 속에서 꽃이 핀다고 해서 '설련화(雪蓮花)', 얼음 사이로 피는 꽃이라서 '빙리화(氷里花)'나 얼음 꽃, 새해 원단에 피는 꽃이라는 '원일초(元日草)' 등으로도 불리는 이 꽃은 복(福)과 장수(壽)의 바람이 담겨 꽃말은 '영원한 행복'이라고 한다. 바다 건너 일본에서는 '새해 복 많이 받고 장수하라'라는 의미로 복수초를 선물하는 관습이 있다고 한다. 눈 이불을 덮은 꽁꽁 언 대지에도 아랑곳하지 않고 희망의 노랑으로 피어나는 이 꽃을 머지않아 보게 되리라. 바위를 휘감고 오르는 콩난이 싱그러운 푸른빛을 선물하고 있어 입가에 절로 미소를 짓게 했다. 앙증맞고 귀여운 콩난의 잎들이 아가들의 손짓만 같아 인옥은 자리에서 일어나 밖으로 나갔다.

처음으로 강민경에게서 메일이 왔다.

— 오랜만에 연락을 드립니다. 저는 아들을 낳았습니다. 이름은 '호민'이 입니다. 호준 씨의 호와 제 이름의 민 자를 조합해 만든 이름입니다. 답하지 못한 한 사람의 사랑에 대한 답례와 미안함과 그 마음을 헤아리며 기도하는 마음으로 지었습니다. 그리고 이성으로는 사랑하지 않았지만 친구로서 충분한 애정은 품고 있었습니다. 그런 마음으로 사랑하는 제 아들의 이름을 지었답니다. 늘 서인옥 작가님을 생각하며 살고 있습니다. 호준 씨의 어머니께서 소식을 주셨는데 다행히 잘 지내신다고 합니다. 아들을 만날 날을 기다리며 사신다고 합니다. 저는 그이와 함께 호준 씨에게 자주 찾아갑니다. 두 사람은 친구 사이이고 주변의 경치가 매우 좋아서이기도 합니다. 밤에는 별을 보며 생각하고 낮에는 해를 보며 기억합니다. 추억의 장소인 이곳은 공기가 아주 맑아 별이 참 많이 보입니다. 누군가 떠나면 모든 것이 제대로 보이는 것 같습니다. 자신의 감정 이입이 사라진 자리에 남은 한 사람의 진정을 늦게야 만나 안타깝지만 인연은 맘대로 되는 게 아니잖습니까? 세상엔 좋고 나쁜 사람보다는 다만 내게 맞는 사람과 내게 맞지 않은 사람이 있을 뿐……. —

장문의 글이었다. 할 말이 많았나 보다. 세상과 일찍 작별한 동생 인선이가 그리워졌다. 꿈에 한번 나타나 이 언니에게 대화라도 청한다면 밤을 새워서라도 그 이야기를 들어 주고 언니의 속내를 알려 줄 수 있으련만 무심하게도 보이지 않았다. 하늘가의 그곳이 너무 좋아 이승을 잊은 것일까. 호준이와 만나 친구라도 되어 놀고 있을까. 그곳에선 두 손으로 두 팔로 맘껏 뛰어놀 수 있겠지. 믿어야지. 믿어야지. 잃었던 분신을 되찾아 제 것으로 소유하고 새로운 생의 역사를 기록하며 살고 있다고 믿어야지. 그렇지?

죽어 가는 사람의 행동은 사람들에 대해서 위대한 힘을 갖는다. 그러므로 훌륭하게 산다는 것은 참으로 중대한 일이지만, 한편으로 훌륭하게 죽는다는 것은 거의 그에 못지않게 중대한 일이다. - 톨스토이 -

 날마다 새로 태어나고 날마다 새로운 죽음이 탄생한다. 죽는 것이 아니라 새로운 죽음의 탄생이다. 바람이 전하는 소식과 꽃으로 환생하는 사랑. 폭풍우가 몰아치는 날 수많은 혼령들이 날아와 안녕! 하며 인사하는데 울어야 할까. 지상에 남은 우리가.